큰 글
한국문학선집

나도향 작품선

물레방아·벙어리 삼룡이

목 차

단편소설

수필

단편소설 <

별을 안거든 울지나 말걸

건반 위에 피곤한 손을 한가히 쉬이시는 만하(晚霞) 누님에게 한 구절 애달픈 울음의 노래를 드려 볼까 하나이다.

1.

저는 이 글을 쓰기 전에 우선 누님 누님 누님 하고 눈물이 날 만치 감격에 떨리는 목소리로 누님을 불러 보고 싶습니다.

그것도 한낱 꿈일까요? 꿈이나 같으면 오히려 허무로 돌리어 보내일 얼마간의 위로가 있겠지만 그러나 그것도 꿈이 아닌가 하나이다. 시간을 타고 뒷걸음질 친 또렷하고 분명한 현실이었나이다. 저의 일생의 짧은 경로의 한마디를 꾸미고 쓰러진 또다시 얻기 어려운 과거이었나이다.

그러나 꿈도 슬픈 꿈을 꾸고 나면 못 견딜 울음이 복받쳐 올라오는데, 더구나 그 저의 작은 가슴에 쓰리고 아픈 전상(箭傷)을 주고 푸른 비애로 물들여 주고 빼지 못할 애달픈 인상을 박아 준 그 몽롱한 과거를 지금 다시 돌아다볼 때 어찌 눈물이 아니 나고 어찌 가슴이 못 견디게 쓰리지 않을 수가 있을까요?

그러나 멀리 멀리 간 과거는 어쨌든 가버리었습니다. 저의 일생을 꽃다운 역사, 행복스러운 역사로 꾸미기를 간절히 바라는 바가 아닌 게 아니지마는 지나갔는지라 어찌할까요. 다시 뒷걸음질을 칠 수도 없고 다만 우연히 났다 우연히 사라지는 우리 인생의 사람들이 말하는 바 운명이라 덮어 버리고 다만 때없이 생각되는 기억의 안타까움으로 녹는 듯한 감정이나 맛볼까 할 뿐이외다.

2.

그날도 그전과 같이 고개를 숙이고 무엇을 생각하였는지 몽롱한 의식 속에 C동 R의 집에를 갔었나이다. R는 여전히 나를 보더니 반가워 맞으면서 그의 파리한 바른손을 내밀어 악수를 하여 주었나이다. 저는 그의 집에 들어가 마루 끝에 앉으며,

"오늘도 또 자네의 집 단골 나그네가 되어 볼까?"

하고 구두끈을 끄르고 방 안으로 들어가 모자를 벗어 아무 데나 휙 내던지며 방바닥에 가 펄썩 주저앉았다가 그 R의 외투 주머니에 손을 넣어 담배 한 개를 꺼내어 피워 물었나이다.

바깥에서는 거의 거의 그쳐 가는 가는 눈이 사르락사르락 힘없이 떨어지고 있었나이다.

그때 R의 얼굴은 어째 그전과 같이 즐겁고 사념 없는 빛이 보이지 않고 제가 주는 농담에 다만 입 가장자리로 힘없이 도는 쓸쓸한 미소를 줄 뿐이었나이다. 저는 그것을 보고 아주 마음이 공연히 힘이 없어지며 다만 멍멍히 담배 연기만 뿜고 있었나이다.

R는 무엇을 생각하였는지 멀거니 앉았다가,

"DH."

하고 갑자기 부르지요. 그래 나는,

"왜 그러나?"

하였더니,

"오늘 KC에 갈까?"

하기에 본래 돌아다니기 좋아하는 저는 아주 시원하게,

"가지."

하고 대답을 하였더니 R는 아주 만족한 듯이 웃음을 웃으며,

"그러면 가세."

하고 어디 갈 것인지 편지 한 장을 써가지고 곧 KC를 향하여 떠났나이다.

　KC가 여기서부터 육십 리. R의 말을 들으면 험한 산로를 넘어가지 않으면 안 된다 하지요. 그리고 벌써 열한시나 되었으니 거기를 가자면 어두워서나 들어갈 곳인데 거기다가 오다가 스러지는 함박눈이 태산같이 쌓였나이다.

어떻든 우리는 떠났나이다. 어린아이들같이 기꺼운 마음으로 뛰어갈 듯이 떠났나이다.

　우리가 수구문에서 전차를 타고 왕십리 정류장에 가서 내릴 때에는 검은 구름이 흩어지기를 시작하고 눈이 부신 햇발이 구름 사이를 통하여 새로 덮인 흰 눈을 반짝반짝 무지갯빛으로 물들였었나이다. 저는 그 눈을 밟을 때마다 처녀의 붉은 입술 사이에서 때 없이 지저귀는 어린 꾀꼬리의 그 소리같이 연하고도 애처롭게 얼크러지는 듯한 눈소리를 들으며 무슨 법열 권내에 들어나 간 듯이 다만 R의 손만 붙잡고 멀리 보이는 구부러진 넓은 시골길만 내려다보며 천천히 걸어갔을 뿐이외다.

　그러나 R의 기색은 그리 좋지 못하였나이다. 무슨 푸른 비애의 기억이 그를 싸고 돌아가는 것같이 그의 앞을 내다보는 두 눈에는 검은 그림자가 덮여 있는 듯하였나이다. 그리고 때때 내가 주는 말에 대답도 하지 않고 보이지 않게 가벼운 한숨을 쉬며 그의 괴로운 듯한 가슴을 내려앉혔나이다.

　때때 거리거리 서울로 향하여 떠들어온 시골 나무

장수의 소몰이 소리가 한적한 시골의 가만한 공기를 울리어 부질없이 뜨겁게 돌아가는 저의 핏속으로 쓸쓸하게 기어들어올 뿐이었나이다.

넓고 넓은 벌판에는 보이는 것이 눈뿐이요, 여기저기 군데군데 서 있는 수척한 나무가 보일 뿐이었나이다. 저는 이것을 볼 때마다 저 북쪽 나라를 생각하였으며 정처 없는 방랑의 생활을 생각하였나이다.

그리고 지금 우리 두 사람이 방랑의 길을 떠난다고 가정까지 하여보았나이다. R은 다만 나의 유쾌하게 뛰어가는 것을 보고 쓸쓸한 웃음을 웃을 뿐이었나이다.

우리가 SC강을 건널 때에는 참으로 유쾌하였지요. 회오리바람만 이 귀퉁이에서 저 귀퉁이로 저 귀퉁이에서 이 귀퉁이로 휙휙 불어 갈 때에 발이 빠지는 눈 위로 더벅더벅 걸어갈 제 은싸라기 같은 눈가루가 이리로 사르락 저리로 사르락 바람에 불려 가는 것은 참으로 껴안을 듯이 깜찍하게 귀여웠나이다. 우리는 그 눈 덮인 모래톱으로 두 손을 마주 잡고 하나, 둘을 부르며 달음질을 하였나이다. 그리고 또다시 SP강에 다다랐을 때에는 보기에는 무서워 보이는 푸른 물결이 음녀의 남치맛자락이 바람에 불리어 그의 구김살이 울멍줄멍하는 것같이 움실움실 출렁출렁하고 있었습니다.

우리는 나룻배를 타고 그 강을 건너 주막거리에서 점심을 먹을 때에 R이 나에게 말하기를,

"술 한잔 먹으려나?"

하기에, 나는 하도 이상하여,

"술!"

하고 아무 소리도 못 하였습니다. 여태까지 술을 먹을 줄 모르는 R가 자진하여 술을 먹자는 것은 한 가지 이상한 일이었나이다.

KC를 무엇 하러 가는지도 모르고 가는 저는 또한 R가 술 먹자는 것을 또다시 그 이유까지 물어 볼 필요가 없었나이다.

그는 처음으로 술을 먹었나이다.

우리는 또다시 걸어갔나이다. 마액은 그 쓸쓸스러운 R을 무한히 흥분시켰나이다. 그는 팔을 내저으며 목소리를 크게 하여 말하기를 시작하였나이다.

그는 나의 손을 힘있게 쥐며,

"DH."

하고 부르더니 무슨 감격한 듯한 어조로,

"날더러 형님이라고 하게."

하고, 조금 있다가 다시,

"나는 DH를 얼마간 이해하고 또한 어디까지 인정하는데."

하였나이다.

아, 얼마나 고마운 소리일까요? 저는 손아랫동생은 있어도 손위의 형님을 가질 운명에서 나지를 못하였나이다. 손목 잡고 뒷동산 수풀 사이나, 등에 업고 앞세워 물가로 데리고 다녀 줄 사람이 없었나이다. 무릎에 얼굴을 비벼 가며 어리광부려 말할 사람이 없었나이다. 다만 어린 마음 외로운 감정을 그렁그렁한 눈물 가운데 맛볼 뿐이었나이다

그리고 할아버지나 할머니의 머리를 쓰다듬어 주시는 부드러운 사랑을 맛보지 못하였나이다. 그리고 아버지 어머니는 본래 젊으시니까…….

그리고 어려서부터 오늘날까지 지낸 과거를 생각하

여 보면 웬일인지 한 귀퉁이 가슴속이 메인 듯해요.

그런데 '형님'이라 부르고 '아우'라고 부르라는 소리를 듣는 저는 그 얼마나 기꺼웠을까요? 그 얼마나 반가웠을까요. 그리고 나를 이해하고 나를 얼마간일지라도 인정하여 준다는 말을 들은 나는 그 얼마나 감사하였을까요?

그러나 그 감사하고 반갑고 기꺼운 말소리에 나는 얼핏 '네' 하지를 아니하였나이다.

그 '네' 하지 않은 것이 잘못일는지 잘못 아닐는지 알 수 없으나 어찌하였던 저는 '네' 소리를 하지 못하였습니다. 그러면 그것이 나를 이해하고 나를 인정하여 주는 그 R의 마음을 더 슬프게 하였을는지 더 무슨 만족을 주었을는지는 알 수 없으나 나는 거기에 이렇게 대답을 하였나이다.

"좋은 말이오. 우리 두 사람이 어떠한 공통선상에 서서 서로 인정하고 서로 이해함을 서로 받고 주면 그만큼 더 행복스러운 일이 없지. 그러하나 형이라 부르거나 아우라 부르지 않고라도 될 수 있는 일이 아닐까? 도리어 형이라 아우라는 형식을 만들 것이 없지 아니하냐?"

고 말을 하였더니, 그는 무엇을 깨달은 듯이,

"딴은 그것도 그렇지."

하고 나의 손을 더 힘있게 쥐었나이다.

3.

금빛 나는 종소리가 파랗게 갠 공중을 울리고 어디로 사라져 버리는지? 그렇지 아니하면 온 우주에 가득 찬 에테르를 울리며 멀리멀리 자꾸자꾸 끝없이 가는지, 어떻든 그 예배당 종소리가 우두커니 장안을 내려다보는 인왕산 아래 붉은 벽돌집에서 날 때 저와 R는 C예배당으로 들어갔나이다.

그때에 누님도 거기에 앉아 계시었지요. 그리도 그 MP양도…….

처음 보지 않는 MP양이지마는 보면 볼수록 그에게서 볼 수 있는 것이 자꾸자꾸 변하여 갔나이다. 지난번과 이번이 또 다르지요. 지난번 볼 때에는 적지 않은 불안을 가지고 그 여성을 보았습니다. 그리고 얼마간의 낙망을 가지고 보았을는지도 모르지요. 그러나 이번의 그를 볼 때에는 웬일인지 그에게서 보이지 않게 새어 나오는 무슨 매력이 나의 온 감정을 몽롱한 안개 속으로 헤매이는 듯하게 하였나이다.

그리고 그의 육체의 미도 지난번 볼 때에는 어째 흙내음새가 나는 듯이 누런 감정을 나에게 주더니 오늘에는 불그레하게 황금색이 나는 빛을 나에게 던져 주더이다. 그리고 그 황금색이 농후한 액체가 평평한 곳으로 퍼지는 듯이 점점 점점 보이지 않게 변하여 동색의 붉은빛으로 변하고 나중에는 어여쁜 처녀의 분홍 저고리 빛으로 변하기까지 하였나이다.

그리고 그가 고개를 돌릴 듯 돌릴 듯할 때마다 나의 전신의 혈액은 타오르는 듯하고 천국의 햇발 같은 행복의 빛이 나의 온몸 위에 내리붓는 듯하였나이다.

그리고 한 시간밖에 아니 되는 예배시간이 나의 마음을 공연히 못 살게 굴었나이다.

어찌하였든 예배는 끝이 났지요. 그리고 나와 R은 바깥으로 나왔지요. 그때 누님은 나를 기다리었지요. 그리고 저와 누님은 무슨 이야기던가 그 이야기를 할 때 아아, 왜 MP양이 누님을 좇아오다가 저를 보고 부끄러워 고개를 돌리고 저편으로 줄달음질쳐 달아났을까요? ―그 그렇지 않다는 그 MP양이.

누님, 그 MP양이 고개를 돌리고 줄달음질을 하거나 부끄러워 얼굴빛이 타오르는 저녁노을빛 같거나 그것이 나에게 무엇이 되겠습니까?

그러나 왜 나를 보고만 그리하였을까요? 아마 다른 남성을 보고는 그리 안 했을 터이지요? 그리고 그 줄달음질하여 저쪽으로 돌아가서는 그의 마음이 어떠하였을까요? 더욱 부끄럽지나 아니하였을까요? 그렇지 않으면 후회하는 마음이 나지나 아니하였을까요?

어떻든 그것이 나에게 준 MP의 첫째 인상이었나이다. 그리하고 환희와 번뇌의 분기점에 나를 세워논 첫째 동기였나이다.

저는 언제든지 이 시간과 공간을 떠날 날이 있겠

지요. 그러나 그 깊이 박힌 인상은 두렵건대 그 시간과 공간에 영원한 흔적을 남겨 둘는지요?

4.

사랑하는 누님, 왜 나의 원고는 도적하여 갖다가 그 MP양을 보게 하였어요? 그 MP양이 그 글을 보고 얼마나 웃었을까요?

아아, 그러나 그 누님의 나의 원고를 도적하여다가 그 MP양을 보게 한 것이 나의 마음을 얼마나 즐겁게 하였을까요?

누님의 도적질한 것은 그것을 죄를 정할까요, 상을 주어야 할까요? 저는 꿇어 엎디어 절을 하겠습니다. 그리고 천국의 문을 열어 드릴 터입니다.

그런데 그 원고 ○○○이라 한 곳에 서투른 필적이 새로 생기었어요. 그리고 지울 수도 없는 잉크로 나의 글씨를 흉내를 낸 것인지 그렇지 않으면 그의 필적을 자랑하려 한 것인지?

그렇지만 그런 것은 아니겠지? 그렇지요, 그렇지는 않지요.

그러나 나의 원고를 더럽힌 그에게는 무엇이라 말을 하여야 좋을까요?

그러나 그 필적은 나의 가슴에 무엇인지를 전하여 주는 듯하였나이다. 사람이 입으로나 붓으로는 조금도 흉내 낼 수 없는 그 무엇을 전하여 주더이다. 다만 취몽 중에 헤매는 젊은이의 가슴을 못살게 구는 그 무엇을?

5.

고맙습니다. 누님은 그 MP양과는 또다시 더 어떻게 할 수 없는 형제와 같다 하였지요? 그리고 서로서로 형님 아우하고 지낸다지요. 저는 다만 감사할 뿐이외다. 그리고 영원한 무엇을 바랄 뿐이외다.

그러나 저에게는 그 누님과 MP 사이를 얽어 놓은 형제라 하는 형식의 줄이 나를 공연히 못살게 구나이다. 그리고 모든 불안과 낙망 사이에서 헤매이게 하나이다.

누님의 동생이면 나의 누이지요. 아니 나의 누님이지요-그 MP양은 나보다 한 살이 더하니까-그러면 나도 그 MP양을 누님이라 불러야 할 것이지요?

아아, 그러나 그것이 될 일일까요. 누님이라 부르기가 어려운 일이 아니지마는 나의 입으로 그를 누님이라고 부른다 하면 그 부르는 그날로부터는 그의 전신에서 분홍빛 나는 무슨 타는 듯한 빛을 무슨 날카로운 칼로 잘라 버리는 듯이 사라져 버릴 터이지. 아니 사라져 없어지지는 않더라도 제가 이 눈을 감아야지요.

아아, 두려운 누님이란 말, 나는 이 두려운 소리를 입에 올리기도 두려워요.

6.

오늘 저는 PC에 보낼 원고를 쓰고 있었습니다. 머

리가 아프고 신흥[1]이 나지가 않아서 펴놓은 종이를 척척 접어 내던져 버리고 기지개를 한번 켜고 대님을 한번 갈아 매고 모자를 집어 쓰고 바깥으로 나갔습니다. 시계는 벌써 일곱시를 십 분이나 지나고 있었나이다.

저의 가는 곳은 말할 것도 없이 R의 집이지요. 저는 R의 집을 가는 길 가운데에서도 다만 생각하는 것은 MP양뿐이었지요. 그리고 내가 책을 볼 때에나 글씨를 쓸 때에나 길을 걷거나 천장을 바라보고 누워 있을 때나 눈을 감고 명상할 때에나 나의 눈앞을 떠나지 않는 그 MP양을 오늘 R의 집에를 가면서도 또 보았습니다.

저는 언제든지 MP양을 생각합니다. 허무한 환영과 노래하며 춤추며 이야기하며 나중에는 두렵건대 손목 잡고 이 세상의 모든 유열[2]을 극도로 맛보았습니다. 그러나 그것이 한낱 공상인 것을 깨달을 때에는 저도 공연히 심중[3]이 나고 모든 것이 귀찮고

1) 새로운 흥취.
2) 유쾌하고 기쁨.

모든 것이 비관의 종자가 될 뿐이었나이다. 그리고 아아, 과연 다만 일 찰나 사이라도 그 MP의 머릿속에서 나의 환영을 찾아낸다 하면 그 얼마나 나의 행복일까 하였나이다. 그리고 그 MP는 나를 조금도 생각지 않는 것만 같아서 공연히 마음이 애달팠나이다.

그날 R는 집에 있지 않았습니다. 저의 마음은 눈물이 날 듯이 공연히 센티멘틀로 변하여졌나이다. 그래서 정처없이 방황하기로 정하고 우선 L의 집으로 가보았습니다.

제가 그 처녀와 같이 조금도 거짓 없음을 부러워하는 L은 나를 보더니 그 검은 얼굴에 반가워 죽을 듯한 웃음을 띄우고 손목을 잡아 자기 방으로 끌어들이더니 어저께도 왔었는데,

"왜 그 동안에 그렇게 오지를 않았나?"

하지요. 그래 나는 그 얼마나 고독히 지내는 그 L을 보고 이때껏 계속하여 왔던 감상이 가슴 한복판으

---

3) 마음에 마땅하지 않아 화를 내는 일.

로 모여드는 듯하더니 공연히 눈물이 날 듯…… 하지요. 그래 억지로 그것을 참고 멀거니 앉아 있었더니 그 L은 또 날더러 독창을 하라지요. 다른 때 같으면 귀가 아프다고 야단을 쳐도 자꾸자꾸 할 저이지마는 오늘은 목구멍에서 무엇이 잡아당기는지 그 목소리가 조금도 나오지를 아니하였나이다. 그래 공연히 앙탈을 하고 일어나기를 싫어하는 그 L을 옷을 입혀 끌고 바깥으로 나갔습니다.

저녁 안개는 달빛을 가리고 붉은 전등불만이 어두움 속에 진주를 꿰뚫어 논 듯이 종로 큰거리에 나란히 켜 있을 뿐이었나이다.

두 사람이 나오기는 나왔으나 어디로 갈 곳이 없었나이다. 주머니에 돈이 없으니 하루 저녁을 유쾌히 놀 수도 없고 또 갈 만한 친구의 집도 없고 마음만 점점 더 귀찮고 쓸쓸스러운 생각을 하였나이다.

우리 두 사람은 결국 때없이 웃는 이의 집으로 가기로 하였나이다. 우리는 한 집에를 갔으나 우리를 기다리지 않는 그는 있지 않았나이다. 그래 하는 수 없이 설영의 집으로 가기를 정하고 천변으로 내려섰나이다. 골목 안의 전깃불은 누구를 기다리는 것 같이 빙그레 웃으며 켜 있었지요. 우리는 그 집에를 들어가 "설영이!" 하고 불렀나이다. 안방에서 영리한 목소리로,

"누구요?"

하는 설영의 목소리가 났습니다. 우리 두 사람은,

"있고나."

하였습니다. 그리고 공연히 마음이 반가웠나이다. 그리고 설영이는 마루 끝까지 나와,

"아이그, 어서 오세요. 왜 그렇게 한 번도 아니 오세요."

하지요.

아, 누님 그 소리가 진정이거나 거짓이거나 관성으로 인하여 우연히 나온 말이거나 아무것이거나 나는 그것을 생각하려고 하지는 않습니다. 다만 감상에 쫓기어 정처 없이 방황하려는 이 불쌍한 사람에게 향하여 그의 성대를 수고롭게 하여 발하여 주는 그의 환영의 말이 얼마나 나의 피곤한 심령을 위로하여 주었을까요.

그는 날더러 '오라버니'라 하여 주기를 맹서하여 주었습니다. 그리고 영원히 오라버니가 되어 달라 하였습니다.

누님, 과연 내가 남에게 오라버니라는 존경을 받을 만한 자격의 소유자가 될 수 있을까요? 물론 그것도 나의 원치 않는 형식입니다. 그러나 나는 그 설영을 친누이동생같이 사랑하렵니다. 그리고 영원히 영원히 나의 누이동생을 만들려 하나이다. 그리고 다만 독신인 설영이도 진정한 오라비 같은 어떠한 남성의 남매 같은 애정을 원하겠지요? 그러나 무상인 세상에 그것을 과연 허락할 참 신(神)이 어느 곳에 계실는지요? 생각하면 안타까울 뿐이외다.

그날 L은 설영을 공연히 못살게 놀려 먹었나이다. 물론 사념 없는 어린애 같은 유희지요. 그때 L은 설영을 잡으려고 달려들었습니다. 설영은 소리를 지르며 간지러운 웃음을 웃으면서 나의 앞으로 달려들며,

"오라버니! 오라버니!"

하고 그 L을 피하였나이다. 나는 그때 그 설영이 비

록 희롱에서 나왔다 하더라도 L에게 쫓기어 나에게 구호함을 청할 때에 아아, 과연 내가 이와 같은 여성의 구호를 청함을 받을 만한 자격의 소유자일까 하였나이다. 그리고 모든 여성은 다 나를 보려고 하지도 않는 생각을 하고 혼자 이 설영이가 나에게 구호함을 청한다는 것은…… 그 설영을 껴안을 듯이 귀여운 생각이 났나이다. 그러나 나타났다 사라지는 환영의 그림자일까? 팔팔팔 날리는 봄날의 아지랑이일까? 영원이란 무엇일는지요…….

7.

날이 매우 따뜻하여졌습니다. 내일쯤 한번 가서 뵈오려 하나이다. 하오에 기다려 주십시오. 그리고 W군은 어저께 동경으로 떠나갔다는 말을 들었습니다. 만나 보지 못한 것이 매우 섭섭하외다. 그리고 S군 Y군도 그리로 향하여 수일 후에 떠나간다는 말을 들었습니다. 아아, 저는 외로운 몸이 홀로 이 서울에 남아 있게 되겠지요. 정다운 친구들은 모두 다 저 갈 곳으로 가버리고……

내일 만나 뵈옵겠습니다.

8.

왜 어저께 저는 누님에게를 갔을까요? 그 간 것이 나에게 좋은 기회이었을까요? 그렇지 않으면 좋지 못한 기회이었을까요?

어떻든 어저께 나는 처음으로 그 MP와 말을 하게 되었습니다. 그리고 가까이 서로 보고 앉아 간질간질한 시선으로 그를 보게 되었습니다. 그리고 나의 눈에서 방산하는 시선의 몇 줄기 위로 나의 쉴새없이 뛰는 영의 사자를 태워 보내었나이다.

그는 그때 그 예배당 앞에서 나를 보고 고개를 돌리고 줄달음질하던 때와는 아주 달랐습니다. 그의 마음속으로는 나의 전신의 귀퉁이로부터 귀퉁이까지 호의의 비평을 하였을는지 악의의 비평—그렇지는 않겠지?-을 하였을는지 어떻든 부단의 관찰로 비평을 하였겠지요. 그러나 그의 눈과 안색은 아주 침착하였나이다. 그리고 그에게서 가장 아름다운 목소리는 아주 나의 마음을 취하게 할 듯이 부드럽고 연하며 은빛이 났나이다.

그리고 그가 나의 글을 너무 칭상[4]하는 것이 조금 나를 부끄럽게 하였으며 또는 선생님이라는 경어가 아주 나를 괴롭게 하였나이다.

누님, 만일 그가 날더러 선생이라 그러지 않고 오라비라고 하였더면? 그 찰나의 나의 모든 것은 다 절망이 되어 버렸을 터이지요. 그 선생이라는 말을 듣기 싫어하는 제가 도리어 그 선생이라는 말을 듣는 것이 행복인 것을 깨달을 날이 있을 줄은 이제 처음으로 알게 되었나이다.

어떻든 저는 그 MP와 만날 기회를 얻었습니다. 그리고 서로 말소리를 바꾸게 되었습니다. 아마 이것이 저와 그 MP 사이에 처음 바꾸는 말소리가 되

---

4) 칭찬하여 상을 줌.

었겠지요? 그리고 우주의 생명 중에 또다시 없는 그 어떠한 마디이었겠지요?

그러나 저는 불안을 깨닫습니다. 마음이 못 견딜 만치 불안합니다. 다만 한 번 있는 그 기회의 순간이 좋은 순간이었을까요. 이쁜 순간이었을까요? 무한한 희망과 영원한 행복을 저에게 열어 주는 그 열쇠 소리가 한 번 째깍 하는 그 순간이었을까요. 그렇지 아니하면 끝없는 의혹과 오뇌5) 속에서 만일의 요행만 한줄기 믿음으로 몽롱한 가운데 살아 있다 그대로 사라져 없어졌다면 도리어 행복일 걸 하는 회한의 탄식을 나에게 부어 줄 그 순간이었을까요?

어찌하였든 저는 한옆으로 요행을 꿈꾸며 한옆으로 부질없는 낙망에 헤매이나이다.

---

5) 뉘우쳐 한탄하고 번뇌함.

9.

오늘은 아침 아홉시에 겨우 잠을 깨었나이다. 그것도 어제 저녁에 공연히 돌아다니느라고 늦게 잔 덕택으로 아침에 일어나지 못하는 행복을 얻었더니 그나마 행복이 되어 그리하였는지 R이 찾아와서 못 살게 굴지요. 못살게 구는 데 쪼들리어 겨우 잠을 깨어 세수를 하였나이다.

이상한 일이었나이다. 제가 R의 집을 가기는 하여도 R가 저의 집에 찾아오는 일이 없는 그가 오늘 식전 아침에 저를 찾아온 것은 참으로 뜻밖이고 이상합니다.

그는 매우 갑갑한 모양이었나이다. 그리고 요사이 며칠 동안 그의 얼굴은 그리 좋지 못하였으며 언제든지 무슨 실망의 빛이 있었나이다.

오늘도 그는 침묵 속에 있었나이다. 그리고 먼산만 바라보고 있었나이다.

그는 어디로 산보를 가자 하였나이다. 저는 아침도 먹지 않고 그와 함께 정처없이 나섰나이다.

우리는 전차를 타고 H와 P의 집에를 가보았으나 H는 아침 먹고 막 어딘지 가고 없다 하고 P는 집에 일이 있어서 가지를 못하겠다 하지요. 그래 하는 수 없이 우리 단 두 사람이 또다시 HC를 향하여 떠났나이다.

천기는 청명, 가는 바람은 살살, 아주 좋은 봄날이었나이다. 우리는 전차에서 내렸나이다. 오포6)가 탕 하였나이다.

멀리멀리 흐르는 HC강은 옛적과 같이 고요히 흐르고 있었나이다. 아무 소리도 없고 아무 향기도 없고 아무 웃는 것도 없고 다만 푸른 물 속에 취색의 산그림자를 비추고 있어 다만 "아아 아름답다" 하는 우리 두 사람의 못 견디어 나오는 탄성뿐이 고요한 침묵을 가늘게 울릴 뿐이었나이다. 우리는 언덕으로 내려가 한가히 매여 있는 주인 없는 배 위에 앉아 아무 소리 없이 물 위만 바라보았나이다. 푸른 물 위에는 때때 은사의 맴도는 듯한 파련이 가늘게

---

6) 오정포. 낮 12시를 알리는 대포.

떨 뿐이었나이다. 그리고 사르렁사르렁 하는 은사의 풀렸다 감겼다 하는 소리가 들리는 듯하였나이다.

우리는 한참이나 앉아 있었나이다.

우리는 문득 저쪽을 바라보았나이다. 그리고 나의 가슴은 공연히 덜렁덜렁하고 전신에 식은땀이 흐르는 듯하였나이다. 저기 저쪽에는 그 비단결 같은 물 위에 한가히 떠 있어 물 속으로 녹아들듯이 가만히 있는 그 요트 위에는 참으로 뜻밖이었어요. 그 MP가 어떠한 다른 동무하고 나란히 앉아 있었나이다.

그러나 그 MP는 나를 보고도 모르는 체하는지 보지 못하고 모르는 체하는지 다만 저의 볼 것, 저의 들을 것만 보고 들을 뿐이었나이다.

저는 그 MP에게로 달려가고 싶었습니다. 아, 그러나 만일 그가 나를 보고도 못 본 체한다 하면.

불과 몇십 간 되지 않는 거기에 있는 그가 어째 나를 보지 못하였을까? 못 보았을 리가 있나? 라고만 생각하는 저는 그에게로 가기가 두렵고 공연히 무엇인지 보이지 않는 무엇이 원망스러웠을 뿐이었나이다.

그런데 웬일일까요 —MP를 나 혼자만 아는 줄 아는 저는 R의 기색에 놀라지 아니치 못하였나이다.

R는 나의 손을 잡아당기며,

"MP가 왔네."

하였습니다. 그 소리를 듣는 저는 R가 어떻게 MP를 아는가 하였나이다. 그리고 무엇인지 번개와 같이 저의 머리를 스치고 지나가는 것이 있더니 저는 그 R에게서 무슨 공포를 깨달은 것이 있었나이다.

R는 대담하게 MP에게로 갔습니다. 저도 그를 따라갔습니다. R는 모자를 벗고 그에게 예를 하였나이다. 아아, 그러나 그 정성을 다하여 바치는 예에 그로부터 주는 답례는 차디찬 눈동자로 귀찮게 흘겨보는 그것이었나이다. 아아, 그러나 누님, 정성을 다하지 않고 몽롱한 의심과 적지 않은 불안으로 주는 저의 예에는 그의 입 가장자리로 불그레한 미소가 떠돌았으며 따뜻한 눈동자의 금빛 광채이었나이다. 그리고,

"아이고, 어떻게 이렇게 오셨에요?"

하는 그의 전신을 녹이는 듯한 독특한 어조가 저를

그 순간에 환희의 정화 속으로 스며들게 하였나이다.

우리 두 사람은 그를 작별하고 바로 시내로 들어왔나이다. 웬일인지 저의 마음은 한없이 기뻤나이다. 그리고 전신의 혈액은 더욱더 펄펄 끓기를 시작하였나이다.

그러나 R의 얼굴은 그전보다 더 비애롭고 실망의 빛이 떠돌았나이다. 쓸쓸한 미소와 쓸쓸한 어조가 노는 저의 동정의 마음을 일으킬 만치 처참한 듯하였나이다. 저는 R에게,

"어떻게 MP를 알든가?"

하였습니다. 그는 무슨 옛날의 환상을 보는 듯한 표정으로,

"그전부터 알어."

하였나이다. 이 소리를 듣는 저는 '그러면 이성 사이에 만나면 생기는 사랑의 카락이 그 MP와 이 R 사이에 매여지지나 아니하였나' 하고 여태껏 기꺼웁던 것이 점점 무슨 실망의 감상으로 변하여 버리었나이다. 그리고 차차 의혹 속에 방황하게 되었나이다.

그리하다가도 그 R의 실망하는 빛과 MP의 냉담한 답례가 저에게 눈물 날 만치 R를 동정하는 생각을 나게 하면서도 또 한옆으로는 무슨 승자의 자랑을 마음 한 귀퉁이에서 만족히 여기었으며 불행한 R를 옆에 세우고 다행히 환희를 맛보았습니다.

　그날 저는 R의 집에서 자기로 정하였나이다. 밤 열한시가 지나도록 별로 서로 말을 한 일이 없는 R와 저 두 사람 사이에는 공연히 마음이 괴로운 간격을 깨닫게 되었나이다. 그리고 그의 푸른 비애와 회색 실망의 빛이 그의 얼굴로 가끔가끔 농후하게 지나갈 때마다 저는 공연히 불안하였나이다.

　저는 R에게 그 기색이 좋지 못한 이유를 묻기를 두려워하였나이다. 그리고 만일 그 비애의 빛과 실망의 빛이 그 MP로 인한 것이 아니고 다른 것으로 인한 것이라 하면 저는 그때 그 R의 그 비애와 실망과 또 같은 비애 실망을 맛보았을 것이지요?

　그러나 저는 형제와 같은 그 R의 비애 실망을 그 MP로 인하여서라고 인정하였나이다. 인정하지를 아니하면 저의 마음이 불안하여 못 견디겠으므로.

그날 저녁 R는 자리에 누워서도 한잠을 자지 못하는 모양이었나이다. 다만 눈만 멀뚱멀뚱하고 천장만 바라보고 있었나이다. 그리고 머리를 짚고 눈을 감고 무엇인지 명상하듯이 가만히 있었을 뿐이었나이다. 그의 얇은 눈썹은 가늘게 떨리고 있었습니다.

저도 웬일인지 잠이 오지 않았습니다. 그래 머리맡 서가에 놓여 있는 『온 디 이브(On the Eve)』를 집어 들고 한참이나 보다가 잠이 **깜빡** 들었습니다.

10.

저는 어리석은 사람이 되어 버리었나이다. 꿈을 믿고 길에서 장님을 만나면 두 다리에 풀이 다하도록 실망을 하게 되었나이다.

그리고 꽃의 화판(花瓣)을 '하나 둘' 하며 'MP가 나를 사랑하느냐? 사랑하지 않느냐?' 하며 차례차례 따보게 되었습니다. 그리고 만일 '사랑한다' 하는 곳에서 '맨 나중 꽃잎사귀가 떨어지면' 성공한 것처럼 춤을 출 듯이 만족하였으며 그렇지 않고 사랑하지 않는다는 곳에 와서 그 맨 나중 꽃잎사귀가 떨어지면 공연히 낙망하는 생각이 나며 비로소 그 헛된 것을 조소합니다. 그러나 어느 틈에 또다시 그 꽃잎사귀를 따보고 싶어 못 견디게 되나이다. 저는 요행을 바라는 동시에 말할 수 없는 미신자가 되었습니다.

오늘은 제가 누님을 만나 뵈러 가지 않으려 하였으나 W군이 Piece[7]를 찾아 달라 하여서 누님에게로 갔었습니다.

누님이 나오기를 기다리고 있을 동안에 나는 다만 침착하고 고요한 마음으로 정문 앞 플랫폼을 왔다 갔다 하였나이다.

그러다가 문 열리는 소리가 나더니 나오는 사람은 누님이 아니고 그 MP였습니다. MP는 나를 보더니 쌍긋 웃으며 고개를 숙여 예를 하여 주었나이다. 그

---

7) 악보.

리고 그곳에 서 있었나이다. 그 뒤를 따라 나온 이가 누님이었지요!

저의 마음은 이상하게 기뻤나이다. 그리고 아주 무슨 희망을 얻은 듯하였나이다. 길거리로 걸어다니면서도 혹시나 MP를 만나 인사를 주고받을 만한 순간의 기회를 기대하는 저는, 누님에게로 갈 때마다 그 MP를 만날 수가 있을까 하는 기대를 가지고 다니었나이다. 오늘도 그 기대를 조금일지라도 아니 가지고 간 것이 아니었건마는 그 MP가 있지 않을 줄 안 저는 아주 단념을 하고 갔었습니다. 그래 그 MP를 만난 것은 아주 의외이었지요.

누님, 그 MP가 무엇 하러 누님보다도 먼저 저를 보러 나왔을까요. 어린 아우를 만나려는 누님의 마음이었을까요? 반가운 정인(情人)을 만나려는 애인의 마음이었을까요? 무엇이었을까요?

그는 저와 오랫동안 말을 하였나이다. 그리고 동청(冬靑)이 푸른 잔디 사이를 누님과 저 세 사람이 산보하였지요? 저희가 그 좁은 길로 지나올 때 저는 그 MP에게,

"R를 어떻게 아셨던가요?"

하고 물어 보았습니다. 그 MP는 조금 얼굴이 불그레한 중에도 미소를 띄우며,

"녜, 그전에 한두어 번 만나 본 일이 있었어요."

하고 대답을 하였지요. 그 소리를 듣는 저는 곧,

"R은 참 좋은 사람이야요."

하였지요. 그러니까 그 MP는 곧 다른 말로 옮기어 버렸나이다.

그렇게 한 지 십 분쯤 되어 누님과 우리 두 사람은 무슨 조용히 할 말이나 있는 것처럼 주저주저하였나이다. 그러니까 그 MP는 곧 영리하게 그것을 알아차리고 안으로 들어가 버렸지요.

아아, 그때 저의 마음은 아주 섭섭하였습니다. 우리가 우리의 필요한 이야기를 하지 못한다 하더라도 그 MP는 떠나기가 싫었나이다. 그러나 그의 검은 치맛자락의 그림자는 보이지 않게 사라져 버리었나이다. 그때 누님은 절더러 이야기를 하여 주었지요. 그 MP를 R가 사랑하려다가 그 MP가 배척을 하였다는 것을…… 그리고 그 MP가 저의 그 누님

이 도적하여 간 원고를 보고 아주 도외8)의 찬상9)을 하더라는 것과, 그러나 그가 한 가지 불만으로 생각하는 것은 신앙이 적더라는 것을.

저는 누님과 작별을 하고 문 밖으로 나오며 뛰어갈 듯이 걸음을 속히 하여 걸어가며,

"내가 행복한 자냐? 불행한 자냐?"

하고 혼자 소리를 질러 보았습니다. 그러다가는 그 신앙이 적다고 하는 데 대하여는 적지 않은 불쾌와 또 한옆으로는 희미한 실망을 깨달았습니다.

그래 집에 돌아와 아랫목에 누워서 여러 가지로 그 MP와 저 사이를 무지갯빛 나는 아름답고 거룩한 것으로만 얽어 놓아 보다가도 그 신앙이란 말을 생각하고는 곧 의혹 속에 헤매었나이다. 그러다가는 그의 집에서 본 『온 디 이브』를 읽던 것이 생각되며 그 여주인공 에레나의 일기가 생각났습니다.

그의 애인 인사로프와 그의 아버지가 그와 결혼시키려는 크르나도스키를 비교하여, 인사로프에게는

---

8) 어떤 한도나 범위의 밖.
9) 훌륭하고 아름답게 여기어 칭찬함.

신앙이 있을지라도 크르나도스키에게는 신앙이 없었다. 자기를 믿는 것만으로는 신앙이 있다고 말할 수 없으니까…….

누님, 저는 이 글을 볼 때 공연히 실망하였습니다. 에레나는 신앙 있는 사람을 사랑하였습니다. 그리고 신앙 없는 사람을 사랑치 않았습니다. 그러면 MP도 언제든지 신앙 있는 사람을 사랑할 터이지요? 그러면 MP가 저에게 신앙이 없다고 한 말은 저를 동생이나 친우로 여길는지는 알 수 없으나 애인으로 생각지는 못하겠다는 것이지요.

누님, 그러면 저는 실망할까요, 낙담할까요? 신앙이란 무엇일까요? 물론 누구에게든지 신앙이 없는 사람이 없습니다. 누구든 예수를 믿고 석가를 믿고 우상을 믿고 여러 가지를 믿습니다.

그리고 또 자기를 믿는 사람이 있기도 합니다. 그리고 누님, 저도 무엇인지 신앙하는 것이 있겠지요? 신앙이 없는 사람이 이 세상에서 생명을 가지고 살아 있다는 것은 거짓말이니까―누구든지 각각 자기가 신앙하는 것이 있기 때문에 이 세상에 살아 있으니까, 저도 또한 이 세상에 살아 있는 사람이라 어떠한 신앙이든지 가지고 있겠지요.

저 어떠한 종교를 어리석게 믿는 사람들은 각각 자기의 신앙만이 참 신앙으로 생각합니다. 그리고 남의 신앙을 조소합니다. 그러나 한번 더 크게 눈을 뜨고 고개를 돌리어 사면을 둘러보는 자는 각각 이것과 저것을 대조할 수가 있을 것이지요. 그리고 각각 장처와 결점을 찾아낼 수가 있을 것이지요. 이불을 뒤집어쓰고는 물론 그 이불 속뿐이 세상인 줄 알 터이지요. 그리고 그 속에만 참진리가 있는 줄 알 터이지요. 그러하나 그 이불 속만이 세상이 아니고 그 속에만 진리가 있는 것이 아닌 줄 아나 그 이불을 벗어 버린 자는 그 이불 쓴 사람을 불쌍히 여기었을 터이지요. 그러면 이 세상에는 그 이불을 벗은 사람이 여럿이 있었습니다. 그리하여 그 이불을 뒤집어쓴 사람들을 아주 불쌍히 여기었습니다.

그러면 저도 그 이불을 벗은 사람의 하나가 되려 합니다. 다만 어떠한 이름 아래서든지 그 온 우주에 가득 차서 영원부터 영원까지 변치 않는 진리를 믿는 사람이 되려 하나이다. 그리하고 다만 그것을 구할 뿐이요, 그것을 체험하려 할 뿐이외다.

물론 사람은 약한 것이지요. 심신이 다 강하지는 못하지요. 제가 어떠한 때 본의 아닌 일을 할 때가 있다 하더라도 그것은 다만 약한 까닭이겠지요. 그리고 그것을 깨닫는 때는 그것을 고치겠어요.

그리고 누님, 한 가지 끊어 말하여 둘 것은 『쿠오 바디스』에 있는 비니큐스와 같이 리디아의 신앙과 같은 신앙으로 인하여서 저도 그 비니큐스는 되지 않겠지요.

아아, 그러나 누님, 제가 어찌하여 이와 같은 말을 쓸까요. 사랑보다 더 큰 신앙이 이 세상에 또 어디 있을까요. 자기의 생명까지 희생하는 것은 사랑이 있을 뿐이지요. 사람이 사랑으로 나고 사랑으로 죽고 사랑으로 살기만 하면 그 사람의 생은 참생이 되겠지요. 그러하나 저희는 사랑을 생각할 때마다 마음이 두근거립니다. 처음은 이성에게 사랑을 구하는 자가 누가 주저하지 않는 자가 있고 누가 가슴이 떨리지 않는 자가 있을까요? 그러면 사랑이란 죄악일까요? 죄 지은 자와 똑같은 떨림과 불안을 깨닫는 것은 어찌함일까요.

그렇습니다. 우리 인생에게는 두 가지 큰 문제가 있습니다. 그것은 열정과 이지입니다. 이 세상의 역사는 이 두 가지의 싸움입니다. 그리고 모든 불행의 근원은 이 열정과 이지가 서로 용납하지 않는 곳에 있는 것입니다.

그리운 이성을 보고 자기 마음을 피력지 못하고 혼자 의심하고 오뇌하는 것도 이 이지로 인함이지요. 저는 어떻게 하면 이 이지를 몰각한 열정만의 인물이 되려 하나, 그 이지를 몰각한 열정의 인물이 되겠다는 것까지도 이지의 부르짖음이지요. 시간이 없어서 두어 마디로 대강만 쓰고 요 다음 언제든지 기회가 있으면 열정과 이지에 대하여 좀 써보내려 하나이다.

11.

조용한 저녁날에 술주정꾼같이 저는 정처 없이 헤매이나이다. 안갯빛 저의 가슴에는 눈물이 때없이 솟나이다.

아아, 누님, 누님은 다만 참사람이 되어 주시오, 저도 또한 그렇게 되려 하나이다.

오늘 저는 또다시 R의 집에를 갔었나이다. 그 R은 있지 않았습니다. 그러나 얼마 있지 않으면 곧 들어오리라는 그 집 사람의 말을 듣고 저는 그의 방에서 기다리게 되었나이다. 그러나 R가 저와 형제같이 친하지가 않으면 그와 같이 주인 없는 방 안에 들어가 앉아 있지를 못하였을 터이지요. 그래 그와 친하다 하는 무엇이 저를 그의 방으로 들어가게 하였나이다.

저는 그의 방에 들어가 그의 책상 앞에 앉았나이다. 그때 문득 저의 눈에 보이는 것은 그가 써서 놓은 편지였나이다. 그리고 그 편지 피봉에는 MP라 씌어 있었습니다. 저의 마음은 공연히 시기하는 마음이 나며 또한 그 편지를 기어이 보고 싶은 생각이 났었습니다. 마침 다행한 것은 그 편지를 봉하지 않은 것이었나이다.

저는 그것을 보았습니다.

그 속에는 이러한 말이 씌어 있었습니다.

……DH는 미숙한 문사이오. 그리고 일개 Bourgeois (부르주아)에 지나지 못하는 사람이오…… 라고.

아아, 누님, 저는 손이 떨리었나이다. 그리고 그 편지를 다시 그 자리에 놓고 그대로 바깥으로 뛰어 나왔습니다. 그리고 길거리로 걸어오며 눈물이 날 만치 모든 것이 원망스럽고 또 한옆으로는 분한 생각이 나서 못 견디었나이다.

그리고 그 사랑하는 R가 그와 같은 말을 써보낼 줄은 참으로 알지 못하였나이다. 누님, 그렇지요. 저는 글쓰는 데 미숙하겠지요. 저는 거기에 조금이라도 이의를 말하려 하지 않나이다. 그러나 그 말을 무엇하러 MP에게 할 것일까요?

아아, 누님, 저는 일개 참사람이 되려 할 뿐이외다.

저는 문학가 문사라는 칭호를 원치 않아요. 다만

참사람이 되기 위하여 글을 봅니다. 그리고 느끼는 바를 견딜 수 없었습니다. 그리고 나와 같은 느낌과 깨달음이 우리 인생을 위하여 조금이라도 보탬이 될까 하였습니다.

그러나 저 일개인의 성공은 얻기가 어려울 터이지요. 제가 느끼고 깨닫는 것은 길고 긴 우주의 생명과 함께 많고 많은 사람들이 깨달은 것에 다만 몇천만억 분의 일이 될락 말락 할 터이지요. 그리고 그 저의 생명이 그치는 날에는 그것보다 조금 더하여질 뿐이지요. 그리고 그것보다 더 큰 무엇을 원할지라도 유한한 저의 육체와 정신을 그것은 용서치 않을 터이지요.

그러면 제가 부르주아나 프롤레타리아나 무엇 어떠한 부름을 듣든지 언제든지 참사람이 되려 할 뿐이외다.

아마 이 세상의 모든 진리를 혼자 깨달은 줄 아는 사람일지라도 이 참사람이 되려는 데서 더 벗어나지는 못하였을 터이지요.

그러나 저는 오늘부터 친애하는 친우 하나를 잃어

버리게 되었나이다. 아무리 아무리 제가 너그러운 마음으로써 그전과 같이 R를 대하려 하나 그는 나를 모함한 자이지요. 어찌 그전과 같은 정의[10]를 계속할 수가 있을까요.

그러나 저의 마음은 괴롭습니다. 그리고 그 KC를 가면서 저에게 형제와 같이 지내자던 것을 생각하고 또는 그 동안 지내 오던 정분을 생각하고 그것이 다만 한순간에 깨어지는 것을 생각할 때 저의 마음은 아주 안타까웠나이다. 그러다가도 그 R의 손을 잡고 기꺼워하고 싶었습니다.

12.

집에서 나올 때 동생 L이 울며 쫓아 나오면서,
"형님 형님, 나하고 가."
하고 부르짖었나이다. 그리고 두 팔을 벌리고 저를

---

10) 서로 사귀어 친하여진 정.

바라보고 있었습니다. 그러나 발이 떨어지지 않지만 하는 수 없이 어머니에게 L은 맡기고 또다시 R을 찾아갔나이다.

어제 저녁 늦도록 잠을 자지 못한 저는 오늘 또다시 새벽에 일찍 일어났으므로 몸이 조금 피곤하였나이다.

저는 R의 집으로 가면서 몇 번이나 가지 않으리라 하여 보았습니다. 날마다 가는 R의 집에를 일주일이나 가지 않은 저는 오늘도 또 가볼 마음이 그리 많지는 않았습니다. R을 생각하면 할수록 분하고 답답한 저는 언제든지 그 마음을 누르려 하였으나 그리 속마음이 편치는 못하였습니다.

제가 R의 집에 들어갈 때에는 아주 마음이 유쾌치 못하였습니다. R은 저를 보고 힘없이 저의 손을 잡고 인사를 하여 주었습니다. 그리고,

"어서 오게."

하는 소리가 아주 반갑지 못하였습니다. 저는 그 R를 보기 전에는 반갑게 인사를 하리라 한 것이 지금 그를 만나 보니까 공연히 그와 함께 있는 것이 싫은

생각이 나서 그대로 바깥으로 나오고 싶었습니다.

저는 그대로 서서,

"여러 날 만나지 못하여서 조금 보고나 갈까 하고……."

하며 그를 쳐다보았습니다. 그는 다만 고개를 끄덕하며,

"응……."

할 뿐이었나이다. 저는 갑자기 뛰어나오고 싶었습니다. 그래,

"내일 또 봅시다."

하고 그대로 뛰어나왔습니다. 그 R는 아무 말도 없이 자기 방으로 들어가 버렸습니다.

아아, 누님, 우리 두 사람 사이는 어째 이리 멀어졌을까요? 무슨 간격이 생겼을까요? 그리고 무슨 줄이 끊어졌을까요? 저는 그것을 알 수가 없습니다.

제가 종로를 걸어올 때였습니다. 저쪽에서 뜻밖에 그 MP가 걸어왔습니다. 그때 저는 그 MP와 만나 인사를 하리라 하였습니다.

그러나 그 MP는 어떠한 양복 입은 이와 함께 저

를 보았는지 못 보았는지 저의 곁으로 그대로 지나가 버렸나이다. 저는 다만 지나가는 그만 바라보고 있다가 손을 단단히 쥐고, '에- 고만두어라' 하였습니다.

저는 말할 수 없는 번뇌 가운데 '에, 설영에게나 가리라' 하였나이다. 그리고 천변으로 그의 집을 찾아갔습니다. 그때 저의 마음에도 '설영이가 있지 않으리라'는 생각은 없이 으레 만나려니 하였나이다. 그러나 설영을 부르는 저의 목소리에 그 영리하고 귀여운 우리 누이동생의 목소리는 나지 않고 그의 어머니가 "없소" 하고 냉대하듯 보통 손님과 같이 대답을 하였습니다. 그 소리를 듣는 저는 공연히 섭섭한 생각이 나며 또는 설영이가 저를 한낱 지나가는 손처럼 생각하는 듯하고 또한 어떠한 정인이나 찾아가지 않았나 할 때 오라비 노릇을 하려는 저도 공연히 질투스러운 마음이 나며, '다 고만두어라' 하는 생각이 나고 공연히 감상의 마음이 났습니다.

저는 그대로 집으로 갔습니다. 집 문간에서 놀던 L은 반기어 맞으면서 두 팔을 벌리고 저에게 턱 안기며 몸을 비비 꼬고 그의 가는 손으로 간지럽고 차디차게 저의 뺨을 문질러 주었나이다. 그때 저 모든 감상의 감정은 가슴 한복판으로 모아드는 듯하더니 눈물이 날 듯하였나이다. 그때 그 L은,

"형님, 입마⋯⋯."

하였나이다. 그래 저는 그에게 입을 맞추려 하니까, 그는 무엇이 만족지 못한지,

"아니 아니, 귀 붙잡고."

하며 그의 손으로 저의 두 귀를 붙잡고 입을 맞추어 주려다가 또다시,

"형님도 내 귀 붙잡어."

하였나이다. 저는 그 L의 귀를 붙잡고 입을 맞추었나이다. 그러나 그때 L은 저를 쳐다보며,

"형님이 우네."

하였나이다. 아아, 누님, 저의 눈에는 눈물이 나왔었습니다. 그리고 마음껏 그 L을 꺼안고 울고 싶었습니다.

옛날 꿈은 창백하더이다

내가 열두 살 되던 어떠한 가을이었다. 근 오 리나 되는 학교에를 다녀온 나는 책보를 내던지고 두루마기를 벗고 뒷동산 감나무 밑으로 달음질하여 올라갔다.

쓸쓸스러운 붉은 감잎이 죽어 가는 생물처럼 여기저기 휘둘러서 휘날릴 때 말없이 오는 가을 바람이 따뜻한 나의 가슴을 간지르고 지나가매, 나도 모르는 쓸쓸한 비애가 나의 두 눈을 공연히 울고 싶게 하였다. 이웃집 감나무에서 감 따는 늙은이가 나뭇가지를 흔들 때마다 떼지어 구경하는 떠꺼머리 아이들과 나이 어린 처녀들의 침 삼키는 고개들이 일제히 위로 향하여지며 붉고 연한 커다란 연감이 힘없이 떨어진다.

음습한 땅 냄새가 저녁 연기와 함께 온 마을을 물들이고 구슬픈 갈가마귀 소리 서편 숲속에서 났다. 울타리 바깥 콩나물 우물에서는 저녁 콩나물에 물 주는 소리가 척척하게 들릴 적에 촌녀의 행주치마 두른 짚세기[1] 걸음이 물동이와 달음박질한다.

나는 날마다 학교에서 돌아오는 길로 하는 것이라고는 이것이 첫째 번 과목이다. 공연히 뒷동산으로 왔다갔다한다.

그날도 감나무 동산에서 반숙한 연감 하나를 따먹고서 배추밭 무밭 틈으로 돌아다녔다. 지렁이 똥이 몽글몽글하게 올라온 습기 있는 밭이랑과 고양이밥이 나 있는 빈 터전을 쓸데없이 돌아다닐 때 건너편 철도 연변에 서 있는 전깃불이 어느 틈에 반짝반짝한다.

그때에 징신[2] 신은 나의 아우가 뒷문에 나서면서 부엌에서 밥투정을 하다 나왔는지 열 손가락과 입

1) 짚신.
2) 징을 박은 신.

가장자리에는 밥알 투성이를 하여 가지고 딴사람은 건드리지도 못하는 저의 백동 숟가락을 거꾸로 들고 서서,

"언니, 밥 먹으래."

하고 내가 바라보고 서 있는 곳을 덩달아 쳐다본다.

"그래."

하고 대답을 한 나는 아무 소리도 없이 마루 끝에 가 앉으며 차려 논 밥상을 한 귀퉁이 점령하였다. 밥 먹는 이라고는 우리 어머니와 일해 주는 마누라와 나와 나의 다섯 살 먹은 아우뿐이다.

소학교 4학년을 다니는 내가 무엇을 알며 무엇을 감득[3]할 능력을 가졌으며 안다 하면 얼마나 알고 감득하면 몇 푼 어치나 감득하리요. 그러나 웬일인지 그때부터 나의 어린 마음은 공연히 쓸쓸하고 우울하여졌다. 나뭇가지 하나가 바람에 흔들리는 것이나, 저녁 참새가 처마끝에서 옹송그리고 재재거리는 것이나, 한가한 오계[4]가 길게 목늘여 우는 것

---

3) 느껴서 앎.
4) 한낮에 우는 닭.

이나, 하늘 위에 솟는 별이 종알거리는 것이나, 저녁 달이 눈 위에 차디차게 비추인 것이나, 차르럭거리며 흐르는 냇물이나, 더구나 나무 잎사귀와 채소 잎사귀에 얼킨 백로5)의 뻔지르하게 흐르는 것이 왜 그리 그 어린 나의 감정을 창백한 감상의 와중으로 처틀어박는지 약한 심정과 연한 감정은 공연한 비애 중에서 때 없는 눈물을 흘리었었다.

그것을 시상의 발아라 할는지 현묘유원(玄妙幽遠)한 그 무슨 경역6)을 동경하는 첫째 번 동구7)일는지는 알지 못하겠으나 어떻든 나는 다른 이의 어린 때와 다른 생애의 일절을 밟아 왔다. 그러나 그것은 몽롱한 과거이며 흐릿한 기억이다.

그날 저녁에도 어둠침침한 마루 끝에서 갓 지은 밥을 한 숟가락 두 숟가락 퍼먹을 때에 공연히 쓸쓸하고 적적하다. 어렴풋한 연기 냄새가 더구나 마음을 괴롭게 한다. 침묵이 침묵을 낳고 침묵이 침묵을

---

5) '이슬'을 아름답게 이르는 말.
6) 경계가 되는 구역.
7) 동네 어귀.

이어 침침한 저녁을 더 어둡게 할 때 나는 웬일인지 간지럽게 그 침묵이 싫었다. 더구나 초가집 처마끝에서 이리 얽고 저리 얽어 놓은 왕거미 한 마리가 어느덧 나의 눈에 뜨일 때에 나는 공연히 으쓱하여 무엇을 생각하시는지 입에 든 밥만 씹고 계신 우리 어머니의 얼굴만 쳐다보았다. 그리고 코를 손등으로 씻어 가며 손가락으로 반찬을 집어 먹는 나의 아우의 얼굴을 바라보았다.

"할멈, 물 좀 떠오게."

하는 소리가 우리 어머니 입에서 떨어지며 그 흉한 침묵이 깨지었다. 할멈은 행주치맛자락에 손을 씻으며 대접을 들고 부엌으로 내려가더니 솥뚜껑 소리가 한번 덜컹 하고 숭늉 한 그릇을 들고 나온다. 어머니는 아무 소리 없이 그 물을 나에게다 내미시면서,

"물 말어 먹으련."

하시니까 물어 보신 나의 대답은 나오기도 전에 나의 동생이 어리광부리는 그 소리로,

"물."

하고 물그릇을 가로채 간다.

"엎질러진다. 언니 먹거든 먹거라."

하시는 어머니의 권고는 아무 효력이 없이 왈칵 잡아당기는 물그릇은 출렁 하더니 내 동생 바지 위에 들어부었다. 그 일 찰나간에 우리 네 사람은 일제히 물러앉으며,

"에그."

하였다. 어머니는,

"걸레, 걸레."

하며 할멈에게 손을 내미신다.

"글쎄 천천히 먹으면 어때서 그렇게 발광이냐."

하시며 상을 찌푸리시고 할멈이 집어 주는 걸레를 집어 나의 아우의 바지 앞을 털어 주신다. 때가 묻은 바지 앞을 엉거주춤하고 내밀고 있는 나의 아우는 다만 두 팔만 벌리고 서서 아무 말이 없다.

나는 미안하여 그리하였던지 동생의 철없이 날뛰는 것이 우스워 그리하였던지 밥은 먹지 못하고 다만 상에서 저만큼 떨어져 앉았다가 석유등잔에 불만 켜놓고서 다시 밥상으로 가까이 올 때,

"에그, 다리 아퍼. 저녁을 인제야 먹니?"

하며 마당으로 들어오는 이는 우리 동생 할머니시다. 손에는 남으로 만든 책보를 들고 발에는 구두를 신고 머리를 쪽찐 데는 은비녀를 꽂았다. 키가 작달막한데다 머리가 희끗희끗한데 검정 치마가 땅에 거의 거의 끌리게 된 것을 보니까 아마 오늘도 꽤 많이 돌아다니신 모양이다.

"어서 오십시오."

하며 들던 숟가락을 놓고 일어나시는 이는 우리 어머니시다.

"마님 오십니까."

하고 짚세기를 신는 이는 할멈이다. 마루창이 뚫어져라 껑둥껑둥 뛰며,

"할머니 할머니."

를 부르는 것은 나의 아우다. 나는 숟가락을 입에 문 채로 다만 빙그레 웃으면서 반가워하였다.

마루 끝에 할머니는 걸터앉으셨다. 할멈은 걸레로 마룻바닥을 훔치는 사이에 어머니는 부엌으로 내려가셨다. 그릇 소리가 덜거덕덜거덕 난다. 피곤한 가

슴을 힘없이 내려앉히시며 한숨을 휘– 하고 내쉬신 할머니는 무슨 걱정이나 있는 듯이 부엌을 향하며,

"고만두어라, 내 밥은. 아직 먹고 싶지 않다."

하신다. 어머니는 부엌에서 상을 차리시더니,

"왜 그러세요. 조금 잡숫지요."

"아니다, 저기서 먹었다. 오늘 교인 심방을 하느라고 이리저리 다니다가 명철의 집에를 갔더니 국수 장국을 끓여 내서 한 그릇 먹었더니 아직까지도 배가 부르다."

어머니는 차리던 상을 그대로 놓고 부엌문에서 나오며,

"명철이 집이요, 그래 그 어머니가 편찮다더니 괜찮아요?"

"응, 인제는 다 낫더라. 그것도 하느님 은혜로 나은 것이지."

우리 할머니는 그 동네 교회 전도부인이다. 우리 집안은 본래 우리 할아버지와 우리 아버지 사이가 좋지 못하여 따로따로 떨어져 산다. 그리고 우리 할머니는 열심 있는 교인이요 진실한 신자이지마는,

우리 아버지는 종교(현대사회에서 명칭하는)에 대하여 냉혹한 비평을 하는 사람이었다.

우리 할머니는 본래 교육이 있지 못하다. 있다 하면 구식 가정에서 유교의 전통을 받아 오는 교육이었을 것이며, 안다 하면 한문이나 국문 몇 자를 짐작할 뿐이요, 새로운 사조와 근대사상이라는 옮기기도 어려운 문자가 있는지도 알지 못할 것이다.

그러나 나는 그 열두 살 되던 그해에는 다만 우리 할머니를 한개 예수 믿는 여성으로 알았었으며, 하느님이 부리는 따님으로만 알았었다. 종교에 대한 견해라든지 신앙이란 여하한 것인지를 알지 못하였다.

나도 예수교 학교를 다니므로 자기의 선생을 절대로 신임하고 자기의 학교의 교풍을 절대로 존중하였었다. 그리고 예수의 십자가에 흘렸던 붉은 피가 참으로 우리 인생의 더러운 죄를 씻었으며 수염 많은 할아버지 같은 하느님이 참으로 우리를 내려다보시고 계신 줄 알았었다.

날마다 아침 성경시간과 주일학교에서 선생에게 들은 바가 참으로 나의 눈앞에 환상으로 나타났었으며 유대 풍속을 그린 성화가 과연 천당, 지옥, 성지, 낙토[8]의 전형으로 보이었었다. 그것이 나에게 어떻든 무슨 인상을 준 것은 사실이니, 천사를 생각할 때에는 반드시 서양여자를 그린 그 채색 칠한 그림이 나의 눈앞에 나타나 보이며, 예수가 십자가에 못 박혀 돌아간 것을 생각할 때에는 시뻘건 육괴[9]가 시안(屍眼)을 부릅뜨고 초민[10]과 고통의 극도를 상징하는 그의 표정과 비린내 나고 차디찬 피가 흐르는 예수의 죽음이 만인의 입과 천년의 세월을 두고 성찬성찬하며 추앙 경모의 그 부르짖음의 소리가 그 어린 나의 귀와 나의 심안에 닿을 때에도 그것은 고통으로 보이지 않았으며 초민으로 보이지 않았으며 비린내 나는 붉은 피 보혈로 보이었으니 무서운 시체를 그린 그 그림이 도리어 나의 어린 핏결 속에 무슨 신앙을 부어 주었었다. 그때의 나의 기도는 하느님이 들었으며 그때의 나의 죄는 예수

---

8) 늘 즐겁고 행복하게 살 수 있는 좋은 곳.
9) 고깃덩어리.
10) 속이 타도록 몹시 고민함. 또는 그런 고민.

가 씻었었다. 그것이 결코 지금의 나를 만족시키며 지금 나에게 과연 신앙을 부어 주지는 않는다 하더라도 내가 열두 살 되는 그때의 나의 영혼은 있는지 없는지도 판단치 못하던 하느님이 지배하였었으며 이천 년 옛날에 송장이 되어 썩어진 예수가 차지하였었다. 그때의 나의 영혼은 나의 영혼이 아니고 공명(空名)의 하느님의 것이었으며 그때의 나의 생은 나의 생이 아니며 촉루[11]까지 없어진 예수의 생이었다. 그때의 나는 약자이었으며 그때의 나는 피정복자이었다. 무궁한 우주와 조화를 잃은 자이었으며 명명[12] 무한대한 대세계에 나의 생을 실현할 능력을 빼앗긴 자이었다.

명명한 대공을 바라볼 때에 유대식 건물의 천당을 동경하였을지라도 자아심상 위의 낙토는 몰랐으며 사후의 영생은 구하였을지라도 생하여서 영생을 알지 못하였다. 사는 생의 척도됨을 알지 못하고 생이 도리어 사후의 희생으로 알았었다.

---

11) 해골(骸骨).
12) 겉으로 나타남이 없이 아득하고 그윽하다.

산상의 교훈과 포도동산의 교훈을 듣기는 들었으나 열두 살 먹은 나의 호기심을 끌기에 너무 현묘[13] 하였으며 애(愛)의 복음과 자아의 희생을 역설함을 듣기는 들었으나 나에게 과연 심각한 감화를 주지는 못하였었다. 성경의 해석은 일종 신화로 나의 귀에 들렸으나 그 무슨 신앙을 주었으며 성화를 그린 종잇조각은 한개 완구가 되었으나 빼기 어려운 우상을 나의 심전에 그리어 주었다.

아아, 나는 물으려 한다. 하느님의 사자로 자처하고 교회의 일꾼으로 자임하는 우리 할머니의 그때의 내면적이나 외면적을 불문하고 열두 살밖에 되지 않은 나의 그것과 얼마나 틀린 점이 있었으며 얼마나 나은 점이 있었을는지? 그는 과연 예수의 성훈을 날것대로 삼키는 자가 되지 않고 조리하고 익히며 그의 완전한 미각으로 그것을 저작할 줄을 알았을까? 그는 참으로 예수의 정신을, 그의 내적 생활을 체득한 자이었을까?

---

13) 이치나 기예의 경지가 헤아릴 수 없이 미묘함.

그는 과연 여하한 신앙으로써 생으로 생까지를 살아갔었으며 그는 참으로 어떠한 영감을 예수교에서 감득하였을까? 나는 다만 커다란 의문표를 안 그릴 수가 없다.

그날도 우리 할머니는 여자의 몸의 피곤함을 깨달으면서도 무슨 만족함이 그의 얼굴을 싸고도는 듯하였다. 그러나 한편으로는 자아 이외에 우리 어머니나 할멈이나 내나 나의 동생을 일개의 죄인시하는 곳에 가련함을 견디지 못하는 듯한 표정이 그의 시들어 가는 입 가장자리와 가느다란 눈초리에 희미하게 얽히어 있었다. 할머니는 조금 있다가 눈살을 잠깐 찌푸리시더니,

"큰일났어! 예배당에 돈을 좀 가져가야 할 텐데 돈이 있어야지. 다른 사람과 달라서 아니 낼 수도 없고, 또 조금 내자니 우리집을 그래도 남들이 밥술이나 먹는 줄 아는데 그렇게 할 수도 없고, 이런 말씀을 아버지께 여쭈면 공연히 역정만 내시니까!"
하며 우리 어머니에게 향하여 걱정을 꺼낸다.

"요사이 날이 점점 추워져서 시탄비14)를 내야 할

터인데 김부인은 벌써 오 원을 적었단다. 그이는 정말 말이지 살어가기가 우리집에다 대면 말할 것도 없지 않으냐. 그런데 아버지께 그런 말씀을 하니까 역정을 내시면서 남이 죽으면 따라 죽느냐고 야단을 치시면서 돈 일 원을 주시는구나. 그러니 애, 글쎄 생각을 해보아라. 어떻게 일원을 내니! 내 속이 상해 똑 죽겠어."

하며,

"그래서 하는 수가 있더냐, 명철이 집에 가서 돈 오 원을 지금 꾸어 가지고 오는 길이란다."

하며 차곡차곡 접어 쥔 일 원 지폐 다섯 장을 펴보인다. 우리 어머니는 이렇다 저렇다 말이 없이 가만히 듣고만 있다가,

"그러면 그것은 어떻게 갚으십니까?"

하며 빈곤한 생활에 젖은 우리 어머니는 그 갚는 것이 첫째 문제로 그의 가슴을 거북하게 하였다.

"글쎄 그거야 어떻게든지 갚게 되겠지? 하다못해

---

14) 땔나무와 숯, 또는 석탄 따위를 이르는 말.

전당을 잡혀서라도."

하더니,

"에그, 인제는 고만 가보아야지."

하며 벌떡 일어서서 나가려 하다가,

"애 아범은 여태까지 안 들어왔니?"

한마디를 남겨 놓고 바깥으로 나간다. 우리 어머니는 다만,

"네, 언제든지 그렇게 늦는답니다."

하며 걱정스러운 듯이 문 밖으로 할머니를 좇아 나간다.

우리 어머니는 아슬랑아슬랑 어둠 속으로 사라져 가는 우리 할머니의 뒤 그림자가 사라져 없어져 가는 것을 바라보고 서 있었다. 그리고 그 할머니의 검은 그림자가 다 사라진 뒤에도 여전히 그 할머니의 그림자가 사라져 없어진 곳에서 무엇을 찾는 듯이 바라보고 서 있다. 모든 것이 검기만 한 어두운 밤이다. 나도 나의 동생을 등에 업고 어머니를 좇아 문 밖에 서 있었다. 어머니는 소매 걷은 두 팔을 가슴에 팔짱을 지르고 허리를 꾸부정하고 서서 근심

스러운 듯이 저쪽 길만 바라보고 서 계시다.

고생살이에 다 썩은 얼굴은 웬일인지 나도 쳐다보기가 싫게 화기가 적다. 머리카락이 이마를 덮은 그의 두 눈은 공연히 쳐다보는 나를 울고 싶게 하였다. 때묻은 행주치마와 다 떨어진 짚세기가 더욱 나를 부끄럽게 하였다.

하얀 두루마기가 바라보는 어둠 속에서 희미하게 휘날릴 때마다 우리 어머니는 옆에 서 있는 나에게 나지막한 목소리로,

"아버진가 보다."

하며 나에게 무슨 동의를 청하시는 것처럼 바라보신다. 그러나 그 흰 두루마기가 우리집으로 향하지 않고 다른 곳으로 지나쳐 버릴 때는 우리 어머니와 나는 섭섭한 웃음을 웃었다.

문간에 서서 아무 말 없이 늦게 돌아오시는 우리 아버지를 기다리는 우리는 한 시간이 넘도록 서 있었다. 나의 어린 아우는 등에다 고개를 대고 코를 골며 잔다. 이마를 나의 등에다 대고 허리를 새우등 같이 꾸부리고 자다가는 옆으로 떨어질 듯하면 반

드시 한 번씩 놀란다. 놀랄 그때 나는 깍지 낀 손을 다시 단단히 쥐고 주춤 하고 한 번씩 다시 추키었다. 한 시간을 기다려도 아버지는 돌아오시지 않았다. 어머니는 힘없고 낙망한 소리로,

"문 닫고 들어가자!"

하시며

"에그, 어린애가 자는구나. 갖다 뉘어라."

하시며 대문을 벌컥 닫고 들어오신다. 문 닫는 소리가 어쩐지 쓸쓸하고 적적하다. 우리집 공중을 싸고 도는 공기의 파동은 연색(沿色)의 파문을 그리는 듯이 동적이 아니며 정적이었으며 양기가 없고 음기뿐이었다. 회색 칠한 침묵과 갈색의 암흑이 이귀퉁이 저귀퉁이에서 요사한 선무를 추고 있었다.

나는 그때에 무엇을 감각하였으며 무엇을 감득하였을까? 회색 침묵과 아득한 암흑이 조화를 잃고 선율이 없이 때없는 쓸쓸한 바람과 섞이어 시름없이 우리집 전체의 으스스한 공기를 휩싸고 돌아 나갈 때 나의 감정을 푸른 감상과 서늘한 감정으로 물들여 주었었다. 마루 끝까지 올라선 나의 눈에 비친

찬장이나 뒤주나 그 외의 모든 기구가 여러 가지 요마의 화물같이 보일 때에 나의 가슴은 더욱 서늘하여졌었다. 다만 나무 잎사귀가 나무 끝에서 바스락하는 것일지라도 나를 방 안으로 뛰어 들어가도록 무서웁게 하였다. 어머니가 등잔불을 떼어 들고 나의 뒤를 쫓아 들어오실 때에 그 불에 비친 나의 어두운 그림자가 저쪽 담벼락에서 어른어른하는 것까지 나의 머리끝을 으쓱하게 하였다.

그러나 그 정숙과 공포가 얽힌 나의 심정을 풀어 주고 녹여 주는 것은 나의 뒤에 서 있는 애(愛)의 신 같은 우리 어머니의 부드러운 사랑의 힘이었다. 그것은 나의 신앙의 전부였으며 나의 앞길을 무한한 저 앞길로 인도하는 구리기둥이었다. 베드로가 예수를 보고 갈릴리 바다로 걸어감과 같이 이 세상 모든 것을 초월케 하는 최대의 노력이었다. 등잔불의 기름이었으며 쇠북을 두드리는 방망이였다.

방으로 들어온 나는 아랫목에 자리를 펴고 누워서 복습을 하였다. 본래 공부를 하지 않는 나는 내일에 선생에게 꾸지람이나 듣지 않으려고 산술 숙제 두어 문제를 하는 척하여 다른 종이에 옮기어 베끼고 쓰기 싫은 습자는 내일 아침 일찍 일어나 쓰기로 하였다. 나의 동생은 발길로 나의 허리를 지르면서 이리 뒤척 저리 뒤척 이리 뛰굴 저리 뛰굴, 남의 덮은 이불을 함부로 끌어다가 저도 덮지 않고서 발치에다 밀어 던진다. 그리고는 힘있는 콧김을 길게 내쉬며 곤하게 잔다. 우리 어머니는 등잔 밑에서 바느질을 하시며 눈만 깜박깜박하신다. 할멈은 발치에서 고단한 눈을 잠깐 붙이었다.

나는 방 안이라는 조그마한 세계에서 네 개의 동물이 제각각 다른 상태로 생을 계속하는 가운데 남의 걱정과 남의 근심을 알 줄을 몰랐었다. 우리 어머니의 머릿속에는 과연 어떠한 심리상태의 활동사진이 그의 뇌막에 비치었으며 늙은 할멈은 어떠한 몽중세계에서 고생살이 잠꼬대를 할는지 알지 못하였다. 어린 아우의 단순한 머릿속에도 무서운 호랑이와 동리집 아이의 부러운 장난감을 꿈꾸는 줄은 알지 못하였다. 따뜻한 이불 속에서 두 발을 문지르며 편안히 누웠으니 몇십분 전 가득하던 감정이 이제는 어디로인지 다 달아나고 모든 것이 한가하고 모든 것이 평화롭고 모든 것이 노곤한 감몽을 유인하는 것뿐이었다. 인제는 어느 틈에 올는지 알지 못하는 달콤한 잠을 기다릴 뿐이었다. 불그레한 등불 밑에 앉아서 바느질하시는 어머니의 머릿속에 있는 늦게 돌아오시는 아버지를 기다리시는 초민과 지나간 일을 시간의 얽히었다 풀리었다 하는 기억과 연상과 기대와 동경의 엉클어진 심리는 알지 못하고 다만 재미있는지 기쁜지 으레 그래야 할 것인지 알지 못하는 무의식의 연장선이 나의 전신을 거미줄 얽듯 얽기를 시작하더니 나는 아무것도 몰랐다. 잠이 들었다.

어느 때가 되었는지 알지 못하게 든 잠이 마려운 오줌으로 인하여 어렴풋하게 깨었을 때이었다. 이불을 들치고 엉거주춤 일어선 나의 귀에는 지껄지껄하는 사람의 목소리가 들리더니 등잔불에 부신 두 눈 사이로 우리 아버지의 희미한 윤곽이 보였다. 나는 반가운 마음에,

"아버지!"

하였다. 그러나 우리 아버지는 젓가락으로 앞에 놓여 있는 반찬을 뒤적뒤적하시면서 나를 냉담한 눈으로 멀거니 쳐다보시기만 하시더니 무슨 불만한 점이 계신지 노여운 어조로,

"아버진지 무엇인지 다 귀찮다. 어서 잠이나 자거라."
하시고는 다시 본 척 만 척하시고 반찬 한 젓가락을 입에다 넣으신다. 나는 얼굴이 홧홧하여지도록 무참[15]하였다. 나는 죄지은 사람같이 양심에 무슨 부끄러움이 나의 아버지를 쳐다보지 못하게 하였다. 숙몽에 취하였던 나의 혼몽한 정신은 한꺼번에 깨어지며 뻣뻣하던 두 눈은 기름을 부은 듯이 또렷또렷하여졌다. 그때야 나는 우리 아버지의 붉은 얼굴을 보고 술취하신 줄을 알았다.

어머니는 무참해하고 무서워하는 나의 꼴을 보시고 아버지를 흘겨 쳐다보시며,

"어린 자식이 반가워하는 것을 그렇게 말을 하니 좀 무참해하겠소. 어린애들에겔지라도 좋은 말 할

---

15) 매우 부끄럽다.

적은 한 번도 없지."

하시다가 다시 나를 향하시어 혼자말 비슷하고 또는 누구더러 들어 보란 듯이,

"너희들만 불쌍하니라. 아버지라고 믿었다가는 좋지 못한 꼴만 볼 터이니까."

하시며 두 눈을 아래로 깔고 방바닥을 걸레로 훔치시는 체하신다.

나는 드러눕지도 못하고 일어나지도 못하였다. 드러눕자니 아버지 진지 잡숫는 데 불경이 될 터이요, 그대로 앉아 있자니 자다가 일어난 몸이 추운 가운데 공연히 무서워서 몸이 떨린다. 이런 때에는 나의 어머니가 변호인이요 비호자임을 다소간의 지낸 경험으로 알고 또는 사람의 본능으로 모성의 자애를 신임하는 나는 우리 어머니의 얼굴만 쳐다보았다. 그때 마침 어머니는,

"어서 누워 자거라. 아버지 진지도 거의 다 잡수셨으니."

하셨다. 나의 마음은 얼었던 것이 녹는 듯이 아주 좋았다. 나는 못 이기는 체하고 곁눈으로 아버지의

눈치만 보며 이불자락을 들었다. 그리고는 눈 딱 감고 이불을 귀까지 푹 덮고 그대로 드러누웠다. 그러나 잠은 어디로 달아나 버렸는지 오지 않는 잠을 억지로 자는 척하지마는 마음은 조마조마하여 못 견딜 지경이었다.

아버지는 숟가락을 탁 집어 상 위에 내던지시며,

"엥, 내가 없어야 해. 없어야 해."

를 두서너 번 중얼거리시더니,

"그래 자기 자식은 굶든지 죽든지 상관하지를 않고 예배당인지 무엇인지 거기에다간 빚을 얻어다가 주어야 해?"

하시며 옆으로 물러앉으시니까, 어머니는,

"누가 알우? 왜 그런 화풀이는 내게다 하우."

하시는 소리가 떨어지기도 전에,

"무엇, 흥, 기가 막혀. 그래 예수가 무엇이고 십자가가 무엇이야. 예배당에 다니네 하고 구두만 신고 다니면 제일인가? 왜 구두를 신어! 그 머리가 허연 이가 구두짝을 신고 돌아다니는 꼴이라니. 활동사진 박을 만하지. 예수가 무슨 말을 하였는지 알기들이나 한다나? 그 사생아를 하느님의 아들이라고? 그러나 예수가 나쁜 사람은 아니지. 좋은 사람이지. 참 성인은 성인이야! 그렇지만 소위 예수 믿는 사람들이 예수라는 그 사람을 믿었지, 예수가 부르짖은 그 하느님은 믿지 못하였어! 하느님은 이 세상 아니 계신 곳이 없지! 누구에게든지 하느님은 계신 것이야! 다 각각 자기 마음속에 하느님이 계신 것이야! 여편네들이 무엇을 알어야지. 내가 이렇게 떠들면 술 먹고 술주정으로만 알렷다! 흥, 우이독경이야! 기막히지! 여보, 무엇을 알우? 그런 늙은이가 무엇을 알어. 그래 신앙이 무엇인지 참종교가 무엇인지를 알어! 예수, 예수 하고 아주 기도를 하고! 그것은 다 약자의 짓이야. 사람은 강자가 되어야 해!"

우리 어머니는 듣고만 계시다가,

"듣기 싫소. 웬 잔말이오! 그런 말을 하려거든 어머니나 아버지한테 가서 하구려."

하시며 상을 들고 나가려고 하시니까, 아버지는,

"무엇이야, 듣기 싫다구?"

하시더니 어머니의 치마를 홱 잡아당기시는 김에

치마가 북 하고 찢어졌다. 어머니는 상을 할멈에게 주고 찢어진 치마를 들여다보시며 얼굴이 빨개지신다. 여자인 어머니는 의복의 파손이 얼마큼 아까운지 모르시는 모양이다. 치마폭이 찢어지는 그 예리한 소리와 함께 우리 어머니의 신경은 뾰족한 바늘 끝으로 쪽 내리 베는 것같이 날카로웁고 쓰린 자극을 받으신 모양이다.

"이게 무슨 짓이오. 여편네 옷을 찢지 못하면 말을 못 하오? 그래 무슨 말이오. 어디 말을 좀 해보우. 어쩌자고 이러시우. 날마다 늦게 술이나 취하여 가지고 만만한 여편네만 못살게 구니 참으로 사람 죽겠구려! 무슨 말이오! 할 말 있거든 어서 하시오!"

흥분된 어조를 조금 높이신 까닭에 높은 음성은 또 우리 아버지를 흥분시키는 동시에 노여웁게 하였다.

"말을 하라구? 흥, 남편 된 사람이 옷을 좀 찢었기로 무엇이 어쩌고 어째?"

"글쎄 내가 무엇이라고 했소, 내가 무슨 죄요. 참으로 허구한 날 사람이 살 수가 없구려."

"듣기 싫어. 여편네들이 무엇을 알아야지. 남편의 심리를 몰라주는 여편네가 무슨 일이 있어서. 다 고만두어. 나는 우리 아버지에게 내버림을 당한 사람이고 세상에서 구박을 당한 사람이니까…… 에…… 후……."

우리 아버지는 이렇게 떠드시다가 다시 한참 가만히 앉아 계시더니 벌떡 일어나시며,

"엥! 가만 있거라. 참말 그대로 있을 수는 없어! 내가 가서 설교를 좀 해야지 내가 목사 노릇을 좀 해야 해."

하고 모자를 쓰고 벌떡 일어나시며 문 밖으로 나가시려 하니까 어머니는 또다시 목소리를 고치시어 부드럽고 애원하는 중에도 조금 노기를 띄우신 말소리로,

"여보, 제발 좀 고만두. 글쎄 이게 무슨 짓이오. 이 밤중에 가기는 어디로 가며 가셔서 어떻게 하실 모양이오. 자! 고만 옷 좀 벗고 드러눕구려."

아버지는 듣지도 않고 방문을 획 열어 젖뜨리셨다. 고요한 저녁 공기가 훈훈한 방 안으로 훅 불어

들어오며 드러누워 있는 나의 온몸을 선뜩하게 하더니 석유등잔의 불이 두서너 번 번득번득한다.

어머니는 아버지의 팔을 붙잡으시었다. 웅크리고 마루에 앉아 있던 할멈은 황망하여 하지도 않고 여러 번 경험한 그의 침착한 태도로 두 팔을 벌리고 다만 이리 왔다 저리 왔다 하면서 동정만 살피고 있다.

어머니는 떨리는 목소리로,

"글쎄 남부끄럽지도 않소. 어서 들어갑시다. 가기는 어디로 가우. 남이 알면 글쎄 무슨 꼴이우."

하는 말을 듣지도 않으시고 우리 아버지는 어머니의 팔을 홱 뿌리치셨다. 어머니는 에크 소리를 지르시며 방문 밖에서 방 안으로 넘어지시며 한참이나 아무 말 없이 엎드려 계신다.

"남부끄럽다. 남부끄럼을 당하는 것보다도 자기 양심에 부끄러운 짓을 하는 것이 더욱 부끄러운 것이야."

하시고 술취하신 얼굴에 분기를 띠시고 또 한옆으로는 엎어져 일어나시지도 못하시는 어머니를 다소간 가엾음과 미안한 마음이 생기시나 위신상 어찌

하시지 못하는 어색한 얼굴을 돌이켜보지도 않으시고 문 바깥으로 나가신다.

나가시는 규칙 없는 발걸음 소리가 대문이 닫혀지는 소리와 함께 사라졌다.

할멈은 어머니를 붙잡아 일으키시며,

"다치지 않으셨어요?"

하며 어머니가 애처로워 보이기도 하고 또는 아버지의 술주정이 귀찮기도 하여서 상을 찌푸려 어머니를 들여다보시며 물어 본다.

나도 그때야 이불을 벗고 일어나서 어머니를 보았다. 어머니는 일어나 앉으시기는 일어나 앉았으나 아무 말이 없으시다.

철모르는 나의 아우는 말라붙은 코딱지를 때때 주먹으로 비비면서 힘없는 손가락을 꼼질꼼질하며 자고 있다. 나는 다만 어머니의 동정을 살피고 있었을 뿐이었다.

몇 분간 동안은 아주 고요 정적하여졌다. 폭풍우가 지나간 바다의 물결 같은 공기가 온 방 안을 채우고 자는 듯이 고요하다.

그때에 나는 어머니의 머리카락이 덮인 두 눈을 바라보았다. 두 눈에는 불에 비쳐 반짝거리는 눈물방울이 방울방울 떨어지고 있었다. 이것을 본 나의 전신의 뜨거운 피는 바늘 끝으로 찌르는 듯이 파랗게 식는 듯하였다. 나의 마음은 어머니의 눈물에서 그 무슨 비애의 전염을 받은 듯이 극도로 쓰렸었다. 나는 그대로 어머니의 얼굴을 쳐다볼 수가 없어 이불을 뒤집어쓰고 어머니와 함께 눈물 흘려 울었다.

　할멈은 화젓가락만 만지고 있는지 달가닥달가닥하는 소리가 들릴 뿐이다. 그리고 어머니의 떨리는 숨소리와 코 마시는 소리가 이불을 뒤집어쓴 나의 귀 위에서 연민과 비애의 정을 속삭거려 주었다.

　어머니는 한참이나 우시더니 코를 요강에 푸시고 이불을 다시 붙잡아 나와 나의 동생을 다시 덮어 주시었다. 그리고 한 손으로 나의 발치와 나의 가장자리를 어루만지실 때 간지러운 자애의 정이 부드러운 명주옷같이 나의 어린 가슴을 따뜻하게 하시었다.

　이튿날 아침, 우리 어머니는 나의 동생의 손을 잡고 나와 함께 우리 외가로 향하여 떠나갔다. 물론 아침도 먹지 않고 늦도록 주무시는 아버지의 아침밥은 할멈에게 부탁이나 하셨는지 으레 알아 할 할멈에게 집안일을 맡기시고 오 리 남짓한 외가로 갔다.

가는 길에 나는 매우 기뻤었다. 무엇 하러 가시는지도 모르는 어머니의 심정은 알지도 못하고 귀여워하시는 할머니를 만나러 간다는 것만 좋아서 앞장을 섰다.

그때의 어머니는 하소연할 곳을 찾아가시는 것이었을 것이다. 팔자의 애소[16]를 자기의 친부모에게 하러 가시는 것이었을 것이다. 일생을 의탁한 우리 아버지를 사랑하지 않는 것이 아니며 못 믿는 것이 아니지마는 발 아래 엎드려 몸부림할 만치 자기의 울분과 자기의 비애를 호소할 곳을 찾아 지금 우리 어머니는 우리 외가로 가시는 것이다.

그때 그에게는 자기의 부모가 유일한 하느님이며 위안자이었다. 약한 심정을 붙일 만한 신앙을 갖지 못한 우리 어머니는 자애의 나라로 달음박질하면

---

16) 슬프게 하소연함.

거기에 자기를 위로하여 주고 자기의 애소의 기도를 들어줄 아버지 어머니가 계실 것을 믿음이었었다. 명명한 대공과 막막한 천애 저편에 위안 나라를 건설치 못하고 작은 가슴속과 보이지 않는 심상 위에 천당과 낙원을 짓지 못한 우리 어머니는 다만 자애의 동산을 찾아가시었다.

걸어가시는 어머니의 얼굴에는 어제 저녁의 울분을 참지 못하시는 푸른 표정과 어머니나 아버지에게 팔자 한탄을 푸념하리라는 굳은 결심의 빛이 보였었다.

가게 앞을 지나고 개천을 건너고 사람과 길을 피하고 돌멩이가 발끝에 챌 때에도 우리 어머니의 머릿속에는 그것뿐이었을 것이다.

그러나 우리 어머니의 머리는 그렇게 단순한 것이 아니었다. 나 어린 어린아이의 그 마음을 갖지는 않았었다. 우리를 볼 때 우리 아버지를 생각하며 부모의 자애를 생각할 때에도 자기의 충심에서 발동하는 애모의 정을 깨달았다.

그는 자기의 남편을 사랑하는 동시에 자기의 부모

를 사랑하였다. 그는 자기 남편의 불명예를 자기 부모에게 하소연하는 것을 아까 집 대문을 나설 때까지는 결심하였을는지는 알지 못하겠으나 반이나 넘어 가까이 자기 부모의 집을 왔을 때에 그것을 부끄리는 정이 나오는 동시에 또한 그 불명예로운 소리를 발하는 아내 된 자기의 불명예로움을 알았다. 그리고 자기 남편의 불명예를 은폐하려는 동시에 자기 부모의 심로를 생각하였다. 자애를 부어 주는 자기 부모에게 자기의 울분을 애소하는 것이 자기에게는 좋은 것이나 자기 부모의 마음을 조심되게 함을 깨달았다.

나의 동생은 아슬렁아슬렁 걸어가면서 무어라고 감흥에 띤 이야기를 중얼거리면서 걸어간다.

어머니는 외가에 거의 다 왔었을 때에 나에게 은근한 목소리로,

"너 할머니나 할아버지께 어제 저녁에 아버지가 술 먹고 야단했다는 말은 하지 말어라."

하시며 무슨 응답이나 들으려시는 듯이 나를 들여다보신다. 나는,

"예."

하였다. 그 '예' 소리가 나의 입에서 떨어지면서 무슨 해결치 못할 문제가 다 풀린 듯한 감이 생기며 집에서 나올 때부터 무슨 불행스럽고 불안하던 마음이 다시 화평하여졌다.

십칠 원 오십 전
: 젊은 화가 A의 눈물의 한 방울

첫째

사랑하시는 C선생님께 어린 심정에서 때없이 솟아오르는 끝없는 느낌의 한마디를 올리나이다.

시간이란 시내가 흐르는 대로 우리 인생은 그 위에서 뱃놀이를 하고 있습니다. 늙은이나 젊은이나 마음 아픈 이나 가슴 쓰린 이나 행복의 송가를 높이 외우는 이나 성공의 구가[1]를 길게 부르짖는 사람이나 이 시간이란 시내에서 뱃놀이하지 않는 사람이 누구입니까?

---

1) 행복한 처지나 기쁜 마음 따위를 거리낌 없이 나타냄. 또는 그런 소리.

오늘 이 편지를 선생님께 올리는 이 젊은 A도 시간이란 시내에 일엽편주를 띄워 놓고 곳 모르는 포구로 향하여 둥실둥실 떠갑니다.

어떠한 이는 쾌주하는 기선을 탔으며 어떠한 이는 높다란 돛을 달고 순풍에 밀리어 갑니다. 또 어떠한 이는 밑구멍 뚫어진 나룻배를 이리 뒤뚱 저리 뒤뚱 위태하게 젓고 갑니다.

어떠한 배에서는 하품하고 기지개 켜는 소리가 들립니다. 또 어떠한 배에서는 장구를 두드리고 푸른 노래를 부르기도 합니다. 어떠한 배에서는 불그레한 정화2)의 소곤대는 소리가 들립니다. 어떠한 배에서는 여자의 애끊는 울음 소리가 납니다. 어떠한 배 속에서는 촉루가 춤을 추고 어떠한 배 속에서는 노름꾼의 코고는 소리가 납니다.

그러나 이 A가 탄 배에서는 무슨 소리가 들리는 줄 아십니까? 때없는 우울과 비분과 실망과 고통과 원망이 뭉텡이가 되고 덩어리가 되어 듣는 이의 귓

---

2) 남녀가 정답게 이야기를 주고받음. 또는 그 이야기.

구멍을 틀어막을 듯이 다만 띵하는 머리 아픔이 있을 뿐이외다.

나와 같은 배를 띄워 같은 자리를 지나가는 배가 몇백 몇천이 있습니다. 그들은 다만 서로 바라보며 기막혀 웃을 뿐이외다. 그리고 서로 눈물지을 뿐이외다.

선생님. 이 배가 가기는 갑니다. 한 시간에 오 리를 가거나 단 일 리를 가거나 가기는 갑니다. 그러나 그 배가 뒷걸음칠 리는 없을 터이지요. 가기만 하는 배는 우리를 실어다 무엇을 하려 할까요? 흐르는 시간은 말이 없고 뜻이 없으매 다만 일정한 규칙대로 가기는 가겠으나 뜻없고 말없는 시간이란 시내 위에 이 A는 무슨 파문을 그리어 놓아야 할까요.

새벽 서리 찬바람에 차르럭 찰싹 뛰어 노는 어여쁜 물결입니까? 아침 저녁 멀리 밀려왔다 멀리 밀려가는 밀물의 스르렁거리는 물결입니까? 초생달 갸우뜨름하게 비추인 푸르렀다 희었다 하는 깜찍한 파문입니까? 어떻든 저는 무슨 파문이든지 그 시간이란 시내 위에 그리어 놓아야 할 것이외다. 하다 못하여 시커먼 물결 위에 푸— 하게 일어나는 거품 일지라도 남겨 놓고야 말 것이외다.

선생님. 그 파문을 그려야 하나 그릴 수가 없습니다. 하늘의 바람은 너무 장하고 몰려오는 물결은 너무 힘이 있습니다. 인습이란 물결이 아직은 편주를 몰아낼 때와 육박하는 환경의 모든 시커먼 물결이 가려 하는 이 A라는 조그마한 배를 집어삼키려 할 때 닻을 감아라 노를 저어라 가려고는 합니다마는 방향을 정하려 하나 팔에 힘이 약하고 가려 하나 나를 이끌어 나아가게 하는 힘있는 발동기를 갖지 못하였습니다. 그나 그뿐입니까? 어떤 때에는 폭우가 내려 붓고 어떠한 때에는 광풍이 몰려와 간신히 뒤뚱거리는 이 작은 배를 사정없이 푸른 물결 속에 집어넣으려 합니다.

아아, 선생님. 그나 그뿐이 아니외다. 어떠한 때는 어두운 밤이 됩니다. 울멍줄멍하는 노한 파도가 다만 시커먼 암흑 속에서 이리 뛰고 저리 뜁니다. 하늘에는 희망의 별 하나 보이지 않습니다. 저쪽 어귀를 희미하게 비추는 깨알 같은 등대의 깜박거리는 불도 꺼질 때가 있습니다.

그러나 저는 가렵니다. 약하고 힘없는 두 팔다리로 저 보이지 않는 포구를 향하여 형형색색의 파문을 그리면서 가기는 가렵니다. 오늘에 그리어 놓은 파문의 한 폭이 내일에 그리일 파문을 낳고 내일에 그리어 놓은 파문의 한 폭이 모레의 그것을 낳아 저쪽 포구에 이를 때에는 대양으로 나아가는 힘있는 여울 물결 위에 거룩하고 꽃다운 성공의 파문을 그리려 합니다.

아아, 그때에는 암흑에 날뛰는 미친 파도나 때없는 폭풍 폭우나 밀려오는 인습의 물결이나 모든 환경의 그 모진 파도가 그 거룩하고 꽃다운 파문 하나는 지워 버리지 못할 것이며 삼키어 버리지 못할 것이지요. 이 작은 일엽편주는 그때가 되어 바위에 부딪혀 깨어지거나 물결에 씻기어 사라지거나 저는 다만 죽어 가는 목구멍 속으로라도 넘치는 환희와 북받치는 기쁨으로 영생의 노래를 부를 것이외다.

둘째

오늘은 웬일인지 일기가 전에 보지 못하게 음침합니다. 답답한 심사와 침울한 감정을 양기 있고 청징[3]하게 하려 애를 썼으나 그것은 실패하였습니다.

아침에 밥을 먹은 저는 열두시가 되도록 습기찬 방바닥에 누워 있었습니다. 오고 가는 공상이 어떠한 때는 저를 웃기더니 어떠한 때는 울리더이다. 저의 젊은 아내는 오색종이로 바른 반짇그릇을 옆에 놓고 별 같은 두 눈을 깜박거리며 저의 입고 나갈 두루마기 끈을 달고 있었나이다. 저는 저의 아내를 볼 때마다 불쌍한 생각이 납니다. 나이 젊은 아내의 고생살이를 생각할 때마다 저의 심정은 웬일인지 쓰립니다. 제 옆에 앉아 있는 그 젊은 아내가 과연 저의 이상을 채우는 아내는 아니외다. 사랑과 사랑이 결합하여 된 부부가 아니외다. 자각 있는 애인과 자각 있는 애인의 조화 있는 사랑은 아니외다. 그는

---

3) 맑고 깨끗하다.

무엇을 믿고서 나의 아내가 되었으며 무슨 각성을 가지고 나를 사랑하는지 알 수가 없습니다. 애인과 애인이 서로 만나는 것이 가장 큰 대담한 일이라 하면 애인도 아니요 애인도 아닌 이 두 사람의 서로 결합된 것도 위태하게도 대담한 것이외다.

위태한 짓을 똑같이 한 이 A도 불쌍한 용자이지마는 그것을 지금까지 알지 못하는 저의 젊은 아내도 어리석은 용자이외다. 우리 두 사람이 과연 원만하게 애(愛)의 카락을 두 몸에 얽어 놓았습니까? 강대한 세력을 두 사람의 붉은 피 속에 부어 주는 것이 무엇입니까?

그러나 어린 자식은 절더러 '아빠 아빠' 합니다. 그리고 저의 아내더러는 '엄마 엄마' 합니다. '엄마 엄마'라 부르는 그 소리를 들을 때마다 알지도 못하게 저의 마음은 깨끗하여지며 어느 틈엔지 따가운 귀여움이 저의 가슴을 채웁니다. 어린애가 웃으면 저도 웃습니다. 그러면 저의 아내도 웃습니다. 저의 아내의 웃는 눈은 반드시 나의 얼굴을 바라봅니다.

철없는 아이가 재롱부려 웃을 때는 저의 웃음과

저의 아내의 웃음소리는 보이지 않는 공중에서 서로 얼크러져 입을 맞춥니다. 그때에는 모든 불평 모든 고통이 그 방 안에서 내쫓기어 버립니다.

오늘도 남향한 창에는 햇빛이 따뜻하게 드는데 철없는 어린 자식은 방 한 귀퉁이에서 자막대기를 가지고 몽글몽글한 두 다리를 쪽 뻗고서 무엇이 그리 재미있는지 콧소리를 째근째근하며 장난을 하고 있을 때 답답한 감정이 공연히 저의 상을 찌푸리게 하였으나 근지러운 살과 부드러운 입김을 가진 저의 아내가 고요한 침묵을 가는 바늘로써 바느질할 제 웬일인지 눈을 감은 저의 전신의 모든 관능은 힘을 잃은 것같이 노곤하여졌나이다.

잠들지 않은 나의 정신은 혼농한 가운데 젖어 있을 때 나의 아내는 무엇을 생각하였는지,

"여보셔요, 날이 점점 추워 오는데 월급 되거든 어린애 모자 하나 사오셔요."

하였습니다. 이 말을 듣는 저는 듣고도 못 들은 체하였습니다. 그리고 속마음으로는, '화구도 살 것이 있고 책도 좀 사야 할 터인데 어린애 모자는 천천히

사지’ 하며 아내의 말에 공연한 심증이 났습니다. 그 심중은 결코 아내의 말이 부당한 말이나 어린아이의 모자를 사다 주는 것이 아까워 그리한 것이 아니라 경제의 압박을 당하여 오는 저는 돈이란 소리를 들을 때마다 쌓아 오고 쌓아 오는 불평이 공연히 좋던 감정도 얼크러뜨려 버립니다.

저의 아내는 여러 번 그런 일을 말하면서도 저의 대답하지 않는 것이 무안한 듯이 한참이나 아무 소리가 없다가,

“왜 남의 말에 대답이 없소?”

하였습니다. 나는 여전히 말대답이 없이 드러누워 있었습니다. 아내는 또다시,

“어린애 모자 하나 사다 주기가 무엇이 그리 어려워서.”

하더니 아무 소리도 없이 다 꿰매인 두루마기를 툭툭 털어 저의 누워 있는 다리 위에 툭 던졌습니다.

자막대를 가지고 장난하던 어린애는 모자 소리를 듣더니,

“때때모자? 웅, 엄마.”

하고 벙긋벙긋 웃으면서 저의 아내를 쳐다보며 달려듭니다.

이것을 본 저의 아내는 토라졌던 얼굴을 다시 고쳤던지,

"글쎄 이것 좀 보시우. 모자 모자 하는구려."
하며 아무 말 없이 두 눈 위에 팔을 얹고 누워 있는 저의 가슴을 가만히 연하고 부드럽게 흔들었습니다. 저의 아내의 매끈매끈한 손가락이 저의 옷 위에서 꼼지락거릴 때에 저의 피부 밑으로 지나가는 가는 신경은 무엇에 취한 듯한 감각을 저의 핏결 속에 전하는 듯하였습니다.

저는 다만,

"왜 이래, 구찮은……."
하고 팔꿈치로 아내의 손을 툭 치며 다시 돌아누웠습니다. 제가 본래 신경질임을 아는 저의 아내는 조금도 노여워하는 기색이 없이 다만 생글 웃으면서 가장 노한 듯이,

"고만두구려. 어서 옷이나 입고 나가요. 대낮에 드러누워 있는 것이 갑갑해 못 견디겠구려."

하는 목소리는 웬일인지 마음 약한 저의 거짓 노여워함을 오래 가게는 못 하였습니다. 저는 다만 벌떡 일어나며 아내의 얼굴을 한번 쳐다보고,

"엥, 그 등쌀에 누워 있을 수가 있어야지. 두루마기 어쨌소?"

하며 웃음을 참지 못하고 빙그레 웃었습니다. 저의 아내도 웃음이 떠도는 얼굴에 거짓 노여움을 섞으면서,

"그것 아니고 무엇이오."

하며 방바닥에 놓여 있는 저의 두루마기를 가리켰습니다.

저는 다만 무안한 가운데도 우스운 생각이 나서 아무 말이 없이 두루마기를 입고,

"지금 몇 시나 되었을꼬?"

하며 혼잣말을 하고는 모자를 집어 썼습니다.

저는 바깥으로 나왔습니다. 젊은 아내와 정에 겨운 싸움을 하고 나온 저의 마음은 바깥에 나와서 비로소 그 시간에 일어난 역사가 그리웁고 애착하는 생각이 났습니다. 새로운 공기와 푸른 하늘이 거의

공연히 센티멘틀한 심정을 녹이며 부드럽게 하여 줄 때 웬일인지 반웃음과 반노여움을 섞은 저의 젊은 아내의 얼굴과 그의 표정이 말할 수 없이 저의 마음을 매취케[4] 하는 듯하였습니다.

저는 저의 친구를 찾아 MW사로 향하여 오면서 생각하는 것은 저의 아내뿐이었으며 그 아내가 청하던 어린 자식의 새 모자이었습니다. 저는 월급을 타거든 모자를 사다 주리라 하였습니다. 그래서 어린아이의 마음을 기껍게 하기도 할 뿐만 아니라 아이의 어머니 된 젊은 아내의 마음을 즐거웁게 하여 주리라 하였습니다.

셋째

MW사에 왔습니다. DH, WC는 서로 바라보며 무슨 걱정인지 하고 있었습니다. 웬일인지 그 넓지

---

4) 마음이 홀리어 정신이 황홀하게 됨.

못한 방 안에서는 검푸른 근심의 그늘이 오락가락 하였습니다. 저는,

"웬일들이야? 무슨 걱정 들었나?"

하였습니다. 얼굴 검은 DH는,

"그렇지 않아도 자네를 기다리었네. 그런 게 아니라 NC의 아내가 앓는다는 기별이 왔는데 본래 구차한 그 사람이 어떻게나 근심을 하겠나. 그래서 오늘 NC의 집까지 가볼까 하고 자네를 기다리던 터인데."

"무어야? NC의 아내가?"

"그래."

"그것 안되었네그려. 그러면 언제 가려나? 차비들은 준비되었나?"

"그것은 내가 준비하였어."

"그러면 가보세그려."

저는 다만 친구의 불쌍한 처지에 동정하는 마음을 견디지 못하였습니다. NC의 집은 시골입니다. 더구나 한적한 촌입니다. 그의 생활은 부유럽지 못하고 빈곤합니다. 그는 지금 자기의 손으로 농사를 짓

습니다. 아침에 괭이 메고 논으로 갑니다. 저녁이면 시름없이 자기 집으로 돌아옵니다. 돌아온 그는 깜빡깜빡하는 유경[5] 밑에서 깨알 같은 책을 봅니다. 그리고 시를 씁니다. 그의 시는 선생님도 보신 바가 있겠지요마는 참으로 완벽을 이룬 것이 적지 않습니다. 저는 NC의 한적한 생활을 부러워합니다. 조금도 불평이 없이 조금도 변함이 없는 그의 굳은 신앙 아래 살아가는 것을 저는 부러워합니다.

저는 그의 눈물을 못 보았습니다. 그의 한숨이 저의 귀를 서늘하게 하지 못하였습니다.

넷째

사랑하시는 선생님. 사람의 눈물이 있다고 하면 이러한 경우에 울지 않는 사람은 없을 것이지요? 만일 참으로 그 눈물이 눈물이라 하면 이와 같은 눈

---

5) 놋쇠로 만든 등잔 받침.

물이 참눈물이겠지요.

오늘 저녁이외다. 저희 세 사람은 NC가 사는 시골에 왔습니다. 정거장에서 십 리를 걸어들어올 제 저희 세 사람은 참으로 공통된 의식 공통된 감정을 머릿속과 가슴속에 품고 있었습니다.

멀리 보이는 작은 별들은 옛날의 동방박사들을 베들레헴으로 인도한 듯이 우리를 보고서 재롱부리어 깜빡거립니다. 다닥다닥한 좀생이는 간지러운 듯이 옹기종기합니다. 밤은 어둡고 길은 험하오나 저희를 이끌어 가는 그 무슨 세력의 선이 끝나는 저편에는 우정이라는 낙원이 있습니다. 동지라는 그리운 '에덴'이 있습니다.

말이 없고 소리가 없이 걸어가는 우리 세 사람은 다만 쓸쓸하고 적막하고 심심하고 무미담담한 NC의 집을 찾아가면서도 우리의 끓는 피와 타는 정열은 그 찾아가는 한적한 농촌을 싸고도는 가만한 공기를 꽃답고 찬란하게 그리어 놓으려 하였습니다.

그러하나 NC의 집에 다다랐을 때 되었습니다. 초가집 가장자리를 싸고도는 암흑 속에서 이리 갔다 저리 갔다 혼자 왔다갔다하는 사람이 있었습니다. 그는 그때 눈을 감고 하늘을 쳐다보고 있었습니다. 우리는 그를 NC로 알았습니다. 우리는 다만,

"NC!"

하고 반가운 두 손을 내밀었습니다. 이것을 본 NC는 다만 아무 소리가 없이 파리한 두 손을 내어밀며,

"야, 어떻게들 이렇게 내려왔나?"

하며 힘없는 말소리에 처량한 기운이 도는 목소리로 대답을 하였습니다. 우리 세 사람의 마음속에는 NC의 말소리를 들을 때에 그 무슨 애매한 의식을 깨달았습니다. 인생의 애가, 마음 아프고 가슴 저린 그 무슨 노래를 듣는 듯이 NC의 목소리에는 푸른 기운이 돌았습니다.

NC는 아무 말이 없이 다만 번갈아 가며 우리 세 사람의 손을 단단히 쥐었습니다. 그리고는,

"나의 아내는 삼십 분 전에 영원한 해결의 나라로 갔네."

하였습니다. NC의 눈에서는 여태까지 보지 못하던 눈물이 흘렀습니다. NC의 가슴을 에이고 붉은 피

는 식히고 애탄의 결정인 뜨거운 눈물은 다만 차디 찬 옷깃을 적시고 시름없이 식어 버리더이다.

그 누가 말한 바와 같이 하늘에는 별이 있습니다. 땅에는 꽃이 있습니다. 바다에는 진주가 있습니다. 우리 사람에게는 뜨겁게 반짝이는 눈물이 있습니다. 누가 이것을 보고 울지 않는 이가 있고 누가 이 꼴을 보고 눈물 흘리지 않는 이가 있을까요? 우리 세 사람은 한참이나 선 채로 울었습니다. 친한 친구, 사랑하는 동지자의 사랑하는 아내의 죽어 가는 것을 보았을 때 새삼스럽게 우리 인생의 모든 비애가 심약한 우리들을 울리었습니다.

다섯째

오래 뵈옵지를 못하였습니다. 일주일 동안이나 N C의 집에 있었습니다. NC의 아내의 장례는 저희가 시골에 간 지 이틀 뒤였습니다.

초가을은 으스스하였습니다. 나뭇잎은 시체를 담

은 상여 위에서 시들어 가는 듯이 춤을 추었습니다. 상여꾼들의 목늘여 부르는 구슬픈 비가는 길고 느리게 공동묘지로 향하는 산고개를 넘어가더이다.

아! NC의 아내는 영원히 갔습니다. 동리를 거치고 산모롱이를 지나서 영원히 갔습니다. 그러나 NC의 머릿속에서 끝없이 울고 있을 그의 환영은 길고 긴 세월을 두고 우리 NC를 얼마나 울릴까요? 회고의 기억 속에서, 시들스럽게 춤추는 그의 그림자는 몇 번이나 NC의 두 눈을 감개무량하게 하겠습니까?

새벽 서리 차디찬 밤, 초생달 갸웃스름한 저녁에 애타는 옛 기억, 마음 아픈 옛 생각은 어느 곳 어느 자리에서 우리 NC를 울릴까요?

제가 NC의 아내의 장례에 참례하였을 때에는 저도 또한 죽음과 생의 경계선에 서 있는 듯하였습니다. 죽음과 삶이라는 것이 무엇이 다른 것인가요? 살았다 함은 육체에 혈액이 돌고 모든 것을 의식하고 모든 것을 감각한다 함입니까? 죽음이라 하는 것은 모든 관능이 육체의 썩어짐과 함께 그 활동을

잃어버린다 함입니까? 저는 무한한 비애를 아니 느
낄 수가 없습니다.

여섯째

어저께 시골서 올라왔습니다. 오늘은 웬일인지 일
기가 청명하더이다. 가볍고 달콤한 공기가 저의 콧
속을 통하여 쉴새없이 벌룩거리는 폐 속으로 지나
들어갈 때 어저께까지 시든 듯한 저의 혈액은 다시
정해진 듯하더이다.

'낙망'이라는 그림을 그리면서 낙망을 염려하는
저는 쉬지 않고 꽃다운 희망으로 저의 가슴을 채웠
었습니다. 그윽한 법열 속에서 브러시와 팔레트를
움직일 때 저는 살았었으며 생의 진실을 맛보았습
니다. 다만 제가 팔레트판을 들고 캔버스를 격하여
앉았을 때가 저의 참 생이었습니다.

'낙망'이라는 모토를 가진 그림을 그리면서도 무
한한 장래와 끝없는 유열이 있었습니다. 애인의 손

을 잡고 그의 귀밑에 눈물을 떨어뜨리며 자기의 흉중을 하소연할 때와 같이 정결하고 달콤한 맛이 저의 전신을 물들였습니다.

오늘은 웬일인지 정신이 청징하였습니다. 일주일 가까이 자극이 적은 향토에 논 까닭인지는 알 수 없으나 어떻든 한아한[6] 정신으로 노곤한 안일 속에 오늘 하루를 지내었습니다.

그러나 안일에도 권태가 있고 법열도 깨일 때가 없지 않았습니다. 육체의 권태는 정신까지 권태하게 하더이다. 또다시 법열까지 깨뜨려버리더이다.

저는 기지개 한번 하고 팔레트판을 내던졌습니다. 그리고 캔버스를 집어치우고 외투를 입고 모자를 쓰고 시계를 보았습니다. 시계는 두 시를 가리키고 있었습니다. 저는 두 시간의 여가가 있음을 알았습니다. 그래서 그 권태를 녹이기 위하여 SO의 집으로 가려 하였습니다.

SO는 불쌍한 여성이외다. 한 다리가 없는 불구자

6) 한가롭고 아담하다. 조용하고 품위가 있다.

이외다. 나이는 이십 세이외다. 그는 한쪽 없는 다리를 끌면서 추우나 더우나 학교에를 십여 년이나 다녔습니다. 제가 중학교 사학년 다닐 때에 날마다 아침이면 같은 길모퉁이에서 만나는 것이 연이 되어 그와 사귀게 되어 지금까지 삼 년 동안을 지내 왔습니다.

그에게는 나이 늙은 어머니 한 분밖에는 없습니다. 아침이나 저녁에 학교에 가고 올 때에는 그는 반드시 자기 딸의 학교에 가고 학교에서 오는 것을 바라보고 기다렸다 합니다. 학교에서 무슨 일이 있어 늦게 돌아오게 되면 그의 늙은 어머니는 반드시 학교 문 앞까지 와서 자기의 딸을 기다리고 있었다 합니다.

아아, 선생님, 불구자의 모녀의 생활은 참으로 눈으로 볼 수 없고 생각할 수 없게 불쌍하고 참담합니다. 그의 물질적 생활은 이 세상에서 제일 비참합니다. 그는 남의 집 곁방에서 바느질품으로 그날그날의 생활을 계속하고 있습니다.

오늘도 그 불쌍한 불구자를 찾아왔습니다. 문을

들어서며 기침을 두어 번 하였습니다. 그러나 웬일인지 그전에는 반드시 반가워 맞아주던 그 불구자의 여성, 오늘은 그의 그림자를 볼 수가 없었습니다.

문간에 들어선 저의 마음은 저녁날에 산골짜기를 헤매는 듯이 휘휘 하였습니다. 가련한 불구의 여성이 나를 맞아 주지 않는 것이 저의 마음을 울게 하였습니다.

저는 또다시 기침을 하고 구멍이 뚫어지고 문풍지가 펄럭펄럭하는 방문을 열려 하였습니다. 그러나 저는 그 문을 열지 못하였습니다. 숭숭 뚫어진 문틈으로 새어 나오는 불구인 여성의 모녀의 울음소리는 저의 감정을 연민의 정으로 물들였습니다. 저는 다만 망연하게 아무 말 없이 서 있었습니다. 말없이 서 있는 저의 주위는 날연한 공기가 불구자의 어머니와 불구인 여성의 울음소리를 싣고서 시들어지는 듯이 선무를 추었습니다.

조금 있다가 문이 열리더니 나오는 사람은 그의 늙은 어머니였습니다. 그는 치맛자락으로 눈물을 씻으면서 저를 바라보더니,

"오셨습니까? 어서 방으로 들어가시지요."

하며 돌아서서 코를 풀었습니다. 저는 무엇이라 물어 볼 말도 없거니와 또다시 말할 것도 없어 다만,

"네, SO는 있나요?"

하며 방 안을 들여다보았습니다. SO의 어머니는,

"네, 있어요."

하고 저의 말에 대답을 하더니 다시 방 안을 들여다보며,

"얘, 선생님 오셨다."

하였습니다.

방 안에는 SO가 돌아앉아 여태껏 울고 있는지 차마 고개를 돌리지 못하고 다만 치마끈으로 눈물만 씻고 있었습니다. 그러나 제가 온 것을 보고서는 그대로 고개를 숙이고 몸을 틀어 돌아앉으면서,

"어서 오십시오."

하고 발갛게 피가 오른 두 눈으로 저를 쳐다보더니 다시 눈을 방바닥으로 향하였습니다. 저는 들어가기를 주저하였습니다. 그렇다고 그대로 돌아갈 수는 없었습니다. 저는 구두를 끄르고 그 방 안으로

들어갔습니다. 방 안으로 들어가려 할 때 마루 끝에 놓여 있는 SO의 다리를 대신하여 주는 나무때기가 저의 발길에 채여 덜컥 하였습니다. 저는 그때 근지럽고 누가 옆에서 '에비' 하고 징그러운 것을 저의 목에다 던져 주는 듯이 진저리를 치는 듯이 방 안으로 뛰어 들어갔습니다.

SO는,

"오늘은 시간이 없으셔요?"

하며 다른 때와 다르게 유심히 저를 쳐다보았습니다. 저는,

"이따가 네 시에나 시간이 있으니까요. 잠깐 다녀가려고 왔어요."

하고 자리를 정하고 앉았습니다.

"댁에 무슨 좋지 못한 일이 생겼습니까?"

하고 저는 그의 운 이유를 알아보려 하였으나, 그는 다만,

"아녜요."

하고 부끄러움을 띠며 아무 말이 없었습니다.

저도 또다시 무엇이라 물어 볼 수가 없어서 다만

사면만 돌아다보며 아무 소리가 없었습니다.

SO는 한참이나 가만히 있었습니다. 그러다가 반쯤 떨리는 목소리로,

"선생님."

하고 저를 부르더니 또다시 아무 말이 없이 한참이나 꼼지락꼼지락 하는 손가락만 바라보다가 저의,

"네."

하는 대답을 재촉하는 듯이 또다시,

"선생님."

하였습니다. 저는,

"네."

하고 그의 구부린 머리의 까만 털만 바라보았습니다.

"저는 병신입니다."

하더니 여태까지 참았던 눈물이 또다시 떨어져 방바닥 위로 시름없이 굴렀습니다. 이 소리를 듣는 저도 같이 울고 싶었습니다.

"저는 병신인데요."

하고 힘있는 어조로 또다시 한 말을 거푸 하더니 그대로 방바닥에다가 엎드려 울면서 목 메인 소리로,

"병신인 저도 피가 있고 감정이 있습니다. 뜨거운 눈물과 새빨간 정열이 있습니다. 그러하나 불쌍한 저는 그 눈물을 가지고 혼자 우나 그 눈물을 알아주는 사람이 없으며 그 정열을 혼자 태웠으나 그것을 받아 주는 이가 없어요. 불쌍한 사람은 세상에서 더욱 불쌍한 구덩이에 틀어박으려 할 뿐이야요."
하며 느껴 가며 울었습니다.

"저를 A씨는 불쌍히 여겨 주십니까? 만약 참으로 불쌍히 여겨 주신다면 이 저의 마음까지 알아주셔요."
하고 애소하듯이 저의 무릎에 엎드려 울었습니다.

선생님. 누가 이 말을 듣고 울지 않는 자가 있으며 누가 불쌍히 여기지 않는 자가 있을까요? 저는 다만 SO를 껴안고 한참이나 울었습니다.

"SO씨, 울지 마셔요. 나는 당신을 불쌍히 여깁니다. 참으로 동정합니다."

"그러면 한 다리 없는 불구자인 저를 길이길이 사랑하여 주시겠어요?"

이 말을 들은 저는 다만,
"네?"

하고 아무 말이 없었습니다. 저는 그 말에 대답을 하지 못하였습니다. 저의 눈앞에 나타나 보이는 것은 저의 나이 젊은 아내였습니다. 자막대기 가지고 놀고 있던 어린아이였습니다.

SO는,

"네, A씨, 대답을 하여 주셔요."
하고 저를 애소하는 두 눈에 방울방울 눈물을 괴고서 쳐다보았습니다.

아! 선생님. 이 SO를 저는 참으로 불쌍히 여깁니다. 참으로 동정합니다. 그가 눈물을 흘릴 때에 나도 눈물을 흘립니다. 그가 속태울 때에는 나도 속을 태우려 합니다. 하늘 아래 지구 한 점 위에서 꼼지락거리는 이 병신인 SO를 저는 힘껏 붙잡고 울더라도 시원치가 못할 것입니다. 그러나 선생님. 그 불쌍히 여기는 마음이 생기는 그 찰나 사이에 벌써 사랑이라는 것이 간 것이 아닐까요. 그의 손을 잡고 따라서 같이 우는 것이 벌써 사랑이 아니었을까요?

그러나 이 불구의 여성은 저를 사랑하려 합니다마는 저는 여성의 사랑을 얻고서 도리어 가슴이 아팠습니다. 진정한 사랑을 받으면서 그것을 물리치지 않을 수가 없었습니다.

저는 불구인 여성의 뜨거운 사랑을 받기에는 너무 불행한 사람이외다.

선생님, 육체의 불구자는 그 불구를 동정한 저로 말미암아 사랑의 불구자가 될 줄이야 꿈에나 알았 사오리까? 사랑은 곧은 것이요 굽은것 아니니 저는 벌써 그 곧은 길 위에 선 사람이외다. 저의 아내를 사랑하지 않는 바가 아니었나이다. 그러면 저는 저 의 아내에게로 향하는 꼿꼿한 사랑을 일부러 꺾어 이 불구의 여성을 사랑할 수는 없었습니다. 불구의 여성이 불구의 여성이므로 그를 동정하는 동시에 저의 사랑을 불구가 되게 할 수는 없었습니다. 그러 나 이 불구자의 눈물은 그 눈물이 저의 무릎 위에 떨어지는 때부터, 아니올시다, 그의 사랑이 저에게 로 향할 때부터 벌써 그의 가슴에 어리어 있는 사랑 을 불구자 되게 하였습니다. 그의 한 다리가 없는 것과 같이 그의 사랑은 한쪽 없는 사랑이었습니다.

저는 다만,

"SO씨, 울지 마셔요. 저의 가슴은 SO씨의 눈물로 인하여 녹아 버리는 듯하외다. SO씨의 눈물 방울이 저의 마음 위에 한 방울씩 두 방울씩 떨어질 때마다 그 무슨 화살로 꿰뚫는 듯이 아프고 쓰립니다."

할 뿐이었나이다.

"A씨, 저는 다만 A씨 한 분이 저를 참으로 사랑하여 주실 줄 알았었는데요."

하는 SO는 그 무슨 대답을 기다리는 듯이 아무 말이 없었습니다. 저는 다만,

"그만 우세요. 자, 일어나세요."

하고 가리지 못할 눈물을 씻을 뿐이었나이다.

저는 어제 날까지 많은 여성의 사랑을 받는 자를 행복자라 하였었습니다. 그러나 오늘 이 불구자의 하소연을 들을 때에 비로소 정의 가슴이 아팠었습니다. 한 개의 사랑을 두 군데로 자르려 할 때 그 아픔을 알았었습니다. 그 쓰림을 알았습니다. 한 개인 사랑을 가진 한 사람이 여러 사람의 여러 사랑을 받는 것의 그 가슴 저리고 불행한 것을 알았습니다.

아! 그러나 그 불구자는 더욱더욱 불구자가 되어

갈 터이지요. 낙망과 원한의 심연에서 하늘을 우러러 그의 불행을 부르짖을 터이지요? 그 부르짖음의 애처로운 소리는 저의 피를 얼마나 식힐까요? 그 소리는 영원토록 저의 귀 밑에서 슬피 울 터이지요?

선생님, 저는 이 참으로 사랑하는 여성의 사랑을 매정하게 물리쳐야 할 것입니까? 영원토록 받아 주어야 할 것입니까? 불쌍한 자의 울음을 들어 주어야 할 것입니까? 불구자의 애소의 눈물을 저의 가슴에 파묻히도록 안아야 할 것입니까? 저는 다만 기로에 방황하며 약한 심정을 정하지 못하고 헤매일 뿐입니다.

"네, 알았습니다. 그러나 저는 SO씨의 말씀에 그렇게 속히 대답할 수는 없습니다."

"그러면 언제 대답을 하여 주시겠습니까?"

"네, 그것은 천천히 해드리지요."

하는 묻고 대답하는 말이 우리 두 사람 가운데에는 교환되었습니다.

SO는 의심하는 듯이,

"그러면 저를 절대로 사랑을 하여 주시지는 않는

다는 말씀이지요. A씨의 가슴에는 저를 위하여서는 절대의 사랑이 없으시다는 말씀이지요?"

하며 원망하듯이 저를 쳐다보았습니다. 저는 무엇이라 대답할는지 몰랐습니다. 참으로 저에게 절대의 사랑이 그때 있었습니까? 참으로 없었습니다. 절대의 동정과 연민은 있었을는지는 알 수 없어도 절대의 사랑은 없었습니다. 타산이 있었으며 주저가 많았었습니다. 어떠한 때에는 불구자라는 근지러운 대명사가 저를 진저리치게까지 하였습니다.

아무 대답도 없는 저를 보던 SO는,

"저는 알았습니다. 저는 영원토록 불구자이외다. 한 귀퉁이가 이지러진 사랑의 소유자이외다. 그뿐 아니라 저는……."

하더니 단념과 원망이 엉킨 두 눈에는 어리석은 눈물이 어느 틈에 말라 버리고 냉소와 저주가 맺힌 듯할 뿐이었습니다. 이 소리를 듣는 저는 어쩐지 마음이 으스스 차고 몸이 달달 떨리는 듯하여 그의 눈물을 다시 보고 싶었습니다. 그리고는 그의 단념과 원망과 냉소와 저주와 매치인 듯한 표정을 볼 때 저는

또다시 그의 마음을 풀어뜨리어 힘없고 연하게 울리고 싶었습니다. 저는,

"SO씨."

하고 그의 손을 잡으며,

"저는 영원토록 SO씨를 잊지는 못하겠습니다."

하였습니다. 그는,

"네, 저를 잊지는 말아 주셔요. 저도 눈을 감을 때까지는 A씨를 잊지는 못하겠지요."

할 뿐이었습니다.

일곱째

SO의 집에서 나온 저는 학교를 향하여 갔었습니다. 아까까지 청징하던 심신은 웬일인지 불구인 여성의 집을 다녀온 후부터는 흐릿하고 몽롱할 뿐만 아니라 침울하고 센티멘틀로 변하였습니다.

저는 학교에를 갑니다. 한 시간의 도서를 가르치기 위함보다도 그 보수를 바라고 갑니다. 세상의 제

일 불행한 범죄가 있다 하면 아마 이와 같은 자이겠지요. 뜻하지 않고 내 마음에 있지 않은 짓을 한 뭉치의 밥덩어리와 김치 몇 쪽의 충복할 식물을 위하여 알면서 행한다 하면 죄인 줄 알면서 타인의 물건을 도적한 기한7)에 쪼들린 자와 얼마나 나을 것이 있겠습니까? 남의 물건을 도적한 자의 양심이 떨린다 하면 그만큼 비례한 저의 양심도 떨리었을 것이며 박두하는 기한에 못 이기어 다른 사람의 물건을 도적한 사람의 생을 갈구한 것을 동정할 것이라면 생명을 이어 얻기 위하여 자기의 양심을 속이는 이 A라는 화가도 또한 동정을 구할 수가 있을 것일는지요?

저는 학교 정문에 들어섰었습니다. 그때 마침 M교주가 학교를 다녀가는 길인지 자동차에 오르려할 때였었습니다. 그때에 그 간사한 이선생은 M교주의 팔을 부축하여 자동차 속으로 몰아넣었습니다. 저는 이것을 보고 크게 웃었습니다. 옆에서 저

---

7) 굶주리고 헐벗어 배고프고 추움.

의 웃는 것을 보는 박선생은,

"왜 웃으시우?"

하며 눈을 흘기더니,

"그게 무슨 무례한 짓이오?"

하더이다. 저는 또다시 한번 껄껄 웃으면서,

"박선생은 나의 웃는 의미를 모르시는구려."

하고는,

"인형이외다, 인형예요. 두 팔 두 다리가 있고도 못 쓰는 인형이외다. 인형은 인형이니까 말할 것도 없지마는 인형을 부축하는 어리석은 사람을 보고서는 나는 아니 웃을 수가 없지요."

하고는 그대로 돌아서서 교실 안으로 들어갔습니다.

오늘은 그믐날이외다. 월급 타는 날이외다. 사무실에 들어선 저는 다만 보이는 것이 회계의 동정뿐이었습니다. 그리고 그 돈을 가지고 쓸 궁리를 하고 있었을 뿐이었습니다. 오늘도 어린애 모자를 하나 사다 주고 사랑하는 아내의 목도리를 하나 사다 주어야 하겠다 하였습니다.

이십오 원이라는 월급을 기다리는 저의 마음은 웬

일인지 쓸쓸하고도 저의 몸이 불쌍해 보였습니다. 그리고 공연히 심중이 났습니다.

교실에 들어가 백묵을 들고서 칠판 위에 그림을 그릴 때에는 모든 학생들까지 밉살스러울 뿐이었습니다. 그리고 그 학생들이 저의 운명을 이렇게 만들어 준 듯하기도 하였습니다. 저는 마음에 없는 한 시간을 아니 지낼 수가 없었습니다.

그날은 학생들에게 숙제를 해오라고 한 날이었습니다. 근 사십 명 학생 중에 숙제를 해오지 않은 학생이 다섯이 있었습니다. 그 중에 그중 나이 적고 옷을 헐벗은 학생은, 제가,

"왜 숙제를 안 그려 왔소?"

할 때, 그는 다만 아무 말 없이 한참이나 있더니 뜨거운 눈물을 흘리면서 자꾸자꾸 울고 섰을 뿐이었습니다. 다른 애 학생은 여러 가지 핑계로써 선생인 저를 속이려 하였습니다. 저는 그 눈물 흘리는 학생을 바라보고 또다시 다 뚫어진 양말을 볼 때 어쩐지 측은한 생각이 나서,

"왜 대답은 아니 하고 울기만 하시오?"

하며 그의 어깨에 팔을 대니 선생인 저의 손이 그의 어깨를 어루만지는 것이 더욱 그의 감정을 느즈러지게 하였던지 더욱더욱 느끼어 울 뿐이었습니다. 그러다가는 북받치는 울음 소리와 함께,

"집에서 돈이 없다고 도화지를 사주지 않아요."
하였습니다.

선생님, 제가 이 학생을 벌줄 자격이 있습니까? 없습니까? 저는 다만 창연한 두 눈으로 그 어린 학생을 바라보며,

"여보시오, 참마음만 있으면 그만이오. 나는 당신의 그림 그려 오지 않은 것을 책하려 한 것이 아니라 당신의 참성의가 없었는가 하는 것을 책하려 함이었소. 당신의 눈물 한 방울은 오늘 그려 오지 못한 그 그림보다 몇 배의 가치가 있는 것이오."
하였습니다.

하학 후 사무실로 나왔습니다. 회계는 나를 보더니 은근한 듯이,

"A선생님, 이리로 좀 오십시오."
하고 자기 곁으로 부르더니 봉투에 집어넣은 월급

을 저의 손에 쥐어주면서,

"담뱃값이나 하십시오."

하였습니다. 저는 그것을 받는 것이 어쩐지 부끄러 웠습니다. 그래서,

"네, 고맙습니다."

하고 그대로 보지도 않고 주머니에 넣었습니다.

날은 점점 어두워 가느라고 회색의 저녁빛이 온 시가를 싸고도는데 저는 학교 문 밖에 나와서야 그 봉투를 다시 끄집어내어 그 속에 있는 돈을 꺼내어 보았습니다.

그 속에는 십칠 원 오십 전, 십칠 원 오십 전이 들어 있었습니다. 저는 멈칫 하고 섰습니다. 그리고,

"어째서 십칠 원 오십 전만 되나?"

하고 한참이나 의아하여 생각을 하고 있을 때에 문 득 생각나는 것은 NC의 집에 갔었던 것이외다. 아 내 잃은 친우를 찾아갔던 일주일간의 노력의 대가 는 학교에서는 제하여졌었습니다.

아! 선생님. 저의 손에는 십칠 원 오십 전이 있습 니다. 일 개월 노력의 대가는 십칠 원 오십 전이외

다. 불쌍한 젊은 화가의 양심을 부끄럽게 한 죄의 대가가 십칠 원 오십 전이외다.

저는 하는 수 없었습니다. 회색 봉투에 집어넣은 그 돈을 들고 SO의 집까지 무의식중에 왔습니다. 하늘의 구름장 사이로는 가렸다 보였다 하는 작은 별들이 이 우스운 젊은 A를 비웃는 듯이 내다보고 있었습니다. 회색의 감정이 공연히 저의 마음을 울분하고 원망스럽게 하였습니다.

SO의 집에는 무엇 하러 왔을까요? 그것은 저도 알지 못하였습니다. 문간에 와서야 내가 무엇 하러 여기를 왔나 하고 그대로 집으로 돌아가려 하였었습니다. 그러나 저의 가슴에서 때없이 울고 있는 그 무슨 하모니는 저의 발을 SO의 집 안으로 끌어들였었습니다. 그러나 저는 그전과 같이 서슴지 않고 그대로 들어갈 수가 없었습니다. 조그마한 집 조그마한 문으로 흘러나오는 무거운 공기는 급히 흐르는 시냇물같이 저의 가슴으로 몰려오는 듯하였습니다.

저는 다만 문간에 서서 도적놈같이 문 안을 엿듣고 망설였습니다.

선생님, 사랑도 아무것도 하지 않겠다고 할 적에는 서슴지 않고 아무 불안도 없이 다니던 제가 오늘은 어찌하여 죄지은 자 모양으로 들어가기를 주저하였으며 가슴이 거북하였을까요?

죄악이 아닌 사랑을 주려 하는데 저는 가슴이 떨림을 깨달았으며 잘못이 아닌 사랑을 준다는 사람의 집에 들어가기를 주저하였습니다.

저는 십 분 동안이나 서 있었습니다. 그때에 또다시 그 불구자의 모녀의 울음소리가 들렸습니다. 그 울음소리는 그전보다도 더 저의 마음을 훑는 듯하고 쪼개는 듯하였습니다. 그리고 모든 비애를 저의 가슴 위에 실어 놓은 듯이 무겁게 슬펐습니다. 그러나 저의 눈에는 눈물이 없었습니다. 학교에서 받은 일 개월 노력의 대가인 십칠 원 오십 전이 저를 울분하게 하였음이 공연히 저의 눈물까지 막아 버렸습니다.

저는 한참이나 그 울음소리를 들었습니다. 그 울음에 섞이어 나오는 늙은 어머니의 떨리는 목소리로 분명치 못하게 들리는 것은,

"SO야, 이제는 그만 한길 귀신이 되었구나."
하는 살이 얼어붙는 듯한 불쌍한 소리였습니다.

저는 그제야 그 눈물을 알았습니다. 불구자의 모녀는 몸을 담을 집이 없습니다. 그는 오늘에 몇 푼 안 되는 세전[8]으로 말미암아 이 집에서 내어 쫓깁니다.

창 밖에서 듣고 있는 이 A의 주머니에는 십칠 원 오십 전이 있습니다. 이 A는 아직까지 한길에 방황하지는 않겠지요? 저는 그 주머니의 십칠 원 오십 전을 꺼내었습니다. 그리고 연필로 봉투에 A라 썼습니다. 저는 그 찰나 간에 절대의 동정이 저의 가슴속에서 약동하였습니다. 저의 피를 뜨겁고 힘 있게 끓게 하였습니다.

저는 그 돈을 문을 소리 없이 열고 가만히 마루 위에 놓았습니다. 그리고 절도와 같이 그 문을 떨리는 다리로 얼른 뛰어나왔습니다. 그리고 뒤도 돌아보지 않고 저의 집으로 향하여 갔습니다.

---

8) 셋돈.

집에서 아내가 돌아오기를 고대하겠지요. 어린 자식은 아버지 오면 때때모자를 사준다고 몽실몽실한 손을 고개에 괴고 이 젊은 아버지 돌아오기를 바라고 있을 터이지요?

그러나 월급날인 오늘의 저의 주머니는 벌써 한 닢도 없는 털터리가 되었습니다. 저의 들어가는 대문 소리를 듣고 다른 날보다 더 반가워 맞아 주는 젊은 아내에게 그의 마음을 만족시켜 줄 아무것도 없습니다. 어린 자식의 기뻐 뛰는 마음을 도리어 풀이 죽게 할 뿐이겠지요.

그러하오나 어두움 속으로 파고들어가듯이 암흑한 동리를 걸어가는 이 A의 마음은 웬일인지 만족한 기꺼움이 있었으며 싱싱한 생의 약동이 있었습니다.

저는 또다시 MW사로 왔습니다. 거기에는 DH와 WC가 웅크리고 앉아서 무슨 책을 보고 있더니 저를 보고서,

"어떻게 되었나?"

하였습니다. 그것은 저의 월급 말이었습니다. 저는

모자를 벗고 구두를 끄르면서 기가 막힌 듯이 쓸쓸히 웃으면서,

"흥, 나의 일개월 동안의 노력의 대가는 참으로 값있게 써버리었네."

하였습니다.

여이발사

입던 네마키(자리옷)를 전당국으로 들고 가서 돈 오십 전을 받아 들었다. 깔죽깔죽하고 묵직하며 더구나 만든 지가 얼마 되지 않은 은화 한 개를 손에다 쥐일 때 얼굴에 왕거미 줄같이 거북하고 끈끈하게 엉켰던 우울이 갑자기 벗어지는 듯하였다.

오챠노미즈 다리를 건너 고등여학교를 지나 순천당 병원 옆길로 본향을 향하여 걸어가면서 길거리에 있는 집들의 유리창이라는 유리창은 남기지 않고 들여다보았다. 그 유리창을 들여다볼 때마다 햇볕에 누렇게 익은 맥고모자 밑으로 유대의 예언자 요한을 연상시키는 더부룩하게 기른 머리털이 가시덤불처럼 엉클어진데다가 그것이 땀에 젖어서 장마

때 뛰어다니는 개구리처럼 된 것이 그 속에 비칠 때,

'깎기는 깎아야 하겠구나.'

혼자 속으로 중얼거리고서는 다시 모자를 벗고서 코밑으로 거북하게 기어 내리는 머리를 두어 번 쓰다듬은 후에 다시 땀내 나는 모자를 썼다.

그러자 그는 어떠한 고등 이발관이라는 간판 붙은 집 앞에 섰다. 그러나 머리를 깎으리라 하고서도 그 고등 이발관에는 들어갈 용기가 없었다.

그곳 이발 요금은 자기가 가진 재산 전부와 상등하다. 몇 시간을 두고 별러서 네마키를 전당국에 넣어서야 겨우 얻어 가진 단돈 오십 전이나마 그렇게 쉽게 손에 들어온 지 한 시간이 못 되어서 송두리째 내주기는 싫었다. 그리고 다만 십전이라도 남겨서 주머니 귀퉁이에서 쟁그렁거리는 소리를 듣게 하는 것이 얼마간 빈마음 귀퉁이를 채워 주는지 모르는 듯하였다.

전기풍선이 자랑스럽고 위엄 있게 돌아가며 제 빛에 뻔쩍거리는 소독기 놓인 고등 이발관을 지나 놓았다. 그리고는 또다시 얼마큼 걸어갔다. 동경만에서 불어오는 태평양 바람이 훈훈하게 이마를 스쳐 가고 땅에서 올라오는 복사열이 마치 짐승 뒤해 내는 가마 속에 들어앉은 듯하게 한다. 옆으로 살수차가 지나가기는 하나 물방울이 떨어지기도 전에 흥덩이는 지렁이 똥처럼 말라 버린다.

어디 삼등 이발소가 없나 하고 찾아보았다. 삼등 도코야(이발소)에를 들어가면 이십 전이면 깎는다. 학생 머리 하나 깎는 데 이십 전이면 족하다. 그러면 삼십 전이 남는다.

삼십 전. 지출하고도 잔여가 지출액보다 많다. 그것을 생각할 때 얼마간 든든한 생각이 났다. 그래도 주머니 속에 삼십 전이 들어 있을 것을 생각하매 앞길에 할 일이 또 있는 듯하였다.

교의가 단둘이 놓이고 함석으로 세면대를 만들어 놓은 삼등 도코야에 왔다. 속을 들여다보았다.

주인이 신문을 든 채로 졸고 앉아 가끔가끔 물 마른 물방아 모양으로 끄덕끄덕 끄덕거리며 부채로 파리를 쫓는다.

용기가 났다. 의기양양하게 썩 들어섰다. 그리고

주인의 잠이 번쩍 깨이도록,

"곤니치와(안녕하십니까)."

하고 인사를 하였다. 주인은 잠잔 것이 황송한 듯이 벌떡 일어나더니 굽실굽실하면서 방에서 끄는 짚세기를 꺼내 놓으면서,

"어서 오십시오."

인사를 하고서 저쪽 교의 뒤에 가 등대나 하고 있는 듯이 서 있다. 모자를 벗어 걸었다. 그리고 양복 웃옷을 벗은 후 교의에 나가 앉으면서 그래도 못 잊어서 정가표에 써 붙인 것을 곁눈으로 보았다. 생각한 바와 마찬가지로 이십 전이다. 적이 안심이 되었다. 그러나 또 없는 사람은 튼튼한 것이 제일이다. 전차를 타려고 전차료 한 장 넣어 둔 것을 전차에 올라서기 전에 미리 손에다 꺼내 드는 것이나 마찬가지로 그래도 튼튼히 하리라 하고 번연히 바지 주머니에 아까 전당표하고 얼려 받으면서 그대로 받는 대로 집어넣은 오십 전 은화를 상고해 보고 전당표를 보이면은 창피하니까 돈만 따로 한 귀퉁이에다 단단히 눌러 넣은 후에 머리 깎을 준비로 떡 기

대앉았다.

　머리 깎는 기계가 머리 표면에서 이리 가고 저리 갈 때 그 머릿속으로 여러 가지 궁리를 한다. 물론 돈 쓸 일은 많다. 그러나 삼십 전이라는 적은 돈을 가지고서 최대한도까지 이익 있게 활용해야 할 것이다. 하숙에서는 밥값을 석 달 치나 못 내었으니까 오늘 낼로 내쫓긴다고 재촉이다. 그러나 집에서는 돈부터 줄 만하지는 못하다. 그렇다고 그대로 있을 수는 없다. 어디 가서 거짓말을 해서 만든 단돈 십 원이라도 만들어야 할 것이다. 삽곡에 있는 제일 절친한 친구 하나가 살그럭대그럭 돌아가는 머리 깎는 기계 소리와 함께 눈앞에 보인다. 그러나 그놈에게 가서 우선 저녁을 뺏어 먹고 돈 몇십 원 얻어 와야겠다. 그놈의 할아버지는 그믐날이면 꼭꼭 전보로 돈을 부쳐 주니까 오늘은 꼭 돈이 왔을 터이지! 나는 며칠 있다가 우리 외가에서 돈을 부쳐 주마 하였다 하고 우선 거짓말이라도 해서 갖다 쓰고 볼 일이지. 그렇다. 그러면 여기서 거기까지 걸어갈 수는 없으니까 전차 왕복에 십전이다. 십전이면 될 것이다. 그리고 또 이십 전이 남지? 그것은 이렇게 더운데 얼음 십 전 어치만 먹고 십전은 내일 아침이나 이따 저녁에 목욕을 갈 터이다. 그래 동전 몇 푼이 남는다, 할 때 기계가 머리끝을 따끔하게 집는다. 화가 났다. 재미있게 예산을 치는데 갑자기 따끔함을 당하니까 그 꿈같이 놓은 예산은 다 달아나고 저는 여전히 교의 위에 앉아 있다.

분풀이가 하고 싶어서 못 견딜 지경이다. 그러나 어떻게 분풀이를 하랴? 일어나서 때려 줄 수도 없고 그렇다고 책망할 수도 없다. 다만,

"이쿠! 아퍼."

하고 상을 찌푸렸다. 놈은 퍽 미안한 모양이다. 허리를 깝죽깝죽하며,

"안되었습니다. 안되었습니다."

할 뿐이다. 석경 속으로 들여다보니까 미안한 표정이라고는 허리 깝죽깝죽하는 것뿐이다. 허리는 그만 깝죽거리고 입 끝으로 잘못했습니다 소리는 하지 않더라도 다만 눈 가장자리에 참 미안해하는 표정을 보고 싶었다. 그래서 나도 웬일인지 그놈의 허

리만 깝죽깝죽하는 꼴이 아주 마음에 차지 않아서 당장에 무슨 짓을 해서든지 나의 머리끝을 집어뜯은 보복이 하고 싶어 못 견디었다.

그럴 때 마침 놈이 나의 머리를 조금 바른편으로 틀라는 듯이 두 손으로 지그시 건드렸다. 나도 옳다 하고 일부러 왼편으로 틀었다. 고개를 들라 하면 수그리고 수그리라 하면 들었다. 그리고 일부러 몸짓을 하고 고갯짓을 하였다.

그러면서 석경 속으로 그놈의 얼굴을 보니까 이마에 내천자를 그리고 눈썹과 눈썹 사이는 말라붙은 듯이 쭈글쭈글하다. 화가 나는 것을 약 먹듯 참는 모양이다.

기계를 갖다 놓고 몸을 탁탁 털 적에 긴 한숨 쉬는 소리가 들린다. 그리고는 솔로다 머리를 털면서 내 얼굴을 다시 한번 들여다본다. 어떤 놈인가 자세히 보고 싶은 모양이다.

그럴 때,

"진지 잡수셔요."

하는 은령[1] 같은 소리가 들린다. 그 목소리 하나만 가져도 미인 노릇을 할 듯한 여성의 소리이다. 깜깜한 난취한 세상에서 가인의 노래를 듣는 듯이 피가 돌고 가슴이 뛰고 마음이 공중에 뜬다.

"밥?"

놈은 기계를 솔로 쓸면서 오만스럽게 대답을 한다. 그것으로써 내외인 것을 짐작하였다.

"이리 와서 이 손님 면도를 좀 해드려."

하는 소리가 분명치 못하게 들리었다. 나는 그 소리를 분명히 이해할 때까지 적어도 이 분은 걸렸다. 왜 그런고 하니 여편네더러 그렇게 손님의 면도를 하라고 할 리가 없는 까닭이다. 그러할 리가 있기는 있다. 동경서 여자가 머리를 깎는 이발관이 한두 군데가 아니지마는 자기의 머리를 여자가 깎아 준다는 것까지는 아주 예상 밖인 까닭이다.

놈이 들어가더니 년이 나온다. 석경 속으로 우선 그 여자의 얼굴부터 상고하자. 그 상고하려는 머릿속이야말로 좋은 기대와 또는 불안이 엉키었다 풀

---

1) 은방울.

렸다 한다. 남의 여편네 어여쁘거나 곰보딱지거나 무슨 관계가 있으랴마는 그래도 잘 못생겼으면 낙담이 되고 잘생겼으면 마음이 기쁘고 부질없는 기대가 있다.

석경 속으로 비추었다. 에그머니, 나이는 스물셋 아니면 넷인데 무엇보다도 그 눈이 좋고 입이 좋고 그 코가 좋고 그 뺨이 좋다. 머리는 숭 없다 좋다 할 수가 없고 허리는 호리호리한데다 잠깐 굽은 듯한데 전신의 윤곽이 기름칠한 것같이 흐른다. 어떻든 놈에게는 분에 과한 미인이요, 만일 날더러 데리고 살겠느냐 하면 한번은 생각해 보아야 할 만한 여자이다.

손이 면도칼을 집는다. 손도 그렇게 어여쁜 줄은 몰랐다. 갓 잡아 놓은 백어가 입에다 칼을 물고 꼼지락거리는 듯이 위태하고도 진기하다. 이제는 저 손이 나의 얼굴에 닿으렸다 할 때 나는 눈을 감았다. 사람이 경이를 좋아하는 것은 아마 통성일 것이다. 나는 그 칼을 든 어여쁜 손이 이 뺨 위에 오는 것을 보는 것보다 눈 딱 감고 있다가 갑자기 와 닿는 것이 얼마나 나에게 경이스러운 쾌감을 줄까 하고서 눈을 감았다. 비누칠을 할 적에는 어쩐지 불쾌하였다. 그러더니 잔등에 젖내 같은 여성의 냄새와 따뜻한 기운이 돌더니 내가 그 여자의 손이 와서 닿으리라 한 곳에 참으로 그 여자의 따뜻한 손가락이 살며시 지그시 눌리인다. 그리고는 나의 얼굴 위에는 감은 눈을 통하여 그 여자의 얼굴이 왔다갔다 하는 것이 보인다. 뺨을 쓰다듬는다. 비단결 같은 손이 나의 얼굴을 시들도록 문지르고 잘라진 꽁지가 발딱발딱 뛰는 도마뱀 같은 손가락이 나의 얼굴 전면에서 제멋대로 댄스를 한다. 그리고는 몰약을 사르는 듯한 입김이 나의 콧속으로 스쳐 들어오고 가끔가끔 가다가 그의 몽실몽실한 무릎이 나의 무릎을 스치기도 하고 어떤 때 나의 눈썹을 지울 때에는 거의 나의 무릎 위에 올라앉을 듯이 가까이 왔다. 눈이 뜨고 싶어 못 견디었다. 그의 정성을 다하여 나의 털구멍과 귓구멍을 들여다보는 눈이 얼마나 영롱하여 나의 영혼을 맑은 샘물로 씻는 듯하랴. 그리고 나의 입에서 몇 치가 못 되는 거리에 있는 그의 붉은 입술이 얼마나 나의 시든 피를 끓게 하고 타게 하는 듯하랴. 그러나 나는 눈을 뜨지 못하였다. 칼 든 여성 앞에서 이렇게 쾌감을 느끼고 넘치는 희열을 맛보기는 처음이다. 면도질이 거의 끝나간다. 그것이 말할 수 없이 싫었다. 그리고 놈이 밥을 먹고 나오면 어찌하나 공연히 불안하였다.

면도가 끝나고 세수를 하고 다시 얼굴에 분을 바른다. 검은 얼굴에 하얀 분을 바르는 것이 우습던지 그 여자는 쌩긋 웃다가 그 웃음을 참으려고 입술을 이로 깨무는 것은 가슴을 깨무는 듯이 부끄럽기도 하고 아프게 좋다. ○○○하여 빙긋 웃어 주었다.

그러니까 그 여자는 아주 툭 터져 버리었다. 그리고도,

"왜 웃으셔요?"

하고서 은근히 조롱 비슷하게 나의 어깨에서 수건을 벗기면서 묻는다. 나도 일어서면서,

"다 되었소?"

하고서 그 여자를 보니까 또 보고 웃는다.

"왜 웃어요?"

하는 마음은 공연히 허둥지둥해지고 싱숭생숭해진다. 그래도 대답이 없이 웃기만 한다. 나는 속으로 '미친년' 하고서 돈을 내리라 하였다. 그러나 그대로 나가는 것은 무미하다. 웃는 것이 이상하다. 아무리 해도 수상하다. 그래서 어디 말할 시간이나 늘여 보려고 술이 있으면 술이라도 청해 보고 싶지마는 물을 한 그릇 청했다. 들어가더니 물을 떠가지고 나왔다. 나는 그것을 마시면서,

"무엇이 그리 우스워요."

하고 그 여자를 지근거리는 듯이 웃어 보았다.

"아냐요, 아무것도 아니야요."

그 여자는 웃음을 참고 얼굴을 새침하면서 그래도 터질 듯 터질 듯한 웃음이 그의 두 눈으로 들락날락한다. 그 꼴을 보고서, 그의 손을 잡고서 손등을 쓰다듬으며, '손이 매우 어여쁘구려' 하고 싶을 만치 실웅실웅하는 생각이 그 여자에게서 감염되는 듯하였으나 그래도 참고서 요 다음으로 좋은 기회를 물릴 작정 하고,

"얼마요?"

뻔히 아는 요금을 물어 보았다. 그 여자는,

"이십 전."

하고 고개를 구부린다. 나는 오십 전 은화를 쑥 내밀었다. 그 고운 손 위에 그것이 떨어지며 나는 모자를 쓰고 나오려 하면서,

"또 봅시다."

하였다. 그 여자는 쫓아 나오며,

"거스른 것을 가지고 가십시오."

하고서 나를 부른다. 어떻게 그것을 받을 수가 있으랴. 그때에는 삽곡 친구도 없고 빙수도 없고 목욕도 없고 하숙에서 졸리는 것도 없다. 나는 호기 있게,

"좋소."

하고 그대로 오다가 다시 돌아다보니까 그 여자가 그대로 서서 나를 보고 웃는다. 나는 기막히게 좋다. 나는 활개를 치고 걸어온다. 그리고는 그 여자가 자기와 그 여자 사이에 무슨 낙인이나 쳐놓은 것처럼 다시는 변통할 수 없이 그 무엇이 연결되어진 듯하였다. 그리고는 말할 수 없는 만족이 어깻짓 나게 하며 활갯짓이 나게 한다. 얼른얼른 가서 같은

하숙에 있는 K군에게 자랑을 하리라 하고서 경정경 정 걸어온다.

오다가 더워서 모자를 벗었다. 벗고서 뒤통수에서 부터 앞이마까지 두어 번 쓰다듬다가,

"응?"

하고서 얼굴을 갑자기 쓴 것을 깨문 것처럼 하고 문 득 섰다가,

"이런 제기."

하고서 주먹을 쥐고 들었던 모자를 내던질 듯이 휙 뿌렸다.

"그러면 그렇지, 삼십 전만 내버렸구나."

하고서 다시 한번 어렸을 적에 간기를 앓음으로 쏙 으로 뜬 자죽만 둘째손가락 끝으로 만져 보았다.

행랑 자식

1.

어떠한 날, 춥고 바람 많이 불던 겨울밤이었다. 박교장의 집 행랑에서 글 읽는 소리가 나더니 꺼져 가는 촛불처럼 차츰차츰 소리가 가늘어 간다. 그러다가는 다시 옆에서 어린애 입에 젖꼭지를 물리고서 졸음 섞어 꽥 지르는 소리로,

"어서 읽어!"

하는 어머니 소리에 다시 글소리는 굵어진다.

나이는 열두 살. 보통학교 사년급에 다니는 진태라는 아이니 그 박교장의 집 행랑아범의 아들이다.

왱왱 외우던 글소리는 단 이 분이 못 되어 다시

사라졌다. 그리고는 동리집 시계가 열한시를 치는 소리가 들리더니 사면은 고요하였다.

2.

이튿날 날이 밝은 뒤에 보니까 온 마당, 지붕, 나뭇가지에 눈이 함박같이 쏟아졌다. 그런데 아직까지도 눈이 다 끝나지 않고 보슬보슬 싸래기눈이 내려온다.

진태는 문 뒤에 세워 놓았던 모지랑비를 들고 나섰다. 처음에는 새로 빨아 펼쳐 놓은 하얀 요 위에 뒹구는 것처럼 몸 가볍고 마음 상쾌한 기분으로 빗자루를 들었으며 모지랑비와 약한 자기 팔로써 능히 그 많은 눈을 쳐버릴 줄 알았으나 두어 삼태기를 가까스로 퍼버리고 나니까 팔이 떨어지는 것 같고 허리가 부러지는 듯하였다. 그러나 아니 칠 수는 없었다. 날마다 아침에 일어나서 마당을 쓰는 것이 자기의 직분이다.

어머니는 안으로 밥을 지으러 들어가고 아버지는 병문으로 인력거를 끌러 나갔다.

한두 삼태기를 개천에 부은 후에 다시 세 삼태기를 들고서 낑낑하면서 개천으로 간다. 두 손끝은 눈에 녹아서 닭 튀해 뜯을 때 발 허물 벗겨 내듯 빠지는 듯하고 발끝은 저려서 토막을 내는 듯하다.

그는 발을 억지로 옮겨 놓았다. 눈 든 삼태기가 자기를 끌고 가는 듯하다. 그렇게 그가 길 중턱까지 갔을 때 그의 팔의 힘은 차차 없어지고 다리에 맥이 획 풀리었다. 그래서 그는 손에 들었던 눈 삼태기를 탁 놓치었다. 그러자 누구인지,

"이걸 좀 봐라."

하는 어른의 호령 소리가 바로 자기 머리 위에서 들리자 고개를 쳐들고 보니까 교장어른이 아침 일찍이 어디를 다녀오시다가 발등에다가 눈을 하나 잔뜩 덮어쓰시고 역정 나신 얼굴로 자기를 내려다보고 계시다. 진태는 그만 얼굴이 홧홧하여졌다. 그리고 아무 말도 못 하고 그대로 멀거니 서 있었다. 그는 무엇으로 그 미안한 것을 풀어야 좋을지 알지 못

하였다. 그러다가 하얀 새 버선에 검은 흙이 섞인 눈이 묻어 있는 것을 보고서 자기의 손으로 그것을 털어 드리면 얼마간 자기의 죄가 용서되리라 하고서 허리를 구부려 두 손으로 그 버선등을 털어 드리려 하였다. 그러나 교장은 한 발을 탁 구르시더니,

"고만두어라. 더 더럽는다."

하시고서,

"엥!"

하시며 안으로 들어가시었다. 진태는 무참하였다. 손에는 어제 저녁에 습자 쓰다가 묻은 먹이 꺼멓게 묻어 있다. 털어 드리면은 잘못을 용서하실 줄 알았더니 더 더러워진다 핀잔을 주시고 역정을 더 내시는 것 같다. 그래서 그는 어떻게 해야 좋을지 알지 못하여 그대로 멀거니 서 있었다. 무참을 당하여 얼굴도 홧홧하고 두 손에서는 불이 난다.

그래서 그는 안으로 들어가지 못하고 행랑 자기 방으로 들어가다가 안마루 끝에서 주인마님이,

"아 그 애녀석도, 눈이 없는가? 왜 앞을 보지 못해?"

하는 소리를 듣고서는 쥐구멍으로라도 들어가 버리고 싶도록 온몸이 옴츠러졌다. 그리고는 자기 뒤로 따라 나오며 주먹을 들고서 때리려 덤비는 자기 어머니가,

"이 망할 녀석, 눈깔을 얻다 팔아먹고 다니느냐?"
하고 덤비는 듯하여 질겁을 하여 방 안으로 들어갔다.

아니나 다를까, 조금 있더니 보기 싫은 젖퉁이를 털럭털럭하면서 어머니가 쫓아 나왔다.

"이 망할 녀석, 눈깔이 없니? 나리마냄 새 버선에다가 그것이 무엇이냐? 왜 그렇게 질뚱발이냐, 사람의 자식이."

어머니는 그래도 말이 적었다. 그리고는 그내 다시 안으로 들어갔다.

진태는 간이 콩알만하게 무서운 것은 둘째 쳐놓고, 웬일인지 분한 생각이 난다. 아무리 생각을 하여도 자기 잘못 같지는 않다. 자기가 눈 삼태기를 들고 가는데 교장어른이 딴생각을 하면서 오시다가 닥뜨린 것이지 자기가 한눈을 팔다가 그리한 것은 아니다.

그래서 웬일인지 호소할 곳이 없어 그는 그대로 방바닥에 엎드러졌다. 그리고는 고개를 두 팔로 얼싸안고 자꾸자꾸 울었다. 그는 눈물이 방바닥에 떨어지는 것을 알았다. 삿자리 깐 그 밑으로 흙내가 올라오는 것을 맡았다. 그리고는 어머니도 걱정을 하고 아버지도 걱정을 할 터요 더구나 아버지가 이것을 알면은 돌짝 같은 손에 얻어맞을 것을 생각하매 몸서리가 난다. 그는 신세 한탄할 문자를 모르고 말도 모른다. 어떻든 억울하고 분하였다. 그렇다고 어디 가서 호소할 데도 없었고 분풀이할 곳도 없었다.

그는 방바닥에 한참 엎드려서 느껴 가면서 울고 있을 때 방문이 펄석 열리었다. 그는 깜짝 놀랐으나 돌아다보지도 않았다. 그의 생각에는 그 문 여는 사람이 어머니려니 하였다. 그래서 약한 마음에 이렇게 우는 것을 보면은 어머니는 나를 위로하여 주려니 하였다. 그래서 어머니가 일어나라고 하기만 기다렸다.

그러나 한참 아무 소리가 없더니,

"얘!"

하고 험상스러웁게 부르는 사람은 자기 아버지다.

그는 위로를 받기커녕 벼락이 내릴 것을 그 찰나에 예감하였다. 그는 눈물이 쏙 들어가고 온몸이 선뜩하였다.

이번에는 꽥 지르는 소리로,

"애, 일어나거라, 이것아."

하는 아버지의 성난 얼굴이 엎드린 속으로 보인다. 그는 그러나 벌떡 일어나지는 못하였다. 자기 눈 가장자리에는 눈물이 묻었다. 그 눈물을 보면은 반드시 그 우는 곡절을 물을 터이다. 그 대답을 하면은 결국은 벼락이 내릴 터이다. 그래서 일어나지도 못하고 그대로 있지도 못하고 그의 가슴은 초조하였다.

두 발이 성큼 방 안으로 들어오는 듯하더니 무쇠 갈구리 같은 손이 자기 저고리 동정을 꿰들어 번쩍 쳐들었다. 그는 쇠관에 매달린 쇠고기 모양으로 반짝 들리었다.

"울기는 왜 우니?"

하는 그의 아버지도 자식 우는 것을 볼 때 어떻든 그 눈물을 동정하는 자정[1]이 일어나는지 목소리가 조금 낮아지며 또는 웃음이 섞이었으니 그것은 그 눈물 나는 마음을 위로하려는 본능이다.

"왜 울어?"

대답이 없다.

"글쎄, 왜 우니?"

가슴이 타나 대답할 수는 없었다.

"엄마가 때려 주든?"

진태는 고개를 내흔들며 느껴 울었다.

"그러면 왜 우니? 꾸지람을 들었니?"

"아……뇨."

진태는 다시 고개도 흔들지 않았다.

"그럼 왜 울어. 말을 해."

아버지는 화가 나는 것을 참았다. 그리고는,

"이 자식아! 말을 해라. 왜 벙어리가 되었니? 말이 없게!"

하고서는 무슨 생각을 하였는지 여러 번 타일러 보다가,

"웬일야!"

---

1) 인자한 마음.

하고 혼자말을 하더니 바깥으로 나아간다. 그것은 근자에 볼 수 없는 늘어진 성미였다. 아마 어멈에게 물어 볼 작정이었던 것이다.

아범은 문 밖으로 나갔다. 그러더니 다시 들어오며,

"삼태기 어쨌니? 응, 삼태기?"

하며 안팎으로 들락날락하는 서슬에 안부엌에서 어멈이 설거지를 하면서,

"왜 아까 진태가 마당을 쓴다고 가지고 나갔는데."

하고,

"걔더러 물어 보구려."

한다. 아범은 화가 나는 듯이,

"그런데 쭉쭉 울고 있으니 무엇이라고 그랬나?"

하며 어멈을 본다.

그러자 안마루에서 마님이 무엇을 보다가 운다는 소리를 듣더니 미안한 생각이 났던지,

"아까 눈인가 무엇인가 친다고 나리마님 발등에다가 눈을 쏟아뜨렸다네. 그래서 어멈이 말마디나 한 것인 게지."

아범의 눈은 실룩해졌다. 그리고는 잡아먹을 짐승

에게 덤비려는 호랑이 모양으로 고개가 쓱 내밀리더니 어깨가 으쓱 올라간다. 그리고는 아무 말 없이 바깥 행랑으로 나간다.

바깥으로 나온 아범은 다짜고짜로 방문을 열어 젖뜨렸다. 그의 생각에는 주인나리의 발등에 눈 엎은 것은 외려 둘째이다. 삼태기 하나 잃어버린 것이 자기 자식을 쳐죽이고 싶도록 아깝고 분하고 망할자식이다.

"이 녀석."

자기 아들을 움켜잡았다.

"이리 나오너라."

진태는 두 손 두 다리를 가슴에다 모으고서 발발 떨면서 자기 아버지만 쳐다본다.

"이 망할 자식, 울기는 애비를 잡아먹었니, 에미를 잡아먹었니? 식전 아침부터 훌쩍훌쩍 울게."

하더니 돌덩이 같은 주먹이 그의 등줄기를 보기 좋게 울리었다.

"에그 아버지, 에그 아버지."

하며 볶아치는 소리가 줄을 대어 나왔으나 그 뒷말

은 없었다. 매를 맞는 진태도 잘못했습니다를 조건 없이 할 수는 없었다.

"무어야 아버지! 이 녀석, 이 망할 자식."
하고서는 사정없이 들이 팬다.

울고, 호령하는 소리가 야단스럽게 나니까 어멈이 안에서 뛰어나오며,

"인제 고만두, 고만둬요. 요란스럽소."
하고 만류를 하나,

"이게 왜 이래. 가만있어. 저리 가요."
하고 팔꿈치로 뿌리치고는,

"이놈아, 그래 눈깔이 없어서 나리마님 버선에다가 눈을 들이 부어놓고, 또 무엇에 마음이 팔려서 삼태기를 밖에다가 놓아 두어 잃어버리게 했니? 응, 이 집안 망할 자식!"

아범의 손이 자기 아들의 볼기짝, 등어리, 넓적다리 할 것 없이 사정없이 때릴 때마다 어린 살에는 푸르게 멍이 들고 피가 맺힌다.

그러할 때마다 아범의 목소리는 더한층 높아지고 떨리고 슬픔과 호소가 엉키었다. 그는 자기 아들을

때릴 때마다 눈앞에서 자기 손에 매달려 애걸하는 자기 아들이 보이지 않고 안방 아랫목에 앉아 있는 주인나리가 보인다. 그리고는 자기 아들을 때리는 것 같지 않고 자기 주인나리를 욕하고 원망하고, 주먹질하고 싶었다.

"인제 고만 좀 두."

하는 어멈은 자식을 가로챘다. 그래 가지고는 다시 자기 아들을 껴안았다.

3.

그날 해가 세 시나 넘어 네 시가 되었다. 진태는 학교에 다녀왔다. 앞대문을 들어오려다가 보니까 새로이 삼태기 하나를 사다 놓았다. 싸리나무로 얽은 누렇고 붉은 삼태기를 볼 때 그의 매맞은 자리가 다시 아프고 얼얼하다.

뒷마루에 걸터앉으니까 어머니는 상에다 밥을 차려 가지고 방으로 들어오라고 부른다. 방 안에는 모닥불이 재만 남았는데 인두 하나가 꽂히어 있고, 또는 다 삭은 화젓가락과 부삽 하나가 꽂혀 있다.

어머니는 누더기 천에다가 작년에 낳은 어린애를 안고서 젖을 먹인다. 어린애는 젖꼭지를 물고서 입을 오물오물하면서 한 손으로 다른 쪽 젖꼭지를 만진다.

진태는 그 동생을 볼 때 말없이 귀여웠다. 그래서 손가락으로 볼따구니도 건드려 보고, 엇구 엇구 혓바닥 소리를 내어서 얼러 보기도 하였다.

어린애는 벙싯 웃었다. 그리고는 젖꼭지를 쑥 빼고서 진태를 돌아다보았다.

어머니는 침착한 얼굴로 어린애의 손가락만 만지고 있더니,

"옜다."

하고 어린애를 내밀면서,

"좀 업어 주어라."

하고서 어린애를 곤두세운다. 그러자 진태는,

"밥도 안 먹고!"

하고 밥을 얼른 먹고서 어린애를 업었다. 그러나 진

태의 집에는 아직 밥을 짓지 않았다. 어머니는 안에 들어가 밥을 지으려 하기는 해도 우리 먹을 밥은 지으려 하지 않는다.

진태는 어머니가 안으로 들어간 후 어린애를 업고서 방 안으로 왔다갔다 하면서 밥을 짓지 않으니 아마 쌀이 없나 보다 하였다. 그리고는 아버지가 얼른 돌아와야 할 것이라 하였다.

진태는 뚫어진 창틈으로 바깥을 내다보면서 아버지가 혼자 인력거를 끌어서 쌀 팔 돈을 가지고 오지나 않나 하고서 고대하였다.

그래도 미심[2]하여서 그는 쌀 넣어 두는 항아리를 들여다보았다. 들여다보니까 겨 묻은 쌀바가지가 시꺼먼 항아리가 콩 빈 데 들어 있을 뿐이다. 진태는 힘없이 뚜껑을 덮고서 섭섭한 마음으로 방 안을 왔다갔다 하였다. 어린애는 등에서 꼼지락꼼지락하고서 두 발을 비빈다.

'오늘도 또 밥을 하지 못하는구나.'

---

2) 일이 확실하지 아니하여 늘 마음을 놓을 수 없다.

하고서 펄럭펄럭하는 문을 열고 쪽마루로 내려왔다.

내려와서는 냄비가 걸려 있는 아궁지 밑을 보았다. 거기에는 타다남은 푼거리 장작이 두어 개 재 속에 남아 있다.

그는 다시 장작 갖다 놓아두는 부엌 구석을 보았다. 부스러기 나무도 없다.

바람이 불어서 쓸쓸스러운 행랑의 씻은 듯한 살림살이를 핥고 지나가고 으슴츠름하게 어두워 가는 저녁날은 저녁 못 지을 것을 생각하고 섭섭한 감정을 머금은 진태의 어린 마음을 눈물나게 한다.

조금 있다가 어머니는 허둥지둥 나왔다. 아마 부엌에 불을 지피고 나온 모양이다. 진태의 눈에는 아궁이에서 타나오는 장작불을 한 발로 툭툭 차넣던 어머니의 짚세기 발이 보인다.

어머니는 나오면서 등에 업힌 어린애를 보더니,

"에그 추어! 저런, 무엇을 좀 씌워 주려무나?"

하고서,

"남바위 어쨌니? 손이 다 나왔구나."

하더니 방으로 들어가 진태가 돌에 쓰던 것이니까

십 년이나 되는 남바위를 들고 나온다. 털은 다 떨어지고, 비단은 다 삭았다.

그것을 어린애를 씌워 주고 어머니는 다시 문 밖을 내다보고 오 분이나 서 있었다. 진태는 그 서 있는 의미를 짐작하였다. 아버지 돌아오시기를 기다리는 것이라.

그러다가 어머니는 갑자기 덜미에서 누가 딱 하고 놀래는 것처럼 깜짝 놀라며 다시 안으로 들어가려고 돌아섰다. 그때 진태는,

"저녁 하지 않우."

하고서 어머니 뒤를 따라 들어갔다. 어머니는 화가 나고 초조하던 판에,

"밥도 쌀이 있고 나무가 있어야지."

하고 소리를 꽥 지른다. 진태 잔등에 업혀 있던 어린애가 깜짝 놀라며 와 운다.

진태는 어린애를 주춤주춤 추슬러 달래면서 아무 말 못 하고 섰었다.

어머니는 다시 안으로 들어갔다. 진태도 따라 들어갔다. 그리고는 부엌 앞에 앉아서 불을 넣고 앉았었다.

4.

날이 어두웁고 전깃불이 켜지었으나 밥을 하지 못하였다.

그리고 아버지도 아직 돌아오지를 않는다. 진태 어머니는 상을 차려 드리고 바깥으로 나오려고 하니까, 마님이,

"어멈."

하고 부르신다.

"네."

하고서 어멈은 문을 열려다가 다시 돌아다보았다.

"오늘 저녁을 하였나?"

어멈은 조금 주저주저하다가,

"먹을 것 있어요."

하고서 부끄러운 웃음을 웃었다.

"아범 들어왔나?"

"아즉 안 들어왔에요."

"그럼 저녁도 짓지 못하였겠네그려."

어멈은 아무 말도 없었다. 마님은 벌써 알아채고서,

"그래서 되겠나? 어린것들이 치워서 견대겠나."

하고서,

"자, 이것이나."

하고서 상 끝에 먹다 남은 밥을 이 그릇에서 저 그릇으로 모두어 놓으면서,

"그놈도 들어오라구 그래. 불도 안 땐 모양이지? 추어서들 견디겠나. 어른은 괜찮겠지마는 어린애들이……."

하고서,

"어서 그놈도 들어오라고 해."

하며 어멈을 쳐다본다. 어멈은 다행히 여겨 바깥으로 나오며,

"얘, 진태야!"

하며 진태를 부른다.

"왜 그러세요?"

진태는 문 밖에 섰다가 문 안으로 들어오며 묻는다.

"들어가자!"

"어디로?"

"안으로 말야. 마님이 밥 먹으러 들어오라신다."

진태의 얼굴은 당장에 새빨개지더니,

"왜 아버지 들어오시거든 밥을 지어 먹지."

"어디 들어오시니."

"언제든지 들어오시겠지."

"들어가. 부르시니."

진태는,

"싫어요."

하고서 돌아섰다. 진태의 마음에는 아까 아침에 나리의 버선등을 더럽힌 것을 생각하매 다시 마님의 낯을 뵈옵기도 부끄러웁거니와 아무것도 잘못한 것이 없는데 아버지에게 매를 맞게 한 것이 분하기도 하였다. 그런데다가 안방에는 자기와 동갑 되는 교장의 딸이 자기와 같은 학교 여자부에 다니는데 그 계집애 보기에 매 맞은 것이 부끄럽다.

"얘, 나중에는 별소리를 다 듣겠네. 어서 들어가자."

어머니는 재촉을 한다.

"어서 들어가."

진태는 심술궂게,

"싫어요. 나는 밥 얻어먹으러 들어가기는 싫어요."

하고 소리를 질렀다.

"빌어먹을 녀석, 기다리셔, 안에서."

"기다리시거나 말거나 나는 안 들어가요."

어멈 마음에도 자기 아들의 말하는 것이 잘못이 아니었다. 그리고 꾸짖기는 고사하고 동정할 만한 일이었으나 그래도 당장에 배고파할 것과 또는 자기도 밥을 먹어야지만 어린애 젖을 먹일 것이다. 그래서 자기 아들의 굳은 의지를 어머니 된 위력으로 꺾지 않을 수 없었다.

"안 들어갈 터이냐."

그 말을 하고 부지깽이를 찾는 척할 때 그는 웬일인지 하지 못할 짓을 하는 비애를 깨달았다.

"싫어요."

진태는 우는 소리로 거절하였다.

"싫으면 밥 굶을 터이냐?"

"굶어도 좋아요."

"어디 보자. 어린애나 이리 내라."

어린애를 안고서 어머니는 안으로 밥을 얻어먹으러 들어갔다. 그러나 진태는 방에 들어가 깜깜한 속에 드러누워 있었다.

그날 어째 그렇게도 섧고 분하고 쓸쓸한지 모르겠다. 어째 이런가 하는 생각이 난다. 그리고 아버지나 얼핏 들어왔으면 좋겠다 하였다.

십 분이 못 되어 어머니는 다시 나왔다.

"얘."

하고 문을 열고 고개를 들이밀며,

"마냄이 들어오래신다. 어서, 어서."

진태는 그대로 누운 채 다시 돌아누우며,

"싫어요, 안 들어가요."

"나리가 걱정하셔."

"싫어요, 글쎄."

어멈은 다시 들어갔다. 그리고 오 분이 못 되어 또 나오는 소리가 들렸다. 그러더니 이번에는 문을 열고서,

"그럼, 옜다!"

하고 무엇을 내민다.

진태는 방바닥이 차디차고 찬바람이 문틈으로 스쳐 들어오는 것을 막기 위하여 이불을 내리덮고 새

우잠을 자다가 어머니 소리를 듣고서,

"무엇예요."

하다가 얼른 속소리를 잡아당겼다.

"자, 밥이다. 먹고 드러누워라. 이 치운데 저것이 무슨 청승이냐."

진태는 온 전신을 사를 듯이 부끄러운 감정이 왁 흐르며,

"글쎄 싫다니까. 안 먹어요. 먹기 싫어요."

어머니는 들어왔다. 진태를 밀국수 방망이 밀듯이 흔들흔들 흔들면서 타이르고 간청하듯이,

"일어나거라, 응! 일어나."

진태는 더욱 담벼락으로 가까이 가며,

"싫어요. 나는 배고프지 않어요."

하고서 고개를 이불로 뒤어쓰고 아무 말이 없다.

"고만두어라. 너 배고프지 나 배고프겠니?"

하고서 그대로 안으로 들어가려 할 때,

"에 추워."

하고서 들어오는 사람은 자기 아버지다. 어멈과 아범은 맞닥뜨렸다.

"이건 눈깔이 빠졌나. 엑구 시……."

하며 아범이 소리를 질렀다.

"어두워서 보이지를 않는구려."

하고서 여성답게 미안한 어조로 어멈은 말을 한다. 이 한번 닥뜨린 것이 빈손으로 들어오는 자기 남편을 몰아셀 만한 용기를 꺾어 버리었고 주머니 속이 비어 있는 아범은 또한 큰소리를 할 만한 용기를 줄게 하였다.

"어떻게 되었소?"

"무엇이 어떻게 돼? 큰일 났어, 큰일. 벌이가 있어야지. 저녁은 어떻게 했나?"

"여보, 그 정신 나간 소리는 좀 두었다 하우. 무엇으로 저녁을 해요."

아범은 아무 소리 못 하고 방 안으로 들어갔다. 진태는 일어나 앉았다. 그리고는 속으로 반갑기는 그만두고 한 가닥의 희망까지 끊어져 버리었다.

"그럼 어떻게 하나?"

아범은 불 켤 것도 생각지 않고서 한탄을 한다.

"그래 한 푼도 없소?"

"아따, 이 사람! 돈 있으면 막걸리 먹었게."

막걸리라는 소리가 어멈의 성미를 거웠다.

"막걸리가 무어요? 어린 자식들은 치운 방에서 배들이 고파서 덜덜 떠는데 그래도 막걸리요. 그렇게 막걸리가 좋거든 막걸리장사 마누라나 하나 데불고 살거나 막걸리 독에 가서 거꾸로 박히구려. 그저 막걸리 막걸리 하니 언제든지 막걸리 신세를 갚고야 말 터이야. 저러다가는."

"글쎄 그만둬요. 또 여호3) 모양으로 톡톡거려. 엥, 집에 들어오면 여펜네 꼴 보기 싫어서."

하고 입맛을 쩍쩍 다신다.

진태는 옆에서 그 꼴만 보다가 불을 켜고 있었다.

"그럼 저녁을 먹어야지."

하고서 아범은 꽤 시장한 모양으로 없는 궁리를 하려 하나 아무 궁리도 없다.

"이것이나 먹구려."

하고 어멈은 진태를 주려고 국에다 만 밥을 내놓으

---

3) '여우'의 방언.

니까,

"그게 무어야."

하고 숟가락으로 두어 번 떠먹어 보더니,

"너 저녁 먹었니?"

하고서 진태를 돌아다본다. 진태는 말을 하려야 할 수도 없거니와 말하기도 전에 어멈이,

"안 먹었다우."

하고 진태를 책망도 하고 원망도 하는 듯이 흘겨보았다.

"왜?"

하고 아범은 숟가락을 든 채로 그대로 있다.

"누가 알우, 먹기 싫다는 것을."

"그럼 배고프겠구나."

하고서 밥그릇을 내놓으면서,

"좀 먹으련?"

하니까, 진태는,

"싫어요."

하고서 멀리 피해 앉는다.

"왜 그러니."

"먹을 마음이 없에요."

삼십 분쯤 지났다. 문 밖에서 어멈이,
"진태야! 진태야!"
하고 부른다. 진태는 그 부르는 어조가 너무 은밀한 듯하므로,
"녜."
대답 한 번에 바깥으로 나갔다. 어머니는 대문간에 손에다가 무엇인지 가느다란 것을 쥐고 서 있다.
"저."
하고 어머니는 형겊에 싼 그것을 풀더니,
"이것 가지고 전당국에 가서 칠십 전이나 팔십 전만 달래 가지고 싸전에 가 쌀 닷곱만 팔고, 나무 열 냥 어치만 사가지고 오너라."
한다. 진태는 얼른 알아채었다. 옳지, 은비녀로구나. 자기 집안에 값진 것이라고는 어머니 시집올 때 가지고 온 그 비녀 하나하고 굵다란 은가락지뿐이다.
진태는 그것을 받아 들었다. 그리고는 전당국을 향하여 간다. 전당국이 잡화상 옆에 있는 것이 제일

가까웁고 조금 내려가면 이발소 윗집이 전당국이다. 그러나 첫째 집은 가지를 못한다. 그것은 그 전당국 주인의 아들이 자기하고 같은 학교를 다니니까 만일 들키면 창피할 것이요, 부끄러울 것이라. 그래서 그 집을 남겨 놓고 먼 저 아래 전당국으로 가리라 하였다. 그는 팔짱을 끼고 웅숭그리고서 전당국으로 들어가려 하니까 어째 누가 손가락질을 하는 것 같고 구차함을 비웃는 듯하다. 그리고 그 전당국 주인까지도 자기의 구차한 것을 호령이나 할 듯이 싫을 것 같다.

그러나 눈 딱 감고 들어가려 하니까 문간에다가 기중(忌中)이라 써 붙이고 문을 닫아 버렸다.

'기중.'

사람이 죽었구나 하고서 생각하니 그 몇 분 동안에 자기 마음이 긴장되었던 것은 풀려진다.

그러면 이번에는 하는 수 없이 그 동무 아버지의 전당국으로 가야 하겠다.

한 발자국이라도 더디게 떼어 놓아 그 전당국으로 들어설 때 가슴은 거북하고 머리에는 열이 올라와서 흐리멍덩하다.

기웃이 들여다보니까 아무도 없다. 혹시 동무 학동이나 만나지 않을까 하였더니 사무 보는 어른이 한 분 앉아 있고 아무도 없어 아주 다행이다.

그는 정거장 표 파는 데처럼 철망으로 얽고 또 비둘기 창구멍처럼 뚫어 놓은 곳으로 은비녀를 디밀었다. 신문을 보던 사무 보는 어른이 한번 흘겨보더니,

"무엇이냐?"

하고서 소리를 꽥 지른다.

"이것 잡으세요?"

하는 소리는 떨리고 가늘었다. 사무 보는 이는 아무 말 없이 그것을 받아 들더니 저울에다가 달아 본다.

진태는 속마음으로 만일 저것을 잡지 않으면 어떻게 하나? 나쁜 것이라고 퇴짜를 하면은 어떻게 하나 하고 있을 때,

"얼마나 쓰련?"

하고 돈을 묻는다. 그는 겨우 안심을 하고서 돈 말하려다가 자기가 부르는 돈보다 적게 주면 어떻게 하나 하고서 도리어 그이더러,

"얼마나 나가요?"

하고 물었다. 그는 한참 있더니,

"일 원이다."

한다. 그러면 자기 어머니가 얻어 오라는 것보다는 삼사십 전이 더하다. 그는 겨우 안심을 하고서,

"칠십 전 주세요."

하였다.

"네 이름이 무엇이냐?"

전당표에 이름이 쓰이는 것은 좋지 못하나 하는 수 없이 이름을 대었다.

사무 보는 이가 전당표를 쓰는 동안에 진태는 왔다갔다 하였다. 그리고서 남에게는 전당 잡으러 온 체하지 않으려고 사면을 둘러보며 군소리를 하였다.

진태가 바깥을 내다볼 때, 누구인지 덜미에서,

"진태냐?"

하는 어린애 소리가 들렸다. 그는 얼른 돌아다보니까 거기에는 그 집 주인의 아들이 반가워 맞으며,

"어째 왔니?"

하며 나온다. 진태는 달아나고 싶었다. 그리고는 될

수만 있으면 돈도 그만두고 피해 가고 싶었다.

"내일 산술 숙제 했니?"

어쩌면 그렇게 다정하게 물으랴? 그러나 진태는,

"아니."

하고서 고개를 내저었다. 그의 얼굴은 진홍빛같이 붉어졌다.

"얘, 큰일났다. 나는 조금두 할 수가 없어!"

그의 말소리는 진태의 귀에 조금도 안 들린다. 내일 숙제는 고만두고 내일 학교에 가면 반드시 여러 동무들이 흉들을 볼 터이요, 또는 놀려 대임을 당할 것이다. 그리고 그의 앞에는 커다란 수남이가 보이며 장난에 괴수요 핀잔 잘 주고 못살게 굴기 잘 하는 그 불량한 학생이 보인다.

전당표와 돈을 받아 들었다. 이제는 싸전으로 갈 차례다. 석 되나 닷 되나 한 말 쌀을 파는 것은 오히려 자랑거리지마는 닷곱은 팔기가 참으로 부끄럽다. 구차한 것이 죄악은 아니지마는 진태에게는 죄 지은 것처럼 부끄럽다. 그는 싸전에 가서 종이봉지에 쌀 닷곱을 싸들었다. 첫째 싸전쟁이가,

"왜 전대를 가지고 오지 않았어?"

꽥 소리를 한번 지르더니 딴사람의 쌀을 다 퍼주고야 종이봉지 하나가 아까운 듯이 가까스로 닷곱한 되를 퍼주었다.

돈을 주고 나왔다. 쌀 든 손은 얼어서 떨어지는 듯하다. 한 손으로 귀를 녹이고 또 한 손으로는 번갈아 가며 쌀봉지를 들었다.

이번에는 나무가게로 갈 차례다. 나무가게로 갔다. 이십 전 어치를 묶었다. 그것을 새끼에다 질빵을 지어서 둘러메고 쌀은 여전히 옆에다 끼었다. 행길로 고개를 숙이고 가다가는 어깨가 아프고 손, 발, 귀가 시려서 잠깐 쉬다가 저쪽을 보니까 자기 집 들어가는 골목을 조금 못 미쳐서 학교 선생님 한 분이 오신다.

진태는 얼핏 일어났다. 그리고 선생님이 골목까지 오시기 전에 먼저 그 골목으로 들어가야 하겠다 하였다. 그리고는 줄달음질하였다. 선생님은 아무것도 둘러메시었을 리가 없으므로 걸음이 속하시다. 자기는 힘에 닿지 않는 것을 둘러메었고 또 걸음이 더디다. 거진 선생님과 맞닥뜨리게 되었다. 그래서 앞도 보지 않고 골목으로 뛰어들어가다가 거기서 나오는 사람과 마주쳤다.

"에쿠!"

하면서 손에 들었던 쌀이 모두 흩어지고 나무는 어깨에 멘 채 나가자빠졌다.

"이 망할 집 자식, 눈깔이 없니?"

하고 들여다보는 그이는 자기 아버지다. 진태는 그래도 뒤를 돌아다보았다. 벌써 선생님은 본체만체 지나가 버리시었다.

"이 망할 자식아, 쌀을 이렇게 흩트려서 어떻게 해?"

하며 아버지는 두 손으로 껌껌한 데서 그것을 쓸어서 바지 앞에다 담는다.

진태는 멍멍히 서 있다가 아버지에게 끄을려서 집으로 들어갔다.

집에 들어가니까 어머니가 얼마나 받았으며, 얼마나 썼으며, 얼마나 남았느냐고 묻는다. 진태는 그 소리를 듣고서 전당표를 주었다.

그리고는 자세한 이야기를 하였다.

그러나 어머니는 진태의 잘잘못이 없었다. 유일한 보물을 전당을 잡혀서 팔아 온 쌀까지 땅에다 모두 엎질러 버린 것을 생각하매 그대로 있을 수 없을 만치 아깝고 분하다. 그래서,

"이 망할 녀석, 먹으라는 밥을 먹지 않아서 밥이나 먹고 자라고 하겠더니……."

하고서 주먹을 들고 덤벼들며,

"어디 좀 맞아 보아라!"

하고서 또다시 덤벼든다. 진태는 아무것도 변명하지 않았다. 그러나 하루에 두 번씩 매를 맞게 되니까, 무엇이 원망스럽고 또 무엇을 저주하고 싶었으나 그것이 무엇인지 알지 못하였다. 그래서 그는 한참 얻어맞고 혼자 울었다. 그는 위로해 주는 사람 하나 없고 쓰다듬어 주는 사람 하나 없었다.

그는 방구석에 틀어박혀서 한참 울다가 그대로 잠이 들었다. 꿈에는 억울한 꿈을 꾸었다.

전차 차장의 일기 몇 절

섭일월 섭오일, 담(曇).[1]

……동대문서 신용산을 향하여 아침 첫차를 가지고 떠난 것이 오늘 일의 시작이었다.

전차가 동구 앞에서 정거를 하려니까 처음으로 승객 두 명이 탔다. 그들은 모두 양복을 입은 신사들인데 몇 달 동안 전차 차장에 익은 눈으로 보아서 그들이 어젯저녁 밤새도록 명월관에서 질탕히 놀다가 술이 취하여 그대로 그 자리에서 쓰러져 자다가 나오는 것을 짐작하였다. 새벽이라 날이 몹시 선선할 뿐 아니라 서리 기운 섞인 찬바람이 불어서 '트

---

1) 구름이 끼어 날이 흐린 현상.

롤리' 끈을 붙잡을 적마다 고드름을 만지는 것처럼 저리게 찬 기운이 장갑 낀 손에 스미어드는 듯하다. 그들은 얼굴에 앙괭이를 그리고 무슨 부끄러운 곳을 지나가는 사람 모양으로 모자는 눈까지 눌러 쓰고 외투로 코까지 싼 후에 두 어깨는 양쪽으로 삐쭉 올라섰다. 아직 다 밝지는 않고 먼동이 터오므로 서쪽 하늘과 동쪽 하늘 둘 사이 한복판을 두고서 광명과 암흑이 은연히 양색이 졌다. 그러나 눈 오려는 날처럼 북쪽 하늘에는 회색 구름이 북악산 위를 답답하게 막아 놓았다. 운전수는 사람이 하나도 없는 넓은 길을 규정 외의 마력을 내어서 전차를 달려갔다. 전차는 탑동공원 앞 정류장에 와서 섰다. 먼 곳에서는 홰를 치며 우는 닭의 소리가 새벽 서리 바람을 타고서 들려온다. 그러자 어떠한 여자 하나가 내가 서 있는 바로 차장대 층계 위에 어여쁜 발을 올려놓는 것이 보였다. 아직 탈 사람이 별로이 없으리라고 지레짐작에 신호를 하였다가 그것을 보고서 다시 정지하라는 신호를 하였다. 한 다리가 승강단 위에 병아리 모양으로 깡창 올라오더니 계란같이 웅크린 여자가 톡 튀어 올라서 내 앞을 지나는데 머리는 어디서 어떻게 부스대기²⁾를 쳤는지 아무렇게 흩어진 것을 아무렇게 쪽찌고 본래부터 난잡하게 놀려고 차리고 나섰는지는 알 수 없으나 옥양목저고리에 무슨 치마인지 수수하게 차렸는데 손에는 비단으로 만든 지갑을 들었었다. 그리고 그가 내 옆을 지날 때 일본 여자들이 차에 탈 적이나 기생들이 차에 오를 적에 나의 코에 맡히는 분 냄새와 향수 냄새 같은 향긋한 냄새가 찬바람에 섞이어 나의 코에 스쳤다.

그 여자는 차 안으로 들어가더니 그 안에 앉아 있는 양복 입은 청년들의 눈을 피하려 함인지 또는 내외를 하려는 것처럼 맨 앞에 가서 앞만 보고 앉아 있었다. 두 젊은 사람은 어젯저녁에 기생 데리고 놀던 흥이 아직까지도 풀리지 않았는지 그 여자를 보더니 한 사람이 팔꿈치로 옆의 사람을 툭 치면서 눈을 끔적하였다. 그러니까 그 사람도 알았다는 듯이

---

2) 가만히 있지 못하고 몸을 자꾸 움직이는 짓.

고개를 끄덱끄덱하며 그 여자만 보고 있었다.

나도 호기심이 일어나서 그 여자 가까이 가서 얼굴이나 똑똑히 보리라 하고 뒤로 돌려 메었던 가방을 앞으로 돌려서 전차표와 가위를 양손에 갈라 쥐고 차 안으로 들어갔다. 우선 두 젊은이에게 표를 찍어 주고서 그 여자 앞에 가서 손을 내밀려 하다가 나는 깜짝 놀랐다. 나는 달려들어 이것이 웬일이오? 할 만치 놀랐다. 그리고 그의 머리에 꽂힌 금비녀로부터 발에 신은 비단신까지 모조리 다시 한번 훑어보았다.

어떻든 표를 찍으려 하니까 자기 지갑에서 돈을 꺼내는데 일 원짜리인지 오 원짜리인지 두서너 장 들어 있는 중에서 한 장을 선선히 내놓더니,

"의주통이오."

하고 저는 나를 잊어버렸는지 태연하게 앉아 있다. 의주통 바꾸어 타는 표 한 장을 주고 나서 나는 다시 차장대로 나와 섰을 때 벌써 전차는 청년회관 앞을 지나서 종로 정류장까지 왔다. 그 여자는 거기서 내리더니 저쪽으로 가버렸다. 나는 또다시 남대문

을 향하여 돌아가는 전차의 트롤리를 바로잡으려고 창으로 고개를 내밀었을 때, 하늘은 중탁하게 덮이었던 암흑이 점점 뿌얗게 거두어지며 동쪽에는 제법 붉은빛이 놀고 깜박깜박하는 별들이 체로 치는 것처럼 굵은 놈만 남고 잔 놈들은 없어진다.

나는 공연히 신기한 생각이 들어서 못 견디었다. 그래서 혼자 해결할 수 없는 무슨 수수께끼를 풀려는 사람처럼 고개만 기웃하고 있었다. 나는 지나간 생각을 다시 끄집어내었으니 그것은 다음과 같다.

*

한 달 전, 바로 한 달 전에 역시 전차를 몰고서 배오개 정류장에 정거를 하였다. 오후 한시 가량이나 되었는데 차 안에 승객이라고는 동대문경찰서 형사 비슷한 사람 하나와 일본 여자 둘과 또 조선 시골사람 같은 이가 있을 뿐인데 맨 나중으로 들어온 여자가 있었다.

손에다가는 약병과 약봉지를 들었고, 입은 것은 때가 지지리 끼고 자락이 갈갈이 찢어진데다가 얼굴은 며칠이나 세수를 하지 않았는지 새까맣게 걸었는데 발은 벗은 채 짚신 하나만 신었다. 나이는 열아홉이라면 조금 노성한 편이요 스물이라면 어디인지 어린 티가 보인다. 속눈썹이 기름한데 정채[3] 있게 도는 눈이라든지 보리퉁한 뺨과 둥그스름한 턱, 날카롭지도 않고 넓적하지도 않고 웬만한 코라든지 어디로 보아서든지 밉지 않은 여자나 주제꼴이 볼썽사나워서 좋은 인상이 없었다.

우리의 항상 하는 예투로,

"표 찍으시오."

하고 손을 내미니까 어리둥절하며 사방을 홰홰 내젓는데 다시 전차가 달아나니까 그는 어쩔 줄을 모르고 옆의 사람 얼굴 한번 쳐다보고 바깥 한번 내다보고 앉지도 못하고 서지도 못하고 쩔쩔매는 것을 보니까 시골서 갓 올라왔거나 당초에 전차 한번 타 보지도 못한 위인인 것을 알았다. 우리는 항상 그러한 사람이 전차에 오르면 성가스럽다. 왜 그런고 하

---

3) 정묘하고 아름다운 빛깔.

니 으레 바꾸어 타야 할 곳에서 바꾸어 타지를 않고 내릴 때를 지나 놓고서는 귀찮게 굴기는 우리네 차장에게만 귀찮게 굴 뿐 아니라 세상에 저밖에 약은 사람이 없는 것처럼 가끔 전차표 오 전을 떼먹으려고 엉터리없는 바꿔 타는 표를 어디서 얻어 가지고 와서는 속여먹으려고 하기가 일쑤다. 그래서 그런 사람만 만나면 공연히 화증이 나서 목소리가 부락부락해진다.

"어디까지 가우? 표 내시우! 표요."

하니까, 그는 나를 쳐다보더니,

"녜?"

하고 물끄러미 있다.

"녜가 무엇이오. 표 내라니까!"

하니까 그는 손에 들었던 종잇조각을 내밀었다. 종잇조각을 받아 들고 보니까,

'명치정 인사소개소.'

라고 연필로 써 있다.

"이게 무어요."

하고 소리를 꽥 질러 말을 하니까, 그는,

"이리로 가요. 여기가 어디예요? 여기 가서 내려 주세요."

하고 도리어 물어 보며 간청을 한다.

"몰라요. 돈 내요?"

돈이라는 소리에 무슨 짐작을 하였던지,

"없에요."

하고 자기 손을 들여다본 후 부끄러운 듯이 고개를 숙이다가 그래도 할 말이 있다는 듯이,

"그런 게 아니라요, 제가 시골에서 올라온 지가 한 달이나 되는데 먹을 것도 없고 입을 것도 없어서 동막 어느 집에서 고용살이를 하다가 몸에 병이 나서 병원에 다녀오는데 이것을 써주며 그리로 가면 된다고 해서 그리로 가요."

모든 일은 다 알았다. 총독부 의원 무료치료실에 갔다가 의사나 병원에 있는 사람이 정상을 가련히 생각하고 인사상담소를 가르쳐 준 것이요, 또는 갓 서울로 올라와서 돈도 없이 차를 탄 것도 사실인데 어떻든 그때에 나의 마음에서는 알 수 없는 동정심 이 나는 동시 마음이 약한 나는 그를 다시 전차에서

내려쫓을 수는 없었다. 그래서 어찌하면 좋을까? 그 대로 태우자니 규칙위반이요, 그렇다고 내려쫓을 수는 없는데 하는 생각을 하며 차장대에 내려섰다 가 전차가 황금정에 왔을 때 나는 다시 그 앞에 가 서 바꾸어 타는 표 한 장을 찍어 주며,

"왜 돈도 없이 전차를 탔소?"

하고 딱 얼러서 법을 가르친 후,

"자, 이것을 가지고 요 다음 정거하거든 내리우. 이것도 특별히 당신을 생각하여 주는 것이오. 나는 이것 한 장 당신 준 것이 탄로되면 벌어먹지도 못하 고 벌금 물고 그러는 법이오. 그런 줄이나 알어 두 시우."

하니까 그는 고맙다는 듯이 고개를 끄덱끄덱하였다.

*

오늘 아침에 만난 여자가 바로 그 여자다. 한 달 전에 오 전이 없어서 나에게 은혜를 입은 그 여자가 오늘에는 말쑥한 모양꾼이다. 내가 언제든지 여자 로 타고나는 것 그것이 무한한 보배라고 생각을 하

였더니 딴은 그 생각이 들어맞았다. 여자는 마음 한 번 쓰는 데 당장의 백만장자의 아내가 될 수 있고, 추파를 한 번 보내는 데 여러 남자의 끔찍한 사랑을 받을 수가 있는 것이다.

한 달이라는 세월이 그리 길다고 하지 못할 것인데 한 달 전에 총독부 무료병실에 가서 구차한 말을 하고 병을 보아 달라고 또 나와 같은 차장에게까지 은혜를 입던 그 여자가 오늘에는 어디로 보든지 똑 딴 여염집 부인과 같다. 우리 같은 사람은 갖은 박대와 모든 수고를 맛볼 대로 맛보며 근근이 번다 해야 한 달에 단돈 몇십 원을 벌지 못하며 우리가 참으로 성공을 해보려 하면은 아까운 젊은 시대를 무참히 간난신고 중에 보내고도 될지 말지 한 일이다.

하루 종일 차장대에 섰기도 하며 또는 승객의 표를 찍어 주기도 하는 동안에 나로서는 말할 수 없고 내가 나이 스물한 살이 되도록 느껴 보지 못한 감정이 내 몸 전체에 스미어드는 듯하였다. 아직까지 나의 젊은 피는 비린내가 난다. 그 피가 작열을 하지 못하였으며 순화하고 정화하지 못하였다. 나의 피를 그 무엇에다 사르거나 체질하거나 하여 '엑기스'가 되게 하지 못한, 말하자면 아직 진국으로 있는 그것이다. 나는 웬일인지 오늘 그 여자를 본 후로는 나의 가슴속에 있는 피가 한 귀퉁이에서부터 타오르기를 시작하여 석쇠 위에 염통을 저며 놓고 그것을 들여다보는 듯이 지지 타는 속에서도 무슨 새 생명이 불 위에 떨어져 그 불을 더 일으키는 듯한 느낌이었었다. 그러나 그 여자는 의주통으로 향하여 가버리었다. 그 여자가 의주통으로 갔다고 언제든지 의주통 방면에 풀로 붙인 듯이 있을 것은 아니겠지마는 내가 전차를 몰아 그곳을 갈 때나 올 때나 또는 옆으로 지날 때 그를 생각하고 언제든지 그쪽을 향하여 보았다.

십일월 십칠일, 청(晴).[4]
나는 어제 하루를 논 후에 오늘은 야근을 하게 되

---

4) 맑게 갠 하늘.

었다. 오늘은 동대문서 청량리를 향하여 떠나게 되었다. 오후 여덟시나 되어 날이 몹시 추워졌다. 바람도 몹시 불기를 시작하여 먼지가 안개처럼 저쪽 먼 곳으로부터 몰아온다. 여름이나 봄 가을에는 장안의 풍류남아 쳐놓고 내 손에 전차표를 찍어 보지 않은 사람이 별로 없을 것이요, 내 손 빌리지 않고 차 타지 않은 사람이 별로 없었을 것이다. 그러나 오늘은 일요일은 일요일이지마는 나뭇잎은 어느덧 환란이 들어서 시름없이 떨어지고 수척한 나무들이 하늘을 뚫을 듯이 우뚝우뚝 솟았는데 갈가마귀 떼들이 보금자리로 돌아간 지도 얼마 되지 않고 다만 시골 나무장수와 소몰이꾼들의,

"어디어 이놈의 소."

하는 소리가 들릴 뿐이다. 탑골 승방 영도사 또는 청량사 들어가는 어귀는 웬일인지 전보다 더욱 쓸쓸해 보인다.

우리 차는 다시 동대문에 갖다 놓았다. 나는 트롤리를 돌려 대고 다시 차 안에 올라서서 차 떠날 준비를 하려 할 때 차 안을 들여다보니까 그저께 새벽

에 만났던 여자가 그 안에 앉았다. 나는 반갑기도 하고 또 한편으로 놀랍기도 하여 한참이나 물끄러미 건너다보고 있었다. 가슴속에서 타기를 그쳤던 그 피가 다시 한꺼번에 와싹 타오르기를 시작하였다. 그리고 속으로는,

'얘 이것 자주 만난다!'

하는 생각이 나면서 웬일인지 차디차게 식은땀이 뒷잔등에 솟아오르는 것을 깨달았다.

전차가 떠나기를 시작한 후 전차표를 받으러 속으로 들어갈 때에 나는 또다시 그에게 그의 손으로 주는 차표를 받을 생각을 하니까 웬일인지 공연히 마음이 두근두근하여지는 것이 온몸이 황황 다는 듯하였다. 두어 사람의 표를 찍어 준 뒤에 나는 그 여자 앞에 가서 손을 내밀었다. 그때 나의 생각은 관습적으로 나의 손을 내어밀면은 으레 전과 같이 지갑을 열어서 그 속으로부터 돈을 끄집어내려니 하였었다. 그러면 내 손으로 찍어서 내 손으로 주는 전차표를 그 여자는 가지고 앉아 있다가 그것을 다시 운전수에게 주고 내리려니 하였다. 그러나 그 여

자는 나의 손 내미는 것은 본체만체하였다. 도리어 성난 사람처럼 암상스러운[5] 얼굴로 딴 곳만 보고 앉았다.

"표 찍으시오."

하고 나는 그에게 주의하기를 재촉하였으나 그는 역시 아무 말 없이 앉아 있다가 나를 한번 흘끔 쳐다보는 게 어쩐지 거만한 듯하였다. 그러더니 다시 저쪽 두어 사람이나 격하여 앉아 있는 사람 하나를 고개를 기웃하고 건너다보았다. 그러니까 그 앉아 있는 사람이 늦어 버렸던 것을 깨달은 것처럼 잠깐 놀라는 듯하는 표정을 하더니 주머니에서 돈지갑을 꺼내며,

"여기 있소?"

하며 금테안경 너머로 꺼먼 눈동자를 흘기며 나를 불렀다.

'이게 웬 것이냐?'

하는 놀라운 생각이 나며 하는 수 없이 그 남자 편

---

5) 보기에 남을 시기하고 샘을 잘 내는 데가 있다.

으로 가려 하나 그 여자를 다른 사람처럼 그대로 본 체만체 획 돌아설 수는 없었다. 나는 다시 한번 그 여자를 훑어본 후 그 남자— 금테안경 쓰고 윗수염을 까뭇까뭇하게 기르고 두 눈 가장자리가 푸르둥하고 콧날이 오똑한 삼십이 넘을락말락 한 사람으로 얼핏 보면은 미두시장이 아니면 천냥만냥패 같은 사람에게로 가니까 그는 자랑스러운 듯이 지갑 속에서 일 원짜리 한 장을 꺼내어 할인승차권 하나를 사더니 석 장만 찍으라 하였다. 나는 석 장 찍으라는 소리에 그 옆에 앉아 있는 양복 얌전하게 입고 얼굴이 대리석으로 깎은 듯한 '그리스' 타입의 청년이 같이 가는 남자인 것을 알게 되었다.

차표를 다 찍어 주고 차장대에 나와 섰을 때에 웬일인지 그 차표 내주던 남자가 밉고 또는 더럽고 질투성스러워 못 견디었다.

전차가 영도사 들어가는 어귀에 정거를 하자 그들은 거기서 내리었다. 이것을 보고서 나는 일종의 의심이 일어나기 시작하였다. 그 차표를 사던 남자가 나의 눈으로 보기에 어째 부랑성을 띤 듯하였고 또는 그 눈이나 입 가장자리가 몹시 음탕하여 보였으며 그가 그 여자를 데리고 음부탕자가 비교적 많이 오는 한적한 절로 들어가는 것이 장차 무슨 음탕한 사실이 그 속에서 생길 듯하여 공연히 그 남자가 미운 동시에 끌려가는 그 여자에게 동정이 갔다. 전차 차장의 직업이 그리 귀하지도 못한 것을 나는 안다. 비교적 얕은 지위에 있어서 어떠한 계급을 물론하고 날마다 그들을 만나게 되는 동시에 이와 같이 수상스런 사람들을 많이 보지마는 이러한 수상스러운 남녀를 볼 적이면 공연히 욕도 하고 싶고 그들을 잠깐이라도 몹시 괴롭게 하고 싶은 생각이 나는데 이번에 본 이 여자로 말하면 처음에 그와 같이 남루한 의복에다가 돈 한 푼 없이 나에게 전차표를 얻어 가던 자로서 오늘 와서 나를 대하는 태도가 몹시 거만하고 또는 적은 은혜나마 은혜를 모르는 것이 가증한 생각이 들기는 들면서도 웬일인지 나의 가슴 가운데 있는 정서를 살살 풀리게 하는 듯하였다. 그래서 그를 떼어 보낼 때 나의 마음은 또다시 섭섭하였다.

십이월 십오일, 청(晴).

오늘 일기는 따뜻한 일기다.

그런데 어저께 나는 우리 동관6)들에게서 이상한 소문을 하나 들었다. 내가 맨 처음 어떠한 날 새벽에 파고다공원 정류장에서 만나던 때와 같이 그 여자가 역시 새벽마다 전차를 타고서 의주통으로 향하여 간다는 말을 들었다. 그 모습과 또는 행동이 여러 사람의 입에서 나오는 말과 나의 기억으로 내 머릿속에 그려 놓은 것이 꼭꼭 들어맞은 까닭에 그 여자로 인정할 수가 있었다. 나는 이 말을 듣고서 일종의 호기심이 생기어서 나의 당번도 아닌데 남이 가지고 가는 새벽 첫차를 같이 탔다. 그러고서는 전차가 파고다공원 앞에 정거를 할 때에 나는 얼핏 바깥을 내다보았다. 혹시 내가 탄 전차와 상치나 되지 않을까 하는 염려가 있어서 많은 요행을 기대하는 생각으로 그 여자를 만나보려 할 때 과연 그 여자가 전차를 기다리고 있었다. 그 여자뿐만 아니라

_____

6) 한 직장에서 일하는 같은 직위의 동료.

그 옆에는 어떠한 남자 하나가 그 여자의 어깨에 자기 어깨가 닿을 만치 붙어 서서 무슨 이야기인지 정답게 하는 것을 보았다.

전차에 오르는 여자는 그전에 몸을 차리던 것과 판이하여졌다. 전에는 머리를 쪽찌고 신을 신었더니 지금 와서는 양머리에 구두를 신었다. 그리고 전에 볼 적에는 몰랐더니 지금에 이 여자를 보고 전에 그 여자를 생각하니까 전에 있던 시골티가 어색한 것이 모두 없어지고 도리어 무엇엔지 시달려서 손때가 쪼르르 흐르는 듯하였다. 날이 추우니까 몸에다가는 망토를 입었는데 쥐었다 펴기도 하고 꼼지락꼼지락하는 손가락에는 한 달 전에 없던 금반지가 전등불에 비치어 붉은빛을 반짝반짝 반사한다. 그는 나를 한번 쳐다보더니 여러 번 만나는 것이 신기하다는 듯이 익숙한 눈으로 쳐다보았다.

그러자 그 남자도 전차를 탔다. 그 남자라고 하는 사람은 한 달 전에 영도사를 나갈 적에 같이 가던 그 양복 입은 젊은 사람이었다. 영도사를 나갈 적에는 이 젊은 사람이 뒤떨어져서 홀로이 비슷비슷 쫓아가는 것을 보았는데 오늘은 자기가 이 여자를 독차지하고서 승자의 자랑스러운 모양을 나타내는 것을 보았다.

"구찮어서 죽을 뻔하았어?"

그 여자는 아양이라면 아양, 응석이라면 응석이라고 할 만한 말소리로 그 남자에게 대하여 이러한 말을 하고서는 한숨을 내쉬었다.

"왜 진작 오시지 않고 시간이 지나도록 오시지를 않으셨소! 어떻게 기다렸는지 모르는데."

남자는 차 안에서 그런 말을 하면은 딴사람이 들으니 아무 말도 마는 것이 좋다는 듯이 그 말 대답은 하지도 않고 가만히 있다. 눈치를 챈 여자는 입을 다물더니 무참한 듯이 고개를 돌이키고 전차가 정거할 정류장의 붉은 등만 기다리는 듯이 내다보고 있다.

차가 종로에 와 서자 그 두 사람은 일어서 내리었다. 나는 오늘 생각한 바가 있으므로 그들을 따라서 내리었다. 나는 그들이 재판소 앞 정류장을 향하여 가는 것을 보았다. 그리고 혹시 그들에게 의심을 사지나 아니할까 하여 멀찌가니 서서 뒤를 따랐다. 그들이 사면에 사람이 없다는 것을 기회로 생각하고서 서로 손목을 잡는 것을 나는 보고서 나의 온몸이 불덩어리 같아지고 내가 참괴한 생각이 났다.

재판소 앞에 가더니 그들은 멈칫 하고 섰다. 그리고 무엇이라 무엇이라 하더니 다시 그들은 재판소 옆 좁은 골목으로 들어섰다. 이번에는 가까이 쫓아가 보리라 하고서 뒤를 바짝 쫓으매 그들은 내가 따라가는 줄도 모르고서 이야기를 정답게 하면서 갔다.

"오늘 제가요 그이더러 다시 만나지 않겠다고 해버렸지요. 그러니까 껄껄 웃으면서 알았다 알았다 하며 얼핏 승락을 하던데요."

"무엇을 알았다고?"

"당신 하고 이렇게 된 것을 말이오."

"눈치야 챘겠지."

"그렇지만 그이는 남의 생각은 조금도 해주지를 않아요. 같이 살려면은 같이 살 도리를 차려 준다든지, 그렇지 않으면 할 수 없으니 너와 나와 깨끗하게 갈라서자고 한다든지 무슨 말은 없고 그저 질질 끌면서 오늘 낼 오늘 낼 하기만 하니 어떻게 그런 사람을 바라고 살아요. 날마다 밤중이면 사람을 끌어다가 새벽이면은 보내면서 한번 바래다주기를 하나요."

남자는 아무 말이 없다가,

"우리집에 가서 몸이나 좀 녹여 가지고 가지……."

"너무 늦으면 어떻게 해요, 날이 벌써 밝아 오는데요."

"무얼, 집에 가면 또 무엇을 해? 할 것도 없으면서……."

"할 거야 별로 없지만 너무 자주 가면 딴 방 손님들이라도 이상히 알지 않겠어요?"

"괜찮아, 누군지 아나."

"왜 몰라요, 눈치들 채지요."

이렇게 말을 하는 동안에 어느덧 어떤 한 여관 앞에 두 사람이 서 있었다. 그 여관문 개구멍으로 손을 넣어 고리를 벗기더니 두 사람은 종적을 감추어 버렸다. 나는 다시 어찌할 수가 없었다. 앞길을 딱 막아 놓은 것같이 멀거니 서 있기만 하였다. 그 여관 속에는 반드시 무슨 수상한 일이 있을 것을 알았으나 그것을 알 길이 없었다. 하는 수 없이 멍멍히 돌아올 때 그 집 담 모퉁이를 돌아서려니까 불이 환하게 비치는 들창 속에서 남자와 여자의 지껄이는 소리가 들리며 미닫이를 닫는 소리가 들렸다. 나는 옳지 이 방이로구나 하는 생각이 들며 귀를 기울여 듣고 있었다. 조금은 아무 말이 없어서 공연히 나의 가슴이 아슬아슬해졌다. 그러더니 옷이 몸뚱이에서 미끄러져 벗어지는 소리가 연하게 들리더니 기침 소리 두어 번이 나며 전깃불은 확 꺼지었다. 나는 모든 것이 더러웠다. 내 가슴속에서 부드럽고 따뜻하게 타던 모든 것이 그대로 꺼져 버리고 옆에 있는 개천에 침을 두어 번 뱉고서 큰길로 돌아섰다.

벙어리 삼룡이

1.

내가 열 살이 될락말락 한 때이니까 지금으로부터 십사오 년 전 일이다.

지금은 그곳을 청엽정이라 부르지만 그때는 연화봉이라고 이름하였다. 즉 남대문에서 바로 내려다보면은 오정포가 놓여 있는 산등성이가 있으니 그 산등성이 이쪽이 연화봉이요, 그 새에 있는 동네가 역시 연화봉이다.

지금은 그곳에 빈민굴이라고 할 수밖에 없이 지저분한 촌락이 생기고 노동자들밖에 살지 않는 곳이 되어 버렸으나 그때에는 자기네 딴은 행세한다는 사람들이 있었다.

집이라고는 십여 호밖에 있지 않았고 그곳에 사는 사람들은 대개 과목밭[1]을 하고, 또는 채소를 심거나, 아니면 콩나물을 길러서 생활을 하여 갔었다.

여기에 그중 큰 과목밭을 갖고 그중 여유 있는 생활을 하여 가는 사람이 하나 있었는데, 그의 이름은 잊어버렸으나 동네 사람들이 부르기를 오생원(吳生員)이라고 불렀다.

얼굴이 동탕하고 목소리가 마치 여름에 버드나무에 앉아서 길게 목늘여 우는 매미 소리같이 저르렁저르렁하였다.

그는 몹시 부지런한 중년 늙은이로 아침이면 새벽 일찍이 일어나서 앞뒤로 뒷짐을 지고 돌아다니며 집안일을 보살피는데 그 동네에는 그가 마치 시계와 같아서 그가 일어나는 때가 동네 사람이 일어나는 때였다. 만일 그가 아침에 돌아다니며 잔소리를 하지 않으면 동네 사람들이 이상하여 그의 집으로

---

1) 과수원.

가보면 그는 반드시 몸이 불편하여 누웠었다. 그러나 그와 같은 때는 일 년 삼백육십 일에 한 번 있기가 어려운 일이요, 이태나 삼 년에 한 번 있거나 말거나 하였다.

그가 이곳으로 이사를 온 지는 얼마 되지는 아니하나 언제든지 감투를 쓰고 다니므로 동네 사람들은 양반이라고 불렀고, 또 그 사람도 동네 사람들에게 그리 인심을 잃지 않으려고 섣달이면 북어쾌, 김 톳을 동네 사람에게 나눠 주며 농사 때에 쓰는 연장도 넉넉히 장만한 후 아무 때나 동네 사람들이 쓰게 하므로 그 동네에서는 가장 인심 후하고 존경을 받는 집인 동시에 세력 있는 집이다.

그 집에는 삼룡(三龍)이라는 벙어리 하인 하나가 있으니 키가 본시 크지 못하여 땅딸보로 되었고 고개가 빼지 못하여 몸뚱이에 대강이를 갖다가 붙인 것 같다. 거기다가 얼굴이 몹시 얽고 입이 크다. 머리는 전에 새꼬랑지 같은 것을 주인의 명령으로 깎기는 깎았으나 불밤송이 모양으로 언제든지 푸 하고 일어섰다. 그래 걸어다니는 것을 보면, 마치 옴

두꺼비가 서서 다니는 것같이 숨차 보이고 더디어 보인다. 동네 사람들이 부르기를 삼룡이라고 부르는 법이 없고 언제든지 '벙어리' '벙어리'라고 하든지 그렇지 않으면 '앵모' '앵모'한다. 그렇지만 삼룡이는 그 소리를 알지 못한다.

그도 이 집 주인이 이리로 이사를 올 때에 데리고 왔으니 진실하고 충성스러우며 부지런하고 세차다. 눈치로만 지내 가는 벙어리지마는 듣는 사람보다 슬기로운 적이 있고 평생 조심성이 있어서 결코 실수한 적이 없다.

아침에 일어나면 마당을 쓸고, 소와 돼지의 여물을 먹이며, 여름이면 밭에 풀을 뽑고 나무를 실어들이고 장작을 패며, 겨울이면 눈을 쓸며 잔심부름과 진일 마른일 할 것 없이 못 하는 일이 없다.

그럴수록 이 집 주인은 벙어리를 위해 주며 사랑한다. 혹시 몸이 불편한 기색이 있으면 쉬게 하고, 먹고 싶어하는 듯한 것은 먹이고, 입을 때 입히고 잘 때 재운다.

그런데 이 집에는 삼대독자로 내려오는 그 집 아

들이 있다. 나이는 열일곱 살이나 아직 열네 살도 되어 보이지 않고 너무 귀엽게 기르기 때문에 누구에게든지 버릇이 없고 어리광을 부리며 사람에게나 짐승에게 잔인 포악한 짓을 많이 한다.

동네 사람들은,

"후레자식! 아비 속상하게 할 자식! 저런 자식은 없는 것만 못해."

하고 욕들을 한다. 그래서 그의 어머니는 아들이 잘못할 때마다 그의 영감을 보고,

"그 자식을 좀 때려 주구려. 왜 그런 것을 보고 가만두?"

하고 자기가 대신 때려 주려고 나서면,

"아뇨, 아직 철이 없어 그렇지. 저도 지각이 나면 그렇지 않을 것이 아뇨."

하고 너그럽게 타이른다.

그러면 마누라는 왜가리처럼 소리를 지르며,

"철이 없긴 지금 나이가 몇이오. 낼 모레면 스무 살이 되는데, 또 며칠 아니면 장가를 들어서 자식까지 날 것이 그래 가지고 무엇을 한단 말이오."

하고 들이대며,

"자식은 꼭 아버지가 버려 놓았습니다. 자식 귀여운 것만 알았지 버릇 가르칠 줄은 모르니까……."

이렇게 싸움만 시작하려 하면 영감은 아무 말도 하지 않고 바깥으로 나가 버린다.

그 아들은 더구나 벙어리를 사람으로 알지도 않는다. 말 못 하는 벙어리라고 오고 가며 주먹으로 허구리2)를 지르기도 하고 발길로 엉덩이도 찬다.

그러면 그 벙어리는 어린것이 철없이 그러는 것이 도리어 귀엽기도 하고 또는 그 힘없는 팔과 힘없는 다리로 자기의 무쇠 같은 몸을 건드리는 것이 우습기도 하고 앙증하기도 하여 돌아서서 방그레 웃으면서 툭툭 털고 다른 곳으로 몸을 피해 버린다.

어떤 때는 낮잠자는 벙어리 입에다가 똥을 먹인 때도 있었다. 또 어떤 때는 자는 벙어리 두 팔 두 다리를 살며시 동여매고 손가락과 발가락 사이에 화승불을 붙여 놓아 질겁을 하고 일어나다가 발버둥

---

2) 허리 좌우의 갈비뼈 아래 잘쏙한 부분.

질을 하고 죽으려는 사람처럼 괴로워하는 것을 보고 기뻐하였다.

이러할 때마다 벙어리의 가슴에는 비분한 마음이 꽉 들어찼다. 그러나 그는 주인의 아들을 원망하는 것보다도 자기가 병신인 것을 원망하였으며 주인의 아들을 저주한다는 것보다 이 세상을 저주하였다.

그러나 그는 결코 눈물을 흘리지 않았다. 그의 눈물은 나오려 할 때 아주 말라붙어 버린 샘물과 같이 나오려 하나 나오지를 아니하였다. 그는 주인의 집을 버릴 줄 모르는 개 모양으로 자기가 있어야 할 곳은 여기밖에 없고 자기가 믿을 것도 여기 있는 사람들밖에 없을 줄 알았다. 여기서 살다가 여기서 죽는 것이 자기의 운명인 줄밖에 알지 못하였다. 자기의 주인 아들이 때리고 지르고 꼬집어뜯고 모든 방법으로 학대할지라도 그것이 자기에게 으레 있을 줄밖에 알지 못하였다. 아픈 것도 그 아픈 것이 으레 자기에게 돌아올 것이요, 쓰린 것도 자기가 받지 않아서는 안 될 것으로 알았다. 그는 이 마땅히 자기가 받아야 할 것을 어떻게 해야 면할까 하는 생각을 한 번도 하여 본 일이 없었다.

그가 이 집에서 떠나가려거나 또는 그의 생활환경에서 벗어나려는 생각은 한 번도 해보지 못하였다 할지라도 그는 언제든지 그 주인 아들이 자기를 학대하고 또는 자기를 못살게 굴 때 그는 자기의 주먹과 또는 자기의 힘을 생각하여 보았다.

주인 아들이 자기를 때릴 때 그는 주인 아들 하나쯤은 넉넉히 제지할 힘이 있는 것을 알았다.

어떠한 때는 아픔과 쓰림이 자기의 몸으로 스미어들 때면 그의 주먹은 떨리면서 어린 주인의 몸을 치려 하다가는 그것을 무서운 고통과 함께 꽉 참았다.

그는 속으로,

'아니다, 그는 나의 주인의 아들이다. 그는 나의 어린 주인이다.'

하고 꾹 참았다.

그리고는 그것을 얼핏 잊어버렸다. 그러다가도 동넷집 아이들과 혹시 장난을 하다가 주인 아들이 울고 들어올 때에는 그는 황소같이 날뛰면서 주인을 위하여 싸웠다. 그래서 동네에서도 어린애들이나 장난꾼들이 벙어리를 무서워하여 감히 덤비지를 못하였다. 그리고 주인 아들도 위급한 경우에는 언제든지 벙어리를 찾았다. 벙어리는 얻어맞으면서도 기어드는 충견 모양으로 주인의 아들을 위하여 싫어하지 않고 힘을 다하였다.

2.

벙어리가 스물세 살이 될 때까지 그는 물론 이성과 접촉할 기회가 없었다. 동네의 처녀들이 저를 '벙어리' '벙어리' 하며 괴상한 손짓과 몸짓으로 놀려먹음을 받을 적에 분하고 골나는 중에도 느긋한 즐거움을 느끼어 본 일은 있었으나 그가 결코 사랑으로써 어떠한 여자를 대해 본 일은 없었다.

그러나 정욕을 가진 사람인 벙어리도 그의 피가 차디찰 리는 없었다. 혹 그의 피는 더욱 뜨거웠을는지도 알 수 없었다. 뜨겁다 뜨겁다 못하여 엉기어 버린 엿과 같을지도 알 수 없었다. 만일 그에게 별을 주거나 다시 뜨거운 열을 준다면 그의 피는 다시 녹을는지도 알 수 없었다.

그가 깜박깜박하는 기름등잔 아래에서 밤이 깊도록 짚신을 삼을 때면 남모르는 한숨을 아니 쉬는 것도 아니지마는 그는 그것을 곧 억제할 수 있을 만큼 정욕에 대하여 벌써부터 단념을 하고 있었다.

마치 언제 폭발이 될는지 알지 못하는 휴화산 모양으로 그의 가슴속에는 충분한 정열을 깊이 감추어 놓았으나 그것이 아직 폭발될 시기가 이르지 못한 것이었다. 비록 폭발이 되려고 무섭게 격동함을 벙어리 자신도 느끼지 않는 바는 아니지마는 그는 그것을 폭발시킬 조건을 얻기 어려웠으며 또는 자기가 여태까지 능동적으로 그것을 나타낼 수가 없을 만큼 외계의 압축을 받았으며, 그것으로 인한 이지가 너무 그에게 자제력을 강대하게 하여 주는 동시에 또한 너무 그것을 단념만 하게 하여 주었다.

속으로 '나는 벙어리다', 자기가 생각할 때 그는 몹시 원통함을 느끼는 동시에 나는 말하는 사람들과 똑같은 자유와 똑같은 권리가 없는 줄 알았다.

그는 이와 같은 생각에서 언제든지 단념 않으려야 단념하지 않을 수 없는 그 단념이 쌓이고 쌓이어 지금에는 다만 한 개의 기계와 같이 이 집에 노예가 되어 있으면서도 그것을 자기의 천직으로 알고 있을 뿐이요, 다시는 자기가 살아갈 세상이 없는 것같이밖에 알지 못하게 된 것이다.

3.

그해 가을이다. 주인의 아들이 장가를 들었다. 색시는 신랑보다 두 살 위인 열아홉 살이다. 주인이 본시 자기가 언제든지 문벌이 얕은 것을 한탄하여 신부를 구할 때에 첫째 조건이 문벌이 높아야 할 것이었다. 그러나 문벌 있는 집에서는 그리 쉽게 색시를 내놓을 리가 없었다. 그러므로 하는 수 없이 그 어떠한 영락한 양반의 딸을 돈을 주고 사오다시피 하였으니, 무남독녀의 딸을 둔 남촌 어떤 과부를 꿀을 발라서 약혼을 하고 혹시나 무슨 딴소리가 있을까

하여 부랴부랴 성례식을 시켜 버렸다.

혼인할 때의 비용도 그때 돈으로 삼만 냥을 썼다. 그리고 아들의 처갓집에 며느리 뒤 보아 주는 바느질삯, 빨랫삯이라는 명목으로 한 달에 이천오백 냥씩을 대어 주었다.

신부는 자기 아버지가 돌아가기 전까지 상당히 견디기도 하고 또는 금지옥엽같이 기른 터이라, 구식 가정에서 배울 것 읽힐 것 못 하는 것이 없고 게다가 또는 인물이라든지 행동거지에 조금도 구김이 있지 아니하다.

신부가 오자 신랑의 흠절이 생기기 시작하였다.

"신부에게다 대면 두루미와 까마귀지."

"아직도 철딱서니가 없어."

"색시에게 쥐여 지내겠지."

"신랑에겐 과하지."

동넷집 말 좋아하는 여편네들이 모여 앉으면 이렇게 비평들을 한다. 어떠한 남의 걱정 잘 하는 마누라님은 간혹 신랑을 보고는 그대로 세워 놓고,

"글쎄, 인제는 어른이 되었으니 셈이 좀 나요, 저

리구 어떻게 색시를 거느려 가누. 색시방에 들어가기가 부끄럽지 않담."

하고 들이대다시피 하는 일이 있다.

이럴 적마다 신랑의 마음은 그 말하는 이들이 미웠다. 일부러 자기를 부끄럽게 하려고 하는 것 같아서 그 후에 그를 만나면 말도 안 하고 인사도 하지 아니한다.

또 그의 고모 되는 이가 와서 자기 조카를 보고,
"인제는 어른이야. 너도 그만하면 지각이 날 때가 되지 않았니. 네 처가 부끄럽지 아니하냐."

하고 타이를 적마다 그의 마음은 그 말하는 사람이 부끄럽다는 것보다도 자기를 이렇게 하게 한 자기 아내가 더욱 밉살머리스러웠다.

"여편네가 다 무엇이냐? 저 빌어먹을년이 들어오더니 나를 이렇게 못살게들 굴지."

혼인한 지 며칠이 못 되어 그는 색시방에 들어가지를 않았다. 집안에서는 야단이 났다. 마치 돼지나 말 새끼를 혼례시키려는 것같이 신랑을 색시방으로 집어넣으려 하나 막무가내였다. 그럴 때마다 신랑은 손에 닥치는 대로 집어 때려서 자기의 외사촌 누이의 이마를 뚫어서 피까지 나게 한 일이 있었다. 집안 식구들이 하는 수가 없어 맨 나중에는 아버지에게 밀었다. 그러나 그것도 소용이 없을 뿐더러 풍파를 더 일으키게 하였다. 아버지께 꾸중을 듣고 들어와서는 다짜고짜로 신부의 머리채를 쥐어 잡아 마루 한복판에 태질을 쳤다.

그리고는,

"이년, 네 집으로 가거라. 보기 싫다. 내 눈앞에는 보이지도 마라."

하였다. 밥상을 가져오면 그 밥상이 마당 한복판에서 재주를 넘고, 옷을 가져오면 그 옷이 쓰레기통으로 나간다.

이리하여 색시는 시집오던 날부터 팔자 한탄을 하고서 날마다 밤마다 우는 사람이 되었다.

울면 요사스럽다고 때린다. 또 말이 없으면 빙충맞다고 친다. 이리하여 그 집에는 평화스러운 날이 하루도 없었다.

이것을 날마다 보는 사람 가운데 알 수 없는 의혹

을 품게 된 사람이 하나 있으니 그는 곧 벙어리 삼룡이였다.

그렇게 예쁘고 유순하고 그렇게 얌전한, 벙어리의 눈으로 보아서는 감히 손도 대지 못할 만큼 선녀 같은 색시를 때리는 것은 자기의 생각으로는 도저히 풀 수 없는 의심이었다.

보기에도 황홀하고 건드리기도 황홀할 만큼 숭고한 여자를 그렇게 하대한다는 것은 너무나 세상에 있지 못할 일이다. 자기는 주인 새서방에게 개나 돼지같이 얻어맞는 것이 마땅한 이상으로 마땅하지마는, 선녀와 짐승의 차가 있는 색시와 자기가 똑같이 얻어맞는 것은 너무 무서운 일이다. 어린 주인이 천벌이나 받지 않을까 두렵기까지 하였다.

어떠한 달밤, 사면은 고요적막하고 별들은 드문드문 눈들만 깜박이며 반달이 공중에 뚜렷이 달려 있어 수은으로 세상을 깨끗하게 닦아낸 듯이 청명한데, 삼룡이는 검둥개 등을 쓰다듬으며 바깥 마당 멍석 위에 비슷이 드러누워 하늘을 쳐다보며 생각하여 보았다.

주인 색시를 생각하면 공중에 있는 달보다도 더 곱고 별들보다도 더 깨끗하였다. 주인 색시를 생각하면 달이 보이고 별이 보이었다. 삼라만상을 씻어내는 은빛보다도 더 흰 달이나 별의 광채보다도 그의 마음이 아름답고 부드러운 듯하였다. 마치 달이나 별이 땅에 떨어져 주인 새아씨가 된 것도 같고 주인 새아씨가 하늘에 올라가면 달이 되고 별이 될 것 같았다.

더구나 자기를 어린 주인이 때리고 꼬집을 때 감히 입 벌려 말은 하지 못하나 측은하고 불쌍히 여기는 정이 그의 두 눈에 나타나는 것을 다시 생각할 때 그는 부들부들한 개 등을 어루만지면서 감격을 느꼈다. 개는 꼬리를 치며 자기를 귀여워하는 줄 알고 벙어리의 손을 핥았다.

삼룡이의 마음은 주인 아씨를 동정하는 마음으로 가득 찼다. 또는 그를 위하여서는 자기의 목숨이라도 아끼지 않겠다는 의분에 넘치었다. 그것은 마치 살구를 보면 입 속에 침이 도는 것같이 본능적으로 느껴지는 감정이었다.

4.

　새댁이 온 뒤에 다른 사람들은 자유로운 안 출입을 금하였으나 벙어리는 마치 개가 맘대로 안에 출입할 수 있는 것같이 아무 의심 없이 출입할 수가 있었다.

　하루는 어린 주인이 먹지 않던 술이 잔뜩 취하여 무지한 놈에게 맞아서 길에 자빠진 것을 업어다가 안으로 들여다 누인 일이 있었다. 그때에 아무도 안에 있지 않고 다만 새색시 혼자 방에서 바느질을 하고 있다가 이 꼴을 보고 벙어리의 충성된 마음이 고마워서, 그 후에 쓰던 비단 헝겊조각으로 부시쌈지 하나를 만들어 준 일이 있었다.

　이것이 새서방님의 눈에 띄었다. 그래서 색시는 어떤 날 밤 자던 몸으로 마당 복판에 머리를 푼 채 내동댕이가 쳐졌다. 그리고 온몸에 피가 맺히도록 얻어맞았다.

　이것을 본 벙어리는 또다시 의분의 마음이 뻗쳐 올라왔다. 그래서 미친 사자와 같이 뛰어들어가 새

서방님을 내어던지고 새색시를 둘러메었다. 그리고
나는 수리와 같이 바깥사랑 주인 영감 있는 곳으로
뛰어가 그 앞에 내려놓고 손짓과 몸짓을 열 번 스무
번 거푸 하며 하소연하였다.

그 이튿날 아침에 그는 주인 새서방님에게 물푸레
로 얼굴을 몹시 얻어맞아서 한쪽 뺨이 눈을 얼러서
피가 나고 주먹같이 부었다. 그 때릴 적에 새서방의
입에서 나오는 말은,

"이 흉측한 벙어리 같으니, 내 여편네를 건드려!"
하고 부시쌈지를 빼앗아 갈가리 찢어서 뒷간에 던
졌다.

"그리고 이놈아! 인제는 주인도 몰라보고 막 친
다. 이런 것은 죽여야 해!"
하고 채찍으로 그의 뒷덜미를 갈겨서 그 자리에 쓰
러지게 하였다.

벙어리는 다만 두 손으로 빌 뿐이었다. 말도 못 하
고 고개를 몇백 번 코가 땅에 닿도록 그저 용서해
달라고 빌기만 하였다. 그러나 그의 가슴에는 비로
소 숨겨 있던 정의감이 머리를 들기 시작하였다. 그

는 아픈 것을 참아 가면서도 북받치는 분노(심술)를 억제하였다.

그때부터 벙어리는 안방에 들어가지 못하였다. 이 들어가지 못하는 것이 더욱 벙어리로 하여금 궁금 중이 나게 하였다. 그 궁금증이라는 것이 묘하게 빛이 변하여 주인아씨를 뵈옵고 싶은 심정으로 변하였다. 뵈옵지 못하므로 가슴이 타올랐다. 몹시 애상의 정서가 그의 가슴을 저리게 하였다. 한 번이라도 아씨를 뵈올 수가 있으면 하는 마음이 나더니 그의 마음의 넋은 느끼기를 시작하였다. 센티멘틀한 가운데에서 느끼는 그 무슨 정서는 그에게 생명 같은 희열을 주었다. 그것과 자기의 목숨이라도 바꿀 수 있을 것 같았다. 어떤 때는 그대로 대강이로 담을 뚫고 들어가고 싶도록 주인아씨를 뵈옵고 싶은 것을 꾹 참을 때도 있었다.

그 후부터는 밥을 잘 먹을 수가 없었다. 일도 손에 잡히지 않았다. 틈만 있으면 안으로만 들어가고 싶었다.

주인이 전보다 많이 밥과 음식을 주고 더 편하게

하여 주었으나 그것이 싫었다. 그는 밤에 잠을 자지 않고 집 가장자리를 돌아다녔다.

5.

하루는 주인 새서방님이 술이 취하여 들어오더니 집안이 수선수선하여지며 계집 하인이 약을 사러 갔다 들어오는 것을 보고 그 계집 하인을 붙잡았다. 그리고 무엇이냐고 물었다.

계집 하인은 한 주먹을 뒤통수에 대고 얼굴을 쓰다듬으며 둘째손가락을 내밀었다. 그것은 그 집 주인은 엄지손가락이요, 둘째손가락은 새서방이라는 뜻이요, 주먹을 뒤통수에 대는 것은 여편네라는 뜻이요, 얼굴을 문지르는 것은 예쁘다는 뜻으로 벙어리에게 쓰는 암호다.

그런 뒤에 다시 혀를 내밀고 눈을 뒤집어쓰는 형상을 하고 두 팔을 싹 벌리고 뒤로 자빠지는 꼴을 보이니, 그것은 사람이 죽게 되었거나 앓을 적에 하는 말 대신의 손짓이다.

벙어리는 눈을 크게 뜨고 계집 하인에게 한 발자국 가까이 들어서며 놀라는 듯이 멀거니 한참이나 있었다.

그의 가슴은 무섭게 격동하였다. 자기의 그리운 주인아씨가 죽었다는 말이나 아닌가, 그는 두 주먹을 마주 치며 한숨을 쉬었다. 그리고는 자기 방에서 무엇을 생각하는 것처럼 두어 시간이나 두 눈만 껌벅껌벅하고 앉았었다.

그는 밤이 깊어 갈수록 궁금증 나는 사람처럼 일어섰다 앉았다 하더니 두시나 되어서 바깥으로 나가서 뒤로 돌아갔다.

그는 도둑놈처럼 조심스럽게 바로 건넌방 뒤 미닫이 앞 담에 서서 주저주저하더니 담을 넘었다. 가까이 창 앞에 서서 문틈으로 안을 살피다가 그는 진저리를 치며 물러섰다.

어두운 밤에 그의 손과 발이 마치 그 뒤에 서 있는 감나무 잎같이 떨리더니 그대로 문을 박차고 뛰어 들어갔을 때, 그의 팔에는 주인아씨가 한 손에는 기다란 명주 수건을 들고서 한 팔로 벙어리의 가슴을 밀치며 뻗디디었다. 벙어리는 다만 눈이 뚱그래서 '에헤' 소리만 지르고 그 수건을 뺏으려 애쓸 뿐이다.

집안이 야단났다.

"집안이 망했군!"

"어디 사내가 없어서 벙어리를!"

"어떻든 알 수 없는 일이야!"

하는 소리가 이 구석 저 구석에서 수군댄다.

6.

그 이튿날 아침에 벙어리는 온몸이 짓이긴 것이 되어 마당에 거꾸러져 입에서 피를 토하며 신음하고 있었다. 그 곁에서는 새서방이 쇠줄 몽둥이를 들고서 문초를 한다.

"이놈!"

하고는 음란한 흉내는 모조리 하여 가며 건넌방을

가리킨다. 그러나 벙어리는 손을 내저을 뿐이다. 또 몽둥이에는 살점이 묻어 나왔다. 그리고 피가 흘렀다.

벙어리는 타들어가는 목으로 소리도 못 내며 고개만 내젓는다. 그는 피를 토하며 거꾸러지며 이마를 땅에 비비며 고개를 내흔든다. 땅에는 피가 스며든다. 새서방은 채찍 끝에 납뭉치를 달아서 가슴을 훔쳐 갈겼다가 힘껏 잡아 뽑았다. 벙어리는 그대로 거꾸러지며 말이 없었다.

새서방은 그래도 시원치 못하였다. 그는 어제 벙어리가 새로 갈아 놓은 낫을 들고 달려왔다. 그는 그 시퍼렇게 날선 낫을 번쩍 들었다. 그래서 벙어리를 찌르려 할 때 벙어리는 한 팔로 그것을 받았고, 집안사람들은 달려들었다. 벙어리는 낫을 뿌리쳐 저리로 내던졌다.

주인은 집안이 망하였다고 사랑에 누워서 모든 일을 들은 체 만 체 문을 닫고 나오지를 아니하며, 집안에서는 색시를 쫓는다고 야단이다. 그날 저녁에 벙어리는 다시 끌려 나왔다. 그때에는 주인 새서방이 그의 입던 옷과 신짝을 주며 눈을 부릅뜨고 손을

멀리 가리키며,

"가! 인제는 우리 집에 있지 못한다."

하였다. 이 소리를 듣는 벙어리는 기가 막혔다. 그에게는 이 집 외에 다른 집이 없다. 살 곳이 없었다. 자기는 언제든지 이 집에서 살고 이 집에서 죽을 줄밖에 몰랐다. 그는 새서방님의 다리를 껴안고 애걸하였다. 말도 못 하는 것을 몸짓과 표정으로 간곡한 뜻을 표하였다. 그러나 새서방님은 발길로 지르고 사람을 불렀다.

"이놈을 좀 내쫓아라."

벙어리가 죽은 개 모양으로 끌려 나갔다. 그리고 대갈빼기를 개천 구석에 들이박히면서 나가 곤드라졌다가 일어서서 다시 들어오려 할 때에는 벌써 문이 닫혀 있었다. 그는 문을 두드렸다. 그의 마음으로는 주인 영감을 찾았으나 부를 수가 없었다. 그가 날마다 열고 날마다 닫던 문이 자기가 지금은 열려 하나 자기를 내어쫓고 열리지를 않는다. 자기가 건사하고 자기가 거두던 모든 것이 오늘에는 자기의 말을 듣지 않는다. 어려서부터 지금까지 모든 정성과 힘과 뜻을 다하여 충성스럽게 일한 값이 오늘에는 이것이다.

그는 비로소 믿고 바라던 모든 것이 자기의 원수란 것을 알았다. 그는 모든 것을 없애 버리고 자기도 또한 없어지는 것이 나은 것을 알았다.

그날 저녁 밤은 깊었는데 멀리서 닭이 우는 소리와 함께 개 짖는 소리만이 들린다. 난데없는 화염이 벙어리 있던 오생원 집을 에워쌌다. 그 불을 미리 놓으려고 준비하여 놓았는지 집 가장자리 쪽 돌아가며 흩어 놓은 풀에 모조리 돌라붙어 공중에서 내려다보면 집의 윤곽이 선명하게 보일 듯이 타오른다.

불은 마치 피 묻은 살을 맛있게 잘라 먹는 요마(妖魔)의 혓바닥처럼 날름날름 집 한 채를 삽시간에 먹어 버리었다. 이와 같은 화염 속으로 뛰어들어가는 사람이 하나 있으니 그는 다른 사람이 아니라 낮에 이 집을 쫓겨난 삼룡이다. 그는 먼저 사랑에 가서 문을 깨뜨리고 주인을 업어다가 밭 가운데 놓고 다시 들어가려 할 제 그의 얼굴과 등과 다리가 불에 데어 쭈그러져 드는 것을 알지 못하였다.

그는 건넌방으로 뛰어들었다. 그러나 색시는 없었다. 다시 안방으로 뛰어들었다. 그러나 또 없고 새서방이 그의 팔에 매달리어 구원하기를 애원하였다. 그러나 그는 그것을 뿌리쳤다. 다시 서까래에 불이 시뻘겋게 타면서 그의 머리에 떨어졌다. 그러나 그는 그것을 몰랐다. 부엌으로 가보았다. 거기서 나오다가 문설주가 떨어지며 왼팔이 부러졌다. 그러나 그것도 몰랐다. 그는 다시 광으로 가보았다. 거기도 없었다. 그는 다시 건넌방으로 들어갔다. 그때야 그는 색시가 타죽으려고 이불을 쓰고 누워 있는 것을 보았다. 그는 색시를 안았다. 그리고는 길을 찾았다. 그러나 나갈 곳이 없었다. 그는 하는 수 없이 지붕으로 올라갔다. 그는 비로소 자기의 몸이 자유롭지 못한 것을 알았다. 그러나 그는 자기가 여태까지 맛보지 못한 즐거운 쾌감을 자기의 가슴에 느끼는 것을 알았다. 색시를 자기 가슴에 안았을 때 그는 이제 처음으로 살아난 듯하였다. 그는 자기의 목숨이 다한 줄 알았을 때, 그 색시를 내려놓을 때는 그는 벌써 목숨이 끊어진 뒤였다. 집은 모조리 타고 벙어리는 색시를 무릎에 뉘고 있었다. 그의 울분은 그 불과 함께 사라졌을는지! 평화롭고 행복스러운 웃음이 그의 입 가장자리에 엷게 나타났을 뿐이다.

물레방아

1.

덜컹덜컹 홈통에 들었다가 다시 쏟아져 흐르는 물이 육중한 물레방아를 번쩍 쳐들었다가 쿵 하고 확 속으로 내던질 제 머슴들의 콧소리는 허연 겻가루가 켜켜 앉은 방앗간 속에서 청승스럽게 들려 나온다.

쏼 쏼 쏼, 구슬이 되었다가 은가루가 되고 댓줄기같이 뻗치었다가 다시 쾅 쾅 쏟아져 청룡이 되고 백룡이 되어 용솟음쳐 흐르는 물이 저쪽 산모퉁이를 십 리나 두고 돌고, 다시 이쪽 들 복판을 오 리쯤 꿰뚫은 뒤에 이 방원(芳源)이가 사는 동네 앞 기슭을 스쳐 지나가는데 그 위에 물레방아 하나가 놓여 있다.

물레방아에서 들여다보면 동북간으로 큼직한 마을이 있으니 이 마을의 가장 부자요, 가장 세력이 있는 사람으로 이름을 신치규라고 부른다. 이 방원이라는 사람은 그 집의 막실(幕室)살이를 하여 가며 그의 땅을 경작하여 자기 아내와 두 사람이 그날그날을 지내 간다.

어떠한 가을밤 유난히 밝은 달이 고요한 이 촌을 한적하게 비칠 때 그 물레방앗간 옆에 어떠한 여자 하나와 어떤 남자 하나가 서서 이야기를 하는 소리가 들리었다.

그 여자는 방원의 아내로 지금 나이가 스물두 살, 한참 정열에 타는 가슴으로 가장 행복스러울 나이의 젊은 여자요, 그 남자는 오십이 반이 넘어 인생으로서 살아올 길을 다 살고서 거의 거의 쇠멸의 구렁이를 향하여 가는 늙은이다.

그의 말소리는 마치 그 여자를 달래는 것같이,

"얘, 내 말이 조금도 그를 것이 없지? 쉰네 할멈에게도 자세한 말을 들었을 터이지마는 너 생각해 보아라. 네가 허락만 하면 무엇이든지 네가 하고 싶다는 것은 내가 전부 해줄 터이란 말야. 그까짓 방원이녀석하고 네가 몇백 년 살아야 언제든지 막실 구석을 면하지 못할 터이니. 허허, 사람이란 젊어서 호강해 보지 못하면 평생 호강 한 번 하여 보지 못하고 죽을 것이 아니냐. 내가 말하는 것이 조금도 잘못하는 것이 없느니라! 대강 너의 말을 쇤네 할멈에게 듣기는 들었으나 그래도 너에게 한 번 바로 대고 듣는 것만 못해서 이리로 만나자고 한 것이다. 너의 마음은 어떠냐? 어디 허허, 내 앞이라고 조금도 어떻게 알지 말고 이야기해 봐, 응?"

이 늙은이는 두말할 것 없이 신치규다. 그는 탐욕스러운 눈으로 방원의 계집을 들여다보며 한 손으로 등을 두드린다.

새침한 얼굴이 파르족족하고 기다란 눈썹과 검푸른 두 눈 가장자리에 예쁜 입, 뽀로통한 뺨이며 콧날이 오똑한데다가 후리후리한 키에 떡 벌어진 엉덩이가 아무리 보더라도 무섭게 이지적인 동시에 또는 창부형으로 생긴 여자이다.

계집은 아무 말이 없이 서서 짐짓 부끄러운 태를

지으며 매혹적인 웃음을 생긋 웃고는 고개를 돌렸다. 그 웃음이 얼마나 짐승 같은 신치규의 만족을 사게 되었으며, 또는 마음을 충동시켰는지 희끗희끗한 수염이 거의 계집의 뺨에 닿도록 더 가까이 와서,

"웅? 왜 대답이 없니? 부끄러워서 그러니? 그렇게 부끄러워할 일은 아닌데."

하고 계집의 손을 잡으며,

"손도 이렇게 예쁜 줄은 여태까지 몰랐구나. 참 분결 같다. 이렇게 얌전히 생긴 애가 방원 같은 천한 놈의 계집이 되어 일평생을 그대로 썩는다는 것은 너무 가엾고 아깝지 않으냐? 얘."

계집은 몸을 돌리려고 하지도 않고 영감이 하는 대로 내버려두며 눈으로 땅만 내려다보고 섰다가 가까스로 입을 떼는 듯하더니,

"제 말야 모두 쉰네 할멈이 여쭈었지요. 저에게는 너무 분수에 과한 말씀이니까요."

"온, 천만의 소리를 다 하는구나. 그게 무슨 소리냐. 너도 아다시피 내가 너를 장난삼아 그러는 것도 아니겠고 후사[1]가 없어 그러는 것이니까 네가 내

아들이나 하나 나주렴. 그러면 내 것이 모두 네 것이 되지 않겠니? 자아, 그러지 말고 오늘 허락을 하렴. 그러면 내일이라도 방원이란 놈을 내쫓고 너를 불러들일 터이니."

"어떻게 내쫓을 수가 있에요."

"허어, 그것이 그리 어려울 것이 무엇 있니. 내가 나가라는데 제가 나가지 않고 배길 줄 아니?"

"그렇지만 너무 과하지 않을까요?"

"무엇? 저런 생각을 하니까 네가 이 모양으로 이때까지 있었지. 어떻단 말이냐? 그런 것은 조금도 염려하지 말구. 자! 또 네 서방에게 들킬라, 어서 들어가자."

"먼저 들어가세요."

"왜?"

"남이 보면 수상히 알게요."

"무얼 나하고 가는데 수상히 알 게 무어야. 어서 가자."

---

1) 대를 잇는 자식.

계집은 천천히 두어 걸음 따라가다가,

"영감!"

하고 무춤하고 서 있다.

"왜 그러니."

계집은 다시 말이 없이 서 있다가,

"아니에요."

하고,

"먼저 들어가세요."

하며 돌아선다. 영감이 간이 달아서 계집의 손을 잡
으며,

"가자, 집으로 들어가자."

그의 가슴은 두근거리는지 숨소리가 잦아진다. 계
집은 손을 빼려 하며,

"점잖으신 어른이 이게 무슨 짓이에요."

하면서도 그의 몸짓에는 모든 것을 허락한다는 뜻
이 보였다. 영감은 계집의 몸을 끌어안더니 방앗간
뒤로 돌아들어 섰다. 계집은 영감 가슴에 안겨서 정
욕이 가득한 눈으로 그를 보면서,

"영감."

말 한마디 하고 침 한 번 삼키었다.

"영감이 거짓말은 안 하시지요."

"아니."

그의 말은 떨리었다. 계집은 영감의 팔을 한 손으로 잡고 또 한 손으로는 방앗간 속을 가리켰다.

"저리로 들어가세요."

영감과 계집은 방앗간에서 이삼십 분 후에 다시 나왔다.

2.

사흘이 지난 뒤에 신치규는 방원이를 자기 집 사랑 마당 앞으로 불렀다.

"얘."

방원은 상전이라 고개를 숙이고,

"네."

공손하게 대답을 하였다.

"네가 그간 내 집에서 정성스럽게 일을 한 것은

고마운 일이지마는……."

점잔과 주짜를 **빼면서** 신치규는 말을 꺼내었다. 방원의 가슴은 이 '마는'이라는 말 뒤에 이어질 말을 미리 깨달은 듯이 온 전신의 피가 가슴으로 모여드는 듯하더니 다시 터럭이라는 터럭은 전부 거꾸로 일어서는 듯하였다.

"오늘부터는 우리집에 사정이 있어 그러니 내 집에 있지 말고 다른 곳에 좋은 곳을 찾아가 보아라."

아무 조건도 없다. 또한 이곳에서도 할 말이 없다. 죽으라고 하면 죽는 시늉이라도 해야 하는 것이다. 주인은 돈 가지고 사람을 사고 팔 수도 있는 것이다.

방원은 가슴이 답답하였다. 자기 혼자 몸 같으면 어디 가서 어떻게 빌어먹더라도 살 수가 있지마는 사랑하는 아내를 구해 갈 길이 막연하다. 그는 고개를 굽히고, 허리를 굽히고, 나중에는 마음을 굽히어 사정도 하여 보고 애걸도 하여 보았다. 그러나 그것은 헛된 일이다. 주인의 마음은 쇠나 돌보다도 더 굳었다.

그는 하는 수 없이 자기 아내에게 그 이야기를 하

였다. 그리고 아내더러 안주인 마님께 사정을 좀 하여 얼마간이라도 더 있게 하여 달라고 하여 보라 하였다. 그러나 아내는 방원의 말을 들을 리가 없었다. 도리어,

"그러면 어떻게 한단 말이오. 이제부터는 나를 어떻게 먹여살릴 터이오?"

"너는 그렇게도 먹고 살 수 없을까 봐 겁이 나니?"

"겁이 나지 않고. 생각을 해보구려. 인제는 꼼짝할 수 없이 죽지 않았소?"

"죽어?"

"그럼 임자가 나를 데리고 이곳까지 올 때에 무어라고 하였소. 어떻게 해서든지 너 하나야 먹여살리지 못하겠느냐고 하였지요."

"그래."

"그래, 얼마나 나를 잘 먹여살리고 나를 호강시켰소. 여태까지 이태나 되도록 끌구 돌아다닌다는 것이 남의 집 행랑이었지요?"

"얘, 그것을 내가 모르고 하는 말이냐? 내가 하려고 하지 않아서 그렇게 된 것이냐? 차차 살아가는

동안에 무슨 일이든지 생기겠지. 설마 요대로 늙어 죽기야 하겠니?"

"듣기 싫소! 뿔 떨어지면 구워 먹지 어느 천년에."

방원이는 가뜩이나 내어쫓기고 화가 나는데 계집까지 그리하니까 속에서 열화가 치밀어 올라왔다.

"이 육시를 하고도 남을 년! 왜 남의 마음을 글컹거리니."

"왜 사람에게 욕을 해."

"이년아, 욕 좀 하면 어떠냐?"

"왜 욕을 해!"

계집이 얼굴이 노래지며 대든다.

"이년이 발악인가?"

"누가 발악야. 계집년 하나 건사 못 하는 위인이 계집보고 욕만 하고 한 게 무어야? 그래 은가락지 은비녀나 한 벌 사주어 보았어? 내가 임자 하자고 하는 대로 하지 않은 것은 없지!"

"이년아! 은가락지 은비녀가 그렇게 갖고 싶으냐. 이 더러운 년아."

"무엇이 더러워? 너는 얼마나 정한 놈이냐!"

계집의 입 속에서는 '놈' 소리가 나오기 시작한다.

"이년 보게! 누구더러 놈이래."

하고 손길이 계집의 낭자를 휘어잡더니 그대로 집어 들고 두어 번 주먹으로 등줄기를 후리었다.

"이 주릿대를 안길 년!"

발길이 엉덩이를 두어 번 지르니까 계집은 그대로 거꾸러졌다가 다시 일어났다. 풀어 헤뜨린 머리가 치렁치렁 끌리고 씰룩한 눈에는 독기가 섞이었다.

"왜 사람을 치니? 이놈! 죽여라 죽여, 어디 죽여 보아라, 이놈 나 죽고 너 죽자!"

하고 달려드는 계집을 후려서 거꾸러뜨리고서,

"이년이 죽으려고 기를 쓰나!"

방원이가 계집을 치는 것은 그것이 주먹을 가지고 하는 일종의 농담이다. 그는 주먹이나 발길이 계집의 몸에 닿을 때 거기에 얻어맞는 계집의 살이 아픈 것보다 더 찌르르하게 가슴 한복판을 찌르는 아픔을 방원은 깨닫는 것이다. 홧김에 계집을 치는 것이 실상은 자기의 마음을 자기의 이빨로 물어뜯는 것이나 다름이 없는 것이다. 때리는 그에게는 몹시 애처로움이 있고 불쌍함이 있는 것이다. 그러나 자기의 화풀이를 받아 주는 사람은 아직까지도 계집밖에는 없었다. 제일 만만하다는 것보다도 가장 마음 놓고 화풀이할 수 있음이다. 싸움한 뒤, 하루가 못 되어 두 사람이 베개를 나란히 하고 서로 꼭 끼고 잘 때에는 그렇게 고맙고 그렇게 감격이 일어나는 위안이 또다시 없음이다. 계집을 치고 화풀이를 하고 난 뒤에 다시 가슴을 에는 듯한 후회와 더 뜨거운 포옹으로 위로를 받을 그때에는 두 사람 아니라 방원에게는 그만큼 힘있고 뜨거운 믿음이 또다시 없는 까닭이다.

계집은 일부러 소리를 높여서 꺼이꺼이 운다.

온 마을 사람이 거의 귀를 기울였으나,

"응, 또 사랑싸움을 하는군!"

하고 도리어 그 싸움을 부러워하였다. 옆집 젊은것이 와서 싱글싱글 웃으면서 들여다보며,

"인제 고만두라구."

하며 말리는 시늉을 한다. 동네 아이들만 마당 앞에 죽 늘어서서 눈들이 뚱그래서 구경을 한다.

3.

그날 저녁에 방원은 술이 얼근하여 돌아왔다. 아까 계집을 차던 마음은 어느덧 풀어지고 술로 흥분된 마음에 그는 계집의 품이 몹시 그리워져서 자기 아내에게 사과를 할 마음까지 생기었다. 본시 사람이 좋고 마음이 약하고 다정한 그는 무식하게 자라난 까닭에 무지한 짓을 하기는 하나 그것은 결코 그의 성격을 말하는 무지함이 아니다.

그는 비척거리면서 집으로 향하는 길에 거슴츠레하게 풀린 눈을 스르르 내리감고 혼잣소리로,

"빌어먹을 놈! 나가라면 나가지 무서운가? 제 집 아니면 살 곳이 없는 줄 아는 게로군! 흥, 되지 않게 다 무엇이냐? 돈만 있으면 제일이냐? 이놈, 네가 그러다가는 이 주먹맛을 언제든지 볼라. 그대로 곱게 뒈질 줄 아니?"

하고 개천 하나를 건너뛴 후에,

"돈! 돈이 무엇이냐."

한참 생각하다가,

"에후."

한숨을 쉬고 나서,

"돈이 사람 죽이는구나! 돈! 돈! 홍, 사람 나고 돈 났지 돈 나고 사람 났니?"

또 징검다리를 비척비척하고 건넌 뒤에,

"고 배라먹을 년이 왜 고렇게 포달을 부려서 장부의 마음을 긁어 놓아!"

그의 목소리에는 말할 수 없이 다정한 맛이 있었다. 그는 자기 계집을 생각하면 모든 불평이 스러지는 듯이, 숙였던 고개를 쳐들어 하늘을 보면서,

"허어, 저도 고생은 고생이지."

하고 다시 고개를 숙인 후,

"내가 너무해, 너무 그럴 게 아닌데."

그는 자기 집에 와서 문고리를 붙잡고 잡아 흔들면서,

"얘! 자니! 자!"

그러나 대답이 없고 캄캄하다.

"이년이 어디를 갔어!"

그는 문짝을 깨어지라 하고 닫힌 후에 다시 길거

리로 나와 그 옆집으로 가서,

"여보 아주머니! 우리집 색시 어디 갔는지 보았소?"

밥들을 먹던 옆엣집 내외는,

"어디서 또 취했소그려! 애 어머니가 아까 머리단장을 하더니 저 방아께로 갑디다."

"방아께로?"

"네."

"빌어먹을 년! 방아께로는 무얼 먹으러 갔누!"

다시 혼자 방아를 향하여 가면서 혼자 중얼거린다.

그는 방앗간을 막 뒤로 돌아서자 신치규와 자기 아내가 방앗간에서 나오는 것을 보았다.

"아!"

그는 너무 뜻밖의 일이므로 아무 말도 하지 못하고 그대로 한참이나 멀거니 서서 보기만 하였다.

그의 눈에서는 쌍심지가 거꾸로 섰다. 열이 올라와서 마치 주홍을 칠한 듯이 그의 눈은 붉어지고 번개 같은 광채가 번뜩거리었다.

그는 한참이나 사지를 떨었다. 두 이가 서로 맞쳐서 달그락달그락 하여졌다. 그의 주먹은 부서질 것

같이 단단히 쥐어졌었다.

계집과 신치규는 방원이 와 선 것을 보고서 처음에는 조금 간담이 서늘하여졌으나 다시 태연하게 내려앉혔다. 일이 이렇게 되었으매 할 대로 하라는 뜻이다.

방원은 달려들어서 계집의 팔목을 잡았다. 그리고 이를 악물고 부르르 떨었다.

"나는 네가 이럴 줄은 몰랐다."

계집은,

"무얼 이럴 줄을 몰라?"

하며 파란 눈을 흘겨보더니,

"나중에는 별꼴을 다 보겠네. 으레 그럴 줄을 인제 알았나? 놔요! 왜 남의 팔을 잡고 요 모양야. 오늘부터는 나를 당신이 그리 함부로 하지는 못해요! 더러운 녀석 같으니! 계집이 싫다고 그러면 국으로 물러갈 일이지 이게 무슨 사내답지 못한 일야! 놔요!"

팔을 뿌리쳤으나 분노가 전신에 가득 찬 그는 그렇게 쉽게 손을 놓지 않았다.

"얘! 네가 이것이 정말이냐?"

"정말 아니구 비싼 밥 먹고 거짓말할까?"

"네가 참으로 환장을 하였구나!"

"아니 누구더러 환장을 했대? 온 기가 막혀 죽겠지! 놔요! 놔! 왜 추근추근하게 이 모양야? 놔."

하고서 힘껏 뿌리치는 바람에 계집의 손이 쑥 빠지었다. 계집은 손목을 주무르면서 암상맞게 돌아섰다.

이때까지 이 꼴을 멀찌가니 서서 보고 있던 신치규는 두어 발자국 나서더니 기침 한번을 서투르게 하고서,

"얘! 네가 술이 취하였으면 일찍 들어가 자든지 할 것이지 웬 짓이냐? 네 눈깔에는 아무것도 보이는 것이 없단 말이냐? 너희 연놈이 싸우는 것은 너희 연놈이 어디든지 가서 할 일이지 여기 누가 있는지 없는지 눈깔에 보이는 것이 없어?"

짐짓 소리를 높여 호령을 하였다.

"엣, 괘씸한 놈!"

눈깔을 부라리었다. 방원은 한참이나 쳐다보고서 말이 없었다. 생각대로 하면 한주먹에 때려 눕힐 것

이지마는 그래도 그의 머릿속에는 아까까지의 상전이라는 관념이 남아 있었다. 번갯불같이 그 관념이 그의 입과 팔을 얽어 놓았다. 어려서부터 오늘날까지 남을 섬겨 보기만 한 그의 마음은 상전이라면 모두 두려워하는 성질을 깊이깊이 뿌리를 박아 놓았다. 그러나 오늘부터는 신치규가 자기의 상전도 아니요, 자기가 신치규의 종도 아니다. 다만 똑같은 사람으로 마주 섰을 뿐이다. 아니다, 지금부터는 신치규는 방원의 원수였다. 그의 간을 씹어 먹어도 오히려 나머지 한이 있는 원수다.

신치규는 똑바로 쳐다보는 방원을 마주 쳐다보며,

"똑바루 보면 어쩔 터이냐? 온 세상이 망하려니까 별 해괴한 일이 다 많거든. 어째 이놈아?"

"이놈아?"

방원은 한걸음 들어섰다. 나무같이 힘센 다리가 성큼 하고 나설 때 신치규는 머리끝이 으쓱하였다. 쇠몽둥이 같은 두 주먹이 쑥 앞으로 닥칠 때 그의 가슴은 덜컥 내려앉았다.

"네 입에서 이놈아라는 소리가 나오니? 이 사지를

찢어 발겨도 오히려 시원치 못할 놈아! 네가 내 계집을 뺏으려고 오늘 날더러 나가라고 그랬지?"

"어허, 이거 그놈이 눈깔이 삐었군. 얘, 나는 먼저 들어가겠다. 너는 네 서방하고 나중 들어오너라!"

신치규는 형세가 위험하니까 슬금슬금 꽁무니를 빼려고 돌아서서 들어가려 하니까 방원은 돌아서는 신치규의 멱살을 잔뜩 쥐어 한 팔로 바싹 치켜 들고,

"이놈, 어디를 가? 네가 이때까지 맛을 몰랐구나?"
하며 한번 집어쳐 땅바닥에다가 태질을 한 뒤에 그대로 타고 앉아서 목줄띠를 누르니까, 마치 뱀이 개구리 잡아먹을 적 모양으로 깩깩 소리가 나며 말 한마디도 하지 못한다.

"이놈, 너 죽고 나 죽으면 고만 아니냐?"
하고 방원은 주먹으로 사정없이 닥치는 대로 들이 팬다. 나중에는 주먹이 부족하여 옆에 있는 모루돌멩이를 집어서 죽어라 하고 내리친다. 그의 팔, 그의 온몸에는 끓어오르는 분노가 극도에 달하자 사람의 가슴속에 본능적으로 숨어 있는 잔인성이 조금도 남지 않고 그대로 나타났다. 그의 눈은 마치

펄떡펄떡 뛰는 미끼를 가로차고 앉은 승냥이나 이리와 같이 뜨거운 피를 보고야 만족하다는 듯이 무섭게 번쩍거렸다. 그에게는 초자연의 무서운 힘이 그의 팔과 다리에 올라왔다.

이 꼴을 보는 계집은 무서웠다. 끔찍끔찍한 일이 목전에 생길 것이다. 그의 맥이 풀린 다리는 마음대로 놓여지지 아니하였다.

"아! 사람 살류! 사람 살류!"

적적한 밤중의 쓸쓸한 마을에는 처참한 여자 목소리가 으스스하게 울리었다. 이 소리를 들은 방원은 더욱 힘을 주어서 눈을 딱 감고 죽어라 내리 짓찧었다. 뼈가 돌에 맞는 소리가 살이 을크러지는 소리와 함께 퍽퍽 하였다. 피 묻은 돌이 여기저기 흩어지고 갈가리 찢긴 옷에는 살점이 묻었다.

동네 편 쪽에서 수군수군하더니 구두 소리가 나며 칼소리가 덜거덕거리었다. 방원의 머리에는 번갯불 같이 무엇이 보이었다. 그는 손에 주먹을 쥔 채 잠깐 정신을 차려 그쪽으로 귀를 기울였다.

"순검."

그는 신치규의 배를 타고 앉아서 순검의 구두 소리를 듣자 비로소 자기가 무슨 짓을 하였는지 깨달았다.

그는 미친 사람처럼 일어났다. 그리고는 옆에 서서 벌벌 떠는 계집에게로 갔다.

"얘! 가자! 도망 가자! 너하고 나하고 같이 가자! 자! 어서, 어서!"

계집은 자기에게 또 무슨 일이 있을까 하여 겁을 내어 도망을 하려 한다. 방원은 계집을 따라가며,

"얘! 얘! 네가 이렇게도 나를 몰라주니? 내가 너를 어떻게 생각하는지 알지를 못하니? 자! 어서, 도망 가자, 어서 어서, 뒤에서 순검이 쫓아온다."

계집은 그대로 서서 종종걸음을 치며,

"싫소! 임자나 가구려! 나는 싫어요, 싫어."

"가자! 웅! 가!"

그는 미친 사람처럼 계집의 팔을 붙잡고 끌었다. 그때 누구인지 그의 두 팔을 마치 형틀에 매다는 것같이 꽉 뒤로 껴안는 사람이 있었다.

"이놈아! 어디를 가?"

그는 뒤를 돌아보지 않고도 그가 누구인지 알았다. 그는 온 전신에 맥이 풀리어 그대로 뒤로 자빠지려 할 때 어느덧 널판 같은 주먹이 그의 뺨을 사정없이 갈겼다.

"정신 차려."

"네."

그는 무의식하게 고개가 숙여지고 말소리가 공손하여졌다.

땅바닥에서는 신치규가 꿈지럭거리며 이리저리 뒹군다. 청승스러운 비명이 들린다.

방원은 포승 지인 채, 계집은 그대로 주재소로 끌려가고, 신치규는 머슴들이 업어 들였다.

4.

석 달이 지났다. 상해죄로 감옥에서 복역을 하던 방원은 만기가 되어 출옥을 하였다. 그러나 신치규는 아무 일 없이 자기 집에서 치료하고 방원의 계집을 데려다 산다. 신치규는 온몸이 나은 뒤에 홀로 생각하였다.

'죽는 줄 알았더니 그래도 이렇게 살아 있으니!'

하고 얼굴에 흠이 진 곳을 만져 보며,

'오히려 그놈이 그렇게 한 것이 나에게는 다행이지, 얼굴이 아프기는 좀 하였으나! 허어.'

'어떻게 그놈을 떼어 버릴까 하고 그렇지 않아도 걱정을 하던 차에 잘되었지. 그놈 한 십 년 감옥에서 콩밥을 먹었으면 좋겠다.'

방원은 감옥 속에서 생각하기를 나가기만 하면 연놈을 죽여 버리고 제가 죽든지 요정을 내리라 하였다.

집에서 내어쫓기고 계집까지 빼앗기고, 그것을 생각하면 이가 갈리고 치가 떨리었다. 그것이 모두 자기가 돈 없는 탓인 것을 생각하매 더욱 분한 생각이 났다.

'에 더러운 년.'

그는 홍바지에 쇠사슬을 차고서 일을 할 때에도 가끔 침을 땅에다 뱉으면서 혼자 중얼거리었다.

'사람이 이러고서야 살아서 무엇 하나. 멀쩡한 놈

이 계집 빼앗기고 생으로 콩밥까지 먹으니……'

그가 감옥에서 나올 때에는 감옥소를 다시 한번 둘러보고, 내가 여기서 마지막으로 목숨을 잃어버리든지 그렇지 않으면 내가 내 손으로 내 목을 찔러 죽든지, 무슨 요정이 날 것을 생각하고, 다시 온몸에 힘을 주고 씁쓸한 웃음을 웃었다.

그는 이백 리나 되는 길을 걸어서 계집이 사는 촌에를 왔다.

그러나 아무도 그를 아는 척하는 사람이 없었다. 전에 친하게 지내던 사람들도 그를 보고 피해 갔다.

마치 문둥병자나 마찬가지 대우를 하였다. 감옥에서 나온 뒤로부터는 더욱 이 세상이 차디차졌다. 자기가 상상하던 것보다도 더 무정하여졌다. 그는 하는 수 없이 밤이 될 때까지 그 근처 산속으로 돌아다녔다. 그래서 깊은 밤에 촌으로 내려왔다. 그는 그 방앗간을 다시 지나갔다. 석 달 전 생각이 났다. 자기가 여기서 잡혀갔다는 것을 생각할 때 더욱 억울하고 분한 생각이 치밀어 올라왔다. 그는 한참이나 거기 서서 그때 일을 생각하고 몸서리를 친 후에 다시 그전 집을 찾아갔다.

날이 몹시 추워지고 눈이 쌓였다. 옷은 입은 것이 가을에 입고 감옥에 들어갔던 그것이므로 살을 에이는 듯한 것이로되 그는 분한 생각과 흥분된 마음에 그것도 몰랐다.

'연놈을 모두 처치를 해버려?'

혼자 속으로 궁리를 하다가,

'그렇지, 그까짓 것들은 살려 두어 쓸데없는 인생들이야.'

하면서 옆구리에 지른 기름한 단도를 다시 만져 보았다. 그는 감격스런 마음으로 그것을 쓰다듬었다.

그는 신치규의 집 울을 넘어 들어갔다. 그의 발은 전에 다닐 적같이 익숙하였다. 그는 사랑을 엿보고 다시 뒤로 돌아서 건넌방 창 밑에 와 섰었다. 귀를 기울였으나 아무 말도 들리지 않았다. 그는 손에 칼을 빼들었다. 그리고는 일부러 뒤 창문을 달각달각 흔들었다.

"그 뉘?"

하고 계집의 머리가 쑥 나오며 문이 열리었다. 그는 얼른 비켜 섰다. 문은 다시 닫혀지고 계집은 들어갔다.

방원의 마음은 이상하게 동요가 되었다. 어여쁜 계집의 목소리가 오래간만에 귀에 들릴 때, 마치 자기가 감옥에서 꿈을 꿀 적 모양으로 요염하고도 황홀하게 그의 마음을 꾀는 것 같았다. 그는 꿈속에 다시 만난 것 같고 오래간만에 그를 만나 보매 모든 결심은 얼음같이 녹는 듯하였다. 그래도 계집이 설마 나를 영영 잊어버리랴 하고 옛날의 정리를 생각할 때 그것이 거짓말이 아니고 무엇이랴는 생각이 났다.

아무리 자기를 감옥에까지 가게 하였다 하더라도 그는 감히 칼을 들어 죽이려는 용기가 단번에 나지 않아서 주저하기 시작했다.

'아니다, 다시 한 번만 물어 보자!'

그는 들었던 칼을 다시 집고 생각하였다.

'거짓말이다. 거짓말이다! 그럴 리가 없다.'

그는 반신반의하였다.

'그렇다. 한 번만 다시 물어 보고 죽이든 살리든 하자!'

그는 다시 문을 달각달각 하였다. 계집은 이번에 다시 문을 열고 사면을 둘러보더니 헌 짚신짝을 신고 나왔다.

"뉘요?"

그는 방원이 서 있는 집 모퉁이를 돌아서려 할 제,

"내다!"

하고 입을 틀어막고 칼을 가슴에 대었다.

"떠들면 죽어!"

방원은 계집의 입을 수건으로 틀어막고 결박을 한 후 들쳐업고서 번개같이 달음질하였다. 그는 어느 결에 계집을 업어다가 물레방아 앞에 내려놓은 후 결박을 풀었다. 그리고 한숨을 쉬었다.

"나를 모르겠니?"

캄캄한 그믐밤에 얼굴을 바짝 계집의 코앞에 들이 대었다. 계집은 얼굴을 자세히 보더니,

"아!"

소리를 지르더니 뒤로 물러섰다.

"조금도 놀랄 것이 없다. 오늘 네가 내 말을 들으면 살려 줄 것이요, 그렇지 않으면 이것이야?"

하고 시퍼런 칼을 들이대었다. 계집은 다시 태연하게,

"말요? 임자의 말을 들으렬 것 같으면 벌써 들었지요, 이때까지 있겠소? 임자도 남의 마음을 알지요. 임자와 나와 이 년 전에 이곳으로 도망해 올 적에도 전남편이 나를 죽이겠다고 칼로 허리를 찔러 그 흠이 있는 것을 날마다 밤에 당신이 어루만지었지요? 내가 그까짓 칼쯤을 무서워서 나 하고 싶은 짓을 못 한단 말이오? 힝, 이게 무슨 비겁한 짓이오, 사내자식이. 자! 찌르려거든 찔러 보아요. 자, 자."

계집은 두 가슴을 벌리고 대들었다. 방원은 너무 계집의 태도가 대담하므로 들었던 칼이 도리어 뒤로 움찔할 만큼 기가 막혔다. 그는 무의식하게,

"정말이냐?"

하고 한걸음 더 가까이 나섰다.

"정말이 아니고? 내가 비록 여자이지마는 당신같이 겁쟁이는 아니라오! 이것이 도무지 무엇이오?"

계집은 그래도 두려웠던지 방원의 손에 든 칼을 뿌리쳐 땅에 떨어뜨리었다.

이 칼이 땅에 떨어지자 방원은 여태까지 용사와

같이 보이던 계집이 몹시 비겁스럽고 더러워 보이어 다시 칼을 집어 들고 덤비었다.

"에잇! 간사한 년! 어쩔 터이냐? 나하고 당장에 멀리멀리 가지 않을 터이냐? 자아, 가자!"

그는 눈물이 어린 눈으로 타일러 보기도 하고 간청도 하여 보았다.

"자아, 어서 옛날과 같이 나하고 멀리멀리 도망을 가자! 나는 참으로 나의 칼로 너를 죽일 수는 없다!"

계집의 눈에는 독이 올라왔다. 광채가 어두운 밤의 번개같이 번쩍거리며,

"싫어요. 나는 죽으면 죽었지 가기는 싫어요. 이제 나는 고만 그렇게 구차하고 천한 생활을 다시 하기는 싫어요. 고만 물렸어요."

"너의 입으로 정말 그런 말이 나오느냐? 너는 나를 우리 고향에 다시 돌아가지도 못하게 만들어 놓고 나의 모든 것을 다 잃어버리게 한 후에 또 나중에는 세상에서 지옥이라고 하는 감옥소에까지 가게 하였지! 그러고도 나의 맨 마지막 원을 들어주지 않을 터이냐?"

"나는 언제든지 당신 손에 죽을 것까지도 알고 있소! 자! 오늘 죽으나 내일 죽으나 언제든지 죽기는 일반, 이렇게 된 이상 나를 죽이시오."

"정말이냐? 정말이야?"

"정말요!"

계집은 결심한 뜻을 나타내었다. 방원의 손은 떨리었다. 그리고 그는 눈을 꽉 감고,

"에, 여우 같은 년!"

하고 칼끝을 계집의 옆구리를 향하고 힘껏 내밀었다. 계집은 이를 악물고,

"사람 죽인다!"

소리 한 번에 그 자리에 거꾸러졌다. 칼자루를 든 손이 피가 몰리는 바람에 우루루 떨리더니 피가 새어 나왔다. 방원은 그 칼을 빼어 들더니 계집 위에 거꾸러져서 가슴을 찌르고 절명하여 버렸다.

뽕

1.

안협집이 부엌으로 물을 길어 가지고 들어오매 쇠죽을 쑤던 삼돌이란 머슴이 부지깽이로 불을 헤치면서,

"어젯밤에는 어디 갔었습던교?"

하며, 불밤송이 같은 머리에 왜수건을 질끈 동여 뒤통수에 슬쩍 질러맨 머리를 번쩍 들어 안협집을 훑어본다.

"남 어디 가고 안 가고 님자가 알아 무엇 할 게요?"

안협집은 별 꼴사나운 소리를 듣는다는 듯이 암상스러운 눈을 흘겨보며 톡 쏴버린다.

조금이라도 염량[1]이 있는 사람 같으면 얼굴빛이라도 변하였을 것 같으나 본시 계집의 궁둥이라면 염치없이 추근추근 쫓아다니며 음흉한 술책을 부리는 삼십이나 가까이 된 노총각 삼돌이는 도리어 비웃는 듯한 웃음을 웃으면서,

"그리 성낼 게야 무엇 있습나? 어젯밤 안쥔 심바람으로 님자 집을 갔었으니깐두루 말이지."

하고 털 벗은 송충이 모양으로 군데군데 꺼칫꺼칫하게 난 수염을 숯검정 묻은 손가락으로 두어 번 쓰다듬었다.

"어젯밤에도 김참봉 아들네 사랑방에서 자고 왔습네그려."

삼돌이는 성긋 웃는 가운데에도 남의 약점을 쥔 비겁한 즐거움이 나타났다.

"무엇이 어쩌고 어째, 이 망나니 같은 놈……."

하는 말이 입 바깥까지 나왔던 안협집은 꿀꺽 다시 집어삼키면서,

---

1) 선악과 시비를 분별하는 슬기.

"남 어디 가 자든 말든 상관할 것이 무엇인고!"
하며, 물동이를 이고서 다시 나가려 하니까,
　"흥! 두고 보소. 가만있을 줄 알았다가는……."
　"듣기 싫어! 별꼬락서니를 다 보겠네."

2.

　강원도 철원 용담이라는 곳에 김삼보라는 자가 있으니 나이는 삼십오륙 세나 되었고, 키는 작달막하여 목은 다가붙고 얼굴빛은 노르께하며 언제든지 가죽창 박은 미투리에 대갈편자를 박아 신고 걸음을 걸을 적마다 엉덩이를 내저으므로 동리에서는 그를 '땅딸보 김삼보', '아편쟁이 김삼보', '오리궁둥이 김삼보'라고 부르는데 한 달에 자기 집에 붙어 있는 날이 이틀이라면 꽤 오래 있는 셈이요, 하루라면 예사다. 그리고는 언제든지 나돌아다니므로 몇 해 전까지도 잘 알지 못하였으나 차차 동리서 소문이 돌기를 '노름꾼 김삼보'라는 말이 퍼지자 점점 알아본즉 딴은 강원도, 황해도, 평안도 접경을 넘어다니며 골패투전으로 먹고 지내는 것이 알려지게 되었다.

그 노름꾼 김삼보의 여편네가 아까 말하던 안협집이니 안협은 즉 강원, 평안, 황해, 삼도 품에 있는 고읍의 이름이다.

그 안협집을 김삼보가 얻어 오기는 지금으로부터 오 년 전, 안협집이 스물한 살 되던 해인데 어떻게 해서 얻었는지 자세히는 알지 못하나 사람들의 말을 들으면 술 파는 것을 눈을 맞추어서 얻었다고 하기도 하고, 계집이 김삼보에게 반해서 따라왔다기도 하고, 또는 그런 것 저런 것도 아니라 계집의 전 남편과 노름을 해서 **빼앗았다**고 하는데 위인 된 품으로 보아서 맨 나중 말이 가장 유력할 것 같다고 동리 사람들이 말을 한다.

처음에 안협집이 동리에 오자 그 동리 그 또래 계집들은 모두 석경을 들여다보게 되었다. 안협집이 비록 몸은 그리 귀하게 태어나지 못하였으나 인물이 남달리 고운 점이 있어, 동리 젊은것들이 암연히 부러워도 하고 질투도 하게 되고 또는 석경 속에 비친 자기네들의 예쁘지 못한 얼굴을 쥐어뜯고 싶기도 하였으니 지금까지 '나만한 얼굴이면' 하는 자만심이 있던 젊은 계집들에게 가엾게도 자가결함이 폭로되는 환멸을 느끼게 하기까지도 하였다.

그러나 촌구석에서 아무렇게 자란데다가 먼저 안 것이 돈이었다.

"돈만 있으면 서방도 있고 먹을 것, 입을 것이 다 있지."

하는 굳은 신조는 자기 목숨을 내어놓고는 무엇이든지 제공하여 부끄러운 것이 없었다.

십오륙 세 적, 참외 한 개에 원두막 속에서 총각녀석들에게 정조를 빌린 것이나, 벼 몇 섬, 돈 몇 원, 저고릿감 한 벌에 그것을 빌리는 것이 분량과 방법이 조금 높아졌을 뿐이요 그 관념은 동일하였다.

그리하여 이곳으로 온 뒤에도 동리에서 돈푼이나 있고 얌전한 젊은 사람은 거의 다 한 번씩은 후려내었으니 그것은 남자 편에서 실없는 짓 좋아하는 이에게 먼저 죄가 있다 하는 것보다도 이쪽 안협집에게 그 책임이 더 있다고 할 수 있고, 또 그것보다 더 큰 죄는 그 남편 되는 노름꾼 김삼보에게 있다고 할 수가 있으니 그것은 남편 노름꾼이 한 달에 한 번을 올까말까 하면서도 올 적에는 빈손을 들고 오는 때가 많으니 젊은 계집 혼자 지낼 수가 없으매 자연히 이집 저집 동리로 다니며 품방아도 찧어 주고 김도 매주고 진일도 하여 주며 얻어먹다가 한번은 어떤 집 서방님에게 실없는 짓을 당하고 나니 쌀말과 피륙 두 필을 받아 보니 그것처럼 좋은 벌이가 없어 차츰차츰 이번에는 자기가 스스로 벌이를 시작하여 마치 장사하는 사람이 거래 단골을 트듯이, 이 사람 저 사람을 집어먹기 시작하더니 그것도 차차 눈이 높아지니까 웬만한 목도꾼 패장이나 장돌림, 조금 올라서서 순사 나리쯤은 눈으로 거들떠보지도 않게 되고, 적어도 그곳에서는 돈푼도 상당하고 여간해서 손아귀에 들지 않는다는 자들을 얼러 보기 시작하게 되었던 것이다.

그 후부터는 일하지 않고 지내며 모양내고 거드름 부리고 다니는데 자기 남편이 오면은,

"이번에는 얼마나 땄습노?"

하고 포르께한 눈을 사르르 내리뜬다.

"딴 게 뭔가, 밑천까지 올렸네."

삼보는 목 뒤를 쓰다듬으며 입맛을 다신다. 그러면 안협집은 전에 없던 바가지를 긁으며,

"불알 두 쪽을 달구서 그래 계집만두 못하다는 말요?"

하고서 할 말 못할 말을 불어서 풀을 잔뜩 죽여 놓은 뒤에는 혹시 서방이 알면 경이 내릴까 하여 노자랑 밑천 푼을 주어서 배송[2]을 낸다. 그러면 울며 겨자 먹기로 삼보는 혼자 한숨을 쉬면서,

"허허, 실상 지금 세상에는 섣부른 불알보다는 계집 편이 훨씬 나니라."

하고 봇짐을 짊어지고 가버린다.

---

2) 해로움이나 괴로움을 끼치는 사람을 건드리지 아니하고 조심스럽게 내보냄.

3.

이렇게 이삼 년을 지내고 난 어떤 가을에 삼돌이란 놈이 그 뒷집 머슴으로 왔는데 놈이 어느 곳에서 어떻게 빌어먹던 놈인지는 모르나 논맬 때 콧소리나마 아르렁타령 마디나 똑똑히 하고 술잔이나 먹을 줄 알며, 동료들 가운데 나서면 제법 구변이나 있는 듯이 떠들어 젖히는 것이 그럴듯하고 게다가 힘이 세어서 송아지 한 마리 옆에 끼고 개천 뛰기는 밥 먹듯 하는 까닭에 동리에서는 호랑이 삼돌이로 이름이 높다.

놈이 음침하여 오던 때부터 동리 계집으로 반반한 것은 남모르게 모두 건드려 보았으나 안협집 하나가 내내 말을 듣지 않으므로 추근추근 귀찮게 구는데 마침 여름이 되어 자기 집 주인마누라가 누에를 놓고 혼자는 힘이 드니까 안협집을 불러서 같이 누에를 길러 실을 낳거든 반분하자는 약속을 한 후 여름내 같이 누에를 치게 된 것을 알고 어떤 틈 기회만 기다리며,

'흥, 계집년이 배때가 벗어서 말쑥한 서방님만 얼르더라. 어디 두고 보자. 너도 깩소리 못 하고 한번 당해야 할 걸! 건방진 년!'

하고는 술잔이나 취하면 주먹을 들었다 놓았다 한다.

그러자 주인마누라가 치는 누에가 거의 오르게 되자 뽕이 떨어졌다. 자기 집 울타리에 심은 뽕은 어림도 없이 다 따다 먹이었고 그 후에는 삼돌이란 놈을 시켜서 날마다 십 리나 되는 건넛말 일갓집 뽕을 얻어다 먹이었으나 그것도 이제는 발가숭이가 되게 되었다.

인제는 뽕을 사다 먹이는 수밖에 없게 되었다. 그러나 사다가 먹이자면 돈이 든다.

주인 노파는 담뱃대를 물고서 생각하여 보았다.

'개량뽕이 좋기는 좋지마는 돈을 여간 받아야지. 그리고 일일이 사서 먹이려다가는 뽕값으로 다 집어먹고 남는 것이 어디 있나.'

노파 생각에는 돈 한푼 안 들이고 공짜로 누에를 땄으면 좋을 것이다. 돈 한푼을 들인다 하면 그 한푼이 전 수확에서 나오는 이익의 전부같이 생각되어 못 견뎠다. 그뿐 아니라 자기 혼자 이익을 먹는 것 같으면 모르거니와 안협집 하고 동사로 하는 것이므로 안협집이 비록 **뼈**가 부서지도록 일을 한다 하더라도 그 힘이 자기 주머니에서 나가는 돈 한푼만 못해 보인다. 그래서 뽕을 어떻게 공짜로, 돈 안 들이고 얻어 올 궁리를 하고 있다가 안협집이 마침 마당으로 들어서매,

"뽕 때문에 일났구려."

하며 안협집에게는 무슨 도리가 없느냐고 물어 보았다.

"글쎄."

안협집 생각은 주인의 마음과 또 달라서 남의 주머니 돈 백 냥이 내 주머니 돈 한 냥만 못하다. 그래서 '돈 주면 살 걸.' 하는 듯이 심상하게 있다.

"어떻게 해서든지 구해 와야지."

서로 얼굴만 쳐다볼 때, 들에 나갔던 삼돌이란 놈이 툭 튀어 들어오다가 이 소리를 듣더니 제딴은 동정하는 표정으로,

"그것 일났쇠다. 어떻게 하나……."

한참 허리를 짚고 생각을 해보더니,

"형! 참 그 뽕은 좋더라마는 똑 되기를 미선[3]조각 같이 된 놈이 기름이 지르르 흐르는데 그놈을 먹이기만 하면 고치가 차돌같이 여물 거야!"

들으라는 말인지 혼잣말인지는 모르나 한마디를 탁 던지고 말이 없다. 귀가 반짝 띈 주인은,

"어디 그런 것이 있단 말이냐?"

하며 궁금증난 사람처럼 묻는다.

"네, 저 새 술막에 있는 뽕밭에 있는 것 말씀이오."

혹시 좋은 수가 있을까 하려다가 남의 뽕밭, 더구나 그것으로 살아가는 양잠소 뽕이라 말씨름만 하는 것이 될 것 같으므로,

"웅! 나도 보았지, 그게 그렇게 잘되었나? 잘되었겠지. 그렇지만 그런 것이야 짐으로 있으면 무엇 하니."

"언제 보셨어요?"

"보기야 여러 번 보았지. 올봄에 두릅 따러 갔다가도 보고."

---

3) 대오리의 한끝을 가늘게 쪼개어 둥글게 펴고 실로 엮은 뒤, 종이로 앞뒤를 바른 둥그스름한 모양의 부채.

삼돌이란 놈이 한참 있다가 싱긋 웃더니 은근하게,

"쥔 마님! 제가 뽕을 한 짐 져다 드릴 것이나 탁주 많이 먹이시랍니까?"

듣던 중에도 그렇게 반가운 소리가 또 어디 있으랴.

"작히 좋으랴. 따오기만 하면 탁주에다 젓이라도 담그마."

귀찮스런 삼돌이도 이런 때는 쓸 만하다는 듯이 안협집도 환심 얻으려는 듯한 웃음을 웃으며 삼돌이를 보았다. 삼돌이는 사내자식의 솜씨를 네 앞에 보여 주리라 하는 듯이 기운이 나며 만족하였다.

그날 밤 저녁을 먹고 자정 때나 되더니 삼돌이는 눈을 비비며 일어나서 문 밖으로 나갔다. 나갔다가 한 두어 시간 만에 무엇인지 지고 오더니 그것을 뒤꼍 건넌방 뒤 창 밑에 뭉뚱그려 놓았다. 이튿날 보니까 딴은 미선쪽 같은 기름이 흐르는 뽕잎이었다.

"어디서 났을꼬?"

주인하고 안협집은 수군수군하였다.

"그 녀석이 밤에 도둑질을 해온 게지? 뽕은 참 좋소, 그렇지?"

"참 좋쇠다. 날마다 이만큼씩만 가져오면 넉넉히 먹이겠쇠다."

두 사람은 뽕을 또 따오지 않을까 보아서 아무 말도 아니 하고,

"참 뽕 좋더라. 오늘도 좀 또 따오렴."
하고 충동인다. 놈은 두 손을 내저으며,

"쉬, 떠드시지 맙쇼. 큰일나죠. 그것이 그렇게 쉬워서야 그 노릇만 하게요. 까딱하다가는 다리 마디가 두 동강이 날걸요."

도둑해 온 삼돌이나 받아들인 두 사람이나 도둑질 왜 했소! 하는 말은 없으나 서로 알고 있다.

그러자 하루는 주인이 안협집더러,

"여보, 이번에는 임자가 하루 저녁 가보구려. 그놈이 혹시 못 가게 되더래도 임자가 대신 갈 수 있지 않수. 또 고삐가 길면은 바래인다구 무슨 일이 있을는지 모르니 임자가 둘이 가서 한몫 많이 따오는 것이 좋지 않수."

안협집이 삼돌이를 꺼리는 줄 알지마는 제 욕심에 입맛이 달아서 자꾸자꾸 충동인다.

"따다가 잡히면 어찌 하구유."

"무얼! 밤중에 누가 알우? 그리고 혼자 가라오, 삼돌이란 놈하고 가랬지."

"글쎄, 운이 글러서 잡히거나 하면 욕이지요."

잡히는 것보다도 안협집의 걱정은 보기도 싫은 삼돌이란 녀석하고 밤중에 무인지경에를 같이 가라니 그것이 딱한 일이다.

안협집의 정조가 헤프기로 유명한 만치 또 매몰스럽기도 유명하여 한번 맘에 들지 않는 것은 죽어도 막무가내다. 그것은 만냥 금을 주어도 거들떠보지도 아니한다. 그런데 삼돌이가 그 중에 하나를 참례하여 간장을 태우는 모양이다.

안협집은 생각하고 생각하여 결심해 버렸다.

"빌어먹을 녀석이 그 따위 맘을 먹거든 저 죽이고 나 죽지. 내 기운은 없어도……."
하고 쌀쌀하게 눈을 가로뜨고 맘을 다가먹었다. 그리고는 뽕을 따러 가기로 하였다.

삼돌이는 어깨에서 춤이 저절로 추어진다.

'얘, 이것이 정말인가, 거짓말인가? 이제는 때가

왔구나. 인제는 제가 꼭 당했지.'

놈이 신이 나서 저녁 먹고, 마당 쓸고, 소 여물 주고, 도야지, 병아리새끼 다 몰아넣고, 앞뒤로 돌아다니며 씻은 듯 부신 듯 다 해놓고, 목물하고 발 씻고, 등거리 잠뱅이까지 갈아입은 후 곰방대에 담배를 꾹꾹 눌러 듬뿍 한모금 빨아 휘– 내뿜으며 시간 오기만 기다린다.

4.

안협집은 보자기를 가지고 삼돌이를 따라서 뽕밭을 향하여 간다.

날이 유달리 깜깜하여 앞의 개천까지 자세히 보이지 않는다. 돌부리가 발부리를 건드리면 안협집은 에구 소리를 내며 천방지축으로 다리도 건너고 논이랑도 지나고 하여 길 반쯤 왔다.

삼돌이란 놈은 속으로 궁리를 하였다.

'뽕을 따기 전에 논이랑으로 끌고 가?'

'아니지, 그러다가는 뽕두 못 따가지고 오면 어떻게 하게!'

'저도 열녀가 아닌 다음에 당하고 나면 할 말 없지. 아주 그런 버릇이 없는 년 같으면 모르거니와.'

'옳지, 수가 있어, 뽕을 잔뜩 따서 이어 주면 제가 항우의 딸년이라고 한번은 중간에서 쉬렷다. 그러거든.'

이렇게 궁리를 하다가 너무 말이 없으니까 심심파적도 될 겸 또는 실없는 농담도 좀 해서 마음을 좀 떠보아 나중 성사의 전제도 만들어놀 겸 공연히 쓸데없는 말을 지껄인다.

"삼보는 언제나 온답디까?"

"몰라, 언제는 온다 간다 말이 있이 다니나."

"그래 영감은 밤낮 나돌아 다니니 혼자 지내기 쓸쓸치도 않소."

놈이 모르는 것같이 새삼스럽게 시치미를 뗀다.

"별걱정 다 하네. 어서 앞서 가, 난 길이 서툴러 못 가겠으니……."

"매우 쌀쌀하구려. 나는 임자를 위해서 하는 말인

데. 그렇지만 김참봉 아들이란 쇠귀신 같은 놈이라 아무리 다녀도 잇속 없습네. 내 말이 그르지 않지."

안협집은 삼돌이가 아주 터놓고 말을 하는 것을 들으니까 분해서 뺨이라도 치고 싶었으나 그대로 참으며,

"무엇이 어째? 말이라면 다 하는 줄 아는군." 하고 뒤로 조금 떨어져 걸어갈 제 전에도 그 녀석이 미웠지마는 남의 약점을 들어 가지고 제 욕심을 채우려는 것이 더 더러웠다.

뽕밭에 왔다. 삼돌이란 놈이 철망으로 울타리 한 것을 들어 주어 안협집이 먼저 들어가고 나중으로 삼돌이란 놈은 그 무거운 다리를 성큼 하여 그 안으로 들어갔다. 들어가다가 발끝에 삭정이 가지를 밟아서 딱 우지끈 소리가 나고 조용하였다.

삼돌이는 손에 익어서 서슴지 않고 따지마는 안협집은 익지도 못한데다가 마음이 떨리고 손이 떨려서 마음대로 안 된다.

삼돌이는 뽕을 따면서도 있다가 안협집을 꾀일 궁리를 하지마는 안협집은 이것저것을 잊어버리고 손

에 닥치는 대로 뽕을 땄다.

얼마쯤 땄다. 갑자기 안협집의 뒤에서,

"누구야!"

하고 범 같은 소리를 지르는 남자 소리가 안협집의 간담을 서늘하게 하였다.

삼돌이란 놈은 길이나 되는 철망을 어느 결에 뛰어 넘었는지 십여 간통이나 달아나서 안협집을 불렀다.

"어서 와요! 어서, 어서."

그러나 안협집은 다리가 떨려서 빨리 나와지지를 않는다. 그러나 죽을힘을 다하여 달아나려고, 한 아름 잔뜩 따 넣었던 뽕을 내던지고 철망으로 기어 나왔다. 철망을 기어 나오기는 나왔으나 치맛자락이 걸려서 잡아당긴다. 거기에 더 질겁을 해서 그대로 죽 찢고 나오려 할 때, 때는 이미 늦었다. 뽕 지키던 남자는 안협집을 잡았다.

"이 도둑년! 남의 뽕을 네 것같이 따가? 온 참, 이 년! 며칠 째냐, 벌써. 이렇게 남의 것이라고 건깡깡이로 먹으면 체하지 않을 줄 알았더냐? 저리 가자."

안협집은,

"살려 주소. 제발 잘못했으니 살려만 주소. 나는 오늘이 처음이오. 저 삼돌이란 놈이 날마다 따갔지 나는 죄가 없쇠다."

하고 손이 발이 되도록 빈다.

"듣기 싫어, 이년아! 무슨 변명이냐. 육시를 하고도 남을 년 같으니. 왜, 감옥소의 콩밥 맛이 고소하더냐?"

"그저 잘못했습니다."

삼돌이는 보이지 않고 뽕지기는 안협집 손목을 끌고 뽕밭으로 들어갔다.

"이리 와! 외양도 반반히 생긴 년이 무엇이 할 게 없어 뽕서리를 다녀."

하더니 성냥불을 그어 대고 안협집을 들여다보더니,

"흥."

의미 있는 웃음을 웃어 버렸다.

안협집은 이 웃음에 한가닥 희망을 얻었다. 그 웃음은 안협집의 손아귀에 자기를 갖다 쥐어 준다는 웃음이다. 안협집은 따라서 방싯 웃었다. 그 웃음 한번이 넉넉히 뽕지기의 마음을 반 이상이나 흰죽 풀어지게 하였다.

안협집은 끌려갔다.

'제가 철석같은 간장을 가진 놈이 아닌 바에……
한번이면 놓아 줄걸.'

그는 자기의 정조를 팔아서 자기의 죄를 면할 수
있음을 알았다. 그는 마지 못하는 체하고 끌려갔다.

삼돌이란 놈은 멀리서 정경만 살피다가 안협집을
뽕지기가 데리고 가는 것을 보더니 두 눈에서 쌍심
지가 돋았다.

'얘 이놈이 호랑이 삼돌이를 모르는 모양이다. 그
러나 대관절 어떻게 할 셈이냐? 이놈 안협집만 건
드려 보아라. 정강마루를 두 토막에다 내놀 터이니.
오늘 밤에는 꼭 내 것이던 걸 그랬지. 어디 좀 가까
이 좀 가볼까?'

이제는 단판씨름이라 주먹이 시비 판단을 하는 때
이다. 다시 철망을 넘어서 들어갔다. 들어가서는 이
곳저곳 귀를 기울이더니 이 구석 저 구석으로 돌아
다녀 보았다.

저쪽에서 인기척이 웅얼웅얼하더니 아무 말이 없

다. 한 두서너 시간 그 넓은 뽕밭을 헤매고 또 거기 닿은 과목밭, 채마전, 나중에는 그 옆 원두막까지 가보았다. 놈이 뽕나무밭 가운데 부풀덤불을 보지 못한 까닭이다.

그는 입맛만 다시면서 집으로 와서 주인에게 그 이야기를 했다.

노파의 눈은 등잔만해지더니 두 손, 두 다리가 사시나무 떨듯 한다.

"이거 일났구나. 어쩌면 좋단 말이냐."

좌불안석을 할 제 삼돌이란 녀석은 분한 생각에 곰방대만 똑똑 떨고 앉았다.

5.

그날 새벽에 안협집이 무사히 왔다. 머리에 지푸라기가 묻고 몸매무시가 말 아니다.

"에그, 어떻게 왔어! 응?"

주인은 눈에 눈물이 괴어서 어루만진다.

"무얼 어떻게 와요? 밤새도록 놈하고 승강이를 하다가 그대로 왔지."

"그대로 놓아 주던가?"

"놓아 주지 않고, 붙잡아 두면 어찌할 테야?"

일이 너무 싱겁다. 삼돌이놈만 혼잣말처럼,

"내가 잡혔더면 콩밥을 먹었을걸. 여편네니까 무사했지."

주인은 그래도 미진해서,

"그래, 잘 놓아 주었으니 다행이지. 그러나저러나 뽕은 어떻게 되었노."

"아 뺏겼죠!"

"인제는 아무 일 없겠소?"

"일이 무슨 일예요."

그날 밤에 삼돌이란 놈은 혼자 앉아서 생각하기를, '복 없는 놈은 하는 수가 없거든. 그러나 내가 다 눈치를 채었으니까, 노름꾼놈이 오거든 이르겠다고 위협을 하면 년도 발이 저려서 그대로는 못 있지. 내 입을 안 씻기고 될 줄 아는 게로구먼.'

그 후부터는 삼돌이란 놈이 안협집을 보고는,

"뽕지기놈 보고 싶지 않습나?"

하고 오며 가며 맞대놓고 빈정대기도 하고 빗대 놓고도 비웃는다.

"뽕이나 또 따러 가소."

이러는 바람에 온 동리에서 다 알았다. 안협집은 분해서 죽겠는데 하루는 삼돌이란 놈이 막 안협집이 이불을 펴고 누우려는데 찾아와서 추근추근 가지도 않고,

"삼보 김서방이 올 때도 되었습네 그려."

하며 눈치를 본다. 안협집은 졸음이 와서 눈꺼풀이 뻣뻣하여 오는데 삼돌이란 놈이 가지도 않는 것이 귀찮아서,

"누가 아우. 오고 싶으면 오고 가고 싶으면 가겠지."

하고 담벼락에 비스듬히 기대앉는다.

삼돌이의 눈에는 그 고단해하면서 비스듬히 누워서 눈을 감을랑 말랑 한 안협집의 목덜미 살쩍 밑이며 볼그레한 두 볼이 몹시 정욕을 일으켰다.

그래서 차츰차츰 말소리가 음흉해 간다.

"임자는 사람을 너무 가려 봅디다. 그러지 마슈.

나도 지금은 남의 집 머슴놈이지마는 안집 지체라
든지 젊었을 적에는 그래도 행세하는 집에서 났더
라우. 지금은 그놈의 원수스런 돈 때문에 이렇게 되
었지마는."

하고 말을 건네려 하는데, 안협집은 별 시러베자식
다 보겠다는 듯이 대답이 없다.

"자, 그럴 것 있소. 오늘은 내 청을 한번 들어주소
그려."

하고 바싹 달려드는 바람에 반쯤 감았던 안협집의
눈은 똥그래지며 어느 결에 삼돌의 뺨에 손뼉이 올
라가 정월의 떡치듯 철썩 한다.

"이놈! 아무리 쌍녀석이기로 이게 무슨 버르장머
리냐, 냉큼 나가거라!"

하고 호령이 추상같다. 삼돌이란 놈은 따귀를 비비
면서 성이 꼭두까지 일어나서,

"무엇이 어쩌고 어째. 횡! 어디 또 한번 때려 봐라."

일이 이렇게 되었으니 자기가 하려던 것은 이루고
마는 것이 상책이다. 이래도 소문은 날 것이요, 저
래도 소문은 날 것이니 이왕이면 만족이나 채우고

소문이 나더라도 나는 것이 자기에게는 이로울 것 같았다.

더구나 안협집으로 말을 하면 온 동리에서 판 박아 놓은 화냥년이니 한 번 화냥이나 두 번 화냥이나, 남이나 내가 무엇이 다를 것이 있으랴 하는 생각이 났다. 도리어 자기의 만족을 한 번 얻는 것이 사내자식으로서의 일종의 자랑인 것같이 생각되었다.

그는 두 팔로 안협집을 힘껏 껴안고,

"내가 호랑이 삼돌이다! 네가 만일 내 말을 들으면 무사하지만 그렇지 않으면 그대로 두지는 않을 터이야! 너, 네 남편이 오기만 하면 모조리 꼬아바칠 터이야! 뽕 따러 갔던 날 일까지 모조리!"

무식한 놈이라 야비한 곳이 있다. 안협집은 그 소리가 얼마나 사내답지 못하였는지 알 수 없었다. 쇠 같은 팔이 자기 허리를 누를 때 눈을 감고 한 번만 허락할까 하려다가 그 말을 듣고서 고만 침을 얼굴에 뱉었다.

"이 더러운 녀석! 네가 그까짓 것으로 나를 위협한다고 말을 들을 줄 아니."

하고 소리를 질렀다. 삼돌이는 손으로 안협집의 입을 막았으나 때는 늦었다. 마침 마을 다녀오던 이장의 동생이 이 소리를 듣고 문을 열었다.

삼돌이란 놈은 무안해서 얼굴이 붉어지며 안협집을 놓았다. 안협집은 분해서 색색하며,

"저놈 보시소. 아닌 밤중에 혼자 자는데 와서 귀찮게 굽니다. 저 죽일 놈이오. 좀 끌어내다 중치⁴⁾를 좀 해주시오."

이장의 동생은 안협집의 행실을 아는 고로 삼돌이만 보내려고,

"이놈이 할 일이 없거든 자빠져 자기나 하지, 왜 아닌 밤중에 남의 계집의 방에서 지랄이야? 냉큼 네 집으로 가거라!"

두 눈이 등잔 만하여진다.

"네, 그런 게 아니라, 실없이 기롱⁵⁾을 좀 했삽더니……."

"듣기 싫여! 공연히 어름어름하면서, 이놈아, 너

---

4) 엄중히 다스림.
5) 실없는 말로 놀림.

는 사람을 죽여도 기롱으로 아느냐?"

삼돌이는 쫓겨났다. 이장의 동생은 포달을 부리며 푸념을 하는 안협집을 향하여,

"젊은것이 늦도록 사내녀석들을 방에다 붙이니까 그런 꼴을 당하지."

"누가요?"

"고만둬! 어서 잠이나 자."

하며 문을 닫쳐 주고 가버렸다.

6.

삼돌이는 앙심을 먹었다. 안협집을 어떻게 해서든지 한번 골리리라는 생각이 가슴속에 탱중하였다.6)

안협집은 독이 났다. 삼돌이란 놈 분풀이를 하려는 생각이 머리끝까지 올라왔다.

이튿날 동리에 소문이 났다.

---

6) 화나 욕심 따위가 가슴속에 가득 차 있다.

"삼돌이란 놈이 **빰**을 맞았다지! 녀석이 음침하니까."

"그렇지만 계집년이 단정하면 감히 그런 맘을 먹을라구!"

"그렇구 말구! 제 행실야 판에 박은 행실이니까."

"지가 먼저 꼬리를 쳤던 게지."

이 소리가 바람에 떠돌아오자 안협집은 분하였다. 요조숙녀보다도 빙설 같은 여자인데 이런 누추한 소문을 듣는 것 같았다. 맘에 드는 서방질은 부정한 일이 아니요, 죄가 아니요, 모욕이 아니나 마음에 없는 놈에게 그런 소리를 듣고 당하는 것은 무서운 모욕 같았다.

그는 그 길로 삼돌의 주인마누라에게로 갔다.

"삼돌이란 녀석을 내쫓이소."

주인은 벌써 알아채었으나 안협집 편은 안 들었다. 다만 어루만지는 수작으로,

"무얼 내쫓을 것까지 있소. 그만 일에…… 그저 눈감아 두지."

"왜 눈을 감는단 말이오?"

주인은 속으로 웃었다. '소 한 필을 달라면 줄지언

정 삼돌이를 내놔?' 하였다.

"내쫓아선 무얼 하우, 또."

'어림없는 년! 네가 떠들면 떠들수록 네 밑구멍 들춰서 남 보이는 것이라'는 듯이 쳐다보며 맨 나중으로 아주 잘라 말을 해버렸다.

"나는 못 내보내겠소."

안협집은 분해서 집에 와서 머리를 쥐어뜯으며 울었다.

그리고 또 결심했다.

'두구 봐라. 너희들까지 삼돌이를 싸고도니! 영감만 와봐라.'

하루는, 딴은 영감이 왔다. 안협집은 곤두박질을 하면서 맞았다.

"에그, 어서 오슈."

노름꾼 김삼보는 눈이 똥그래졌다. 무슨 큰 좋은 일이나 생긴 것 같았다. 딴 때와 유달리 반가워하는 것이 의심스럽고 이상하였다.

방에 들어앉자마자 얼마나 땄느냐는 말도 물어 보지 않고 삼돌이란 놈에게 욕 당할 뻔하였다는 말을 넋두리하듯 이야기하였다.

"사람이 분해서 죽겠구려. 이것도 모두 영감 잘못 둔 탓이야. 오죽 영감이 위엄이 없어 보이면 그 따위 녀석이 그런 짓을 할라고…… 영감이라고 있으나 없으나 마찬가지지, 일년 열두 달 계집이 죽거나 살거나 내버려두고 돌아만 다니니까."

영감은 픽 웃었다.

"왜 내 잘못인가. 오죽 행실을 잘 가지면 그 따위 녀석에게 그 꼴을 당한담."

김삼보는 분이 나지 않는 것도 아니었다. 그러나 계집의 소행을 짐작도 하려니와 그놈의 주먹도 아니 생각할 수가 없었다. 계집이 먹여 살리라는 말이 없고 이혼하자는 말만 없는 것이 다행해서 서방질을 해도 눈을 감아 주고 무슨 짓을 하든지 그저 코대답만 하여 주는 터이라 그런 소리가 귓전으로 들릴 뿐이다.

"내가 행실 잘못 가진 게 무어요?"

안협집은 분풀이라도 하여 줄 줄 알았더니 도리어 타박을 주므로 분한데 악이 났다.

"글쎄 무어야! 무엇? 어디 대봐요! 임자가 내 행실 그른 것을 보았소. 어디 보았거든 본 대로 말을 하시우."

딴은 김삼보는 집어서 말할 것이 없었다. 그는 그저 그런 눈치만 채었지, 반박할 증거는 잡은 것이 없다.

"본 거나 다름없지!"

"무엇이 본 거나 다름없어? 일년 열두 달 계집이 죽거나 살거나 내버려두었다가 이제 와서 한다는 소리가 그것밖에 없어? 살기가 싫거든 그대로 살기 싫다고 그래! 사내답게. 왜 고만 냄새가 나지? 또 어디다가 계집을 얻어 논 게지."

"이년이 뒈지지를 못해서 기를 쓰나?"

"그렇다, 이놈아! 네까짓 녀석 아니면 서방 없을까 봐 그러니, 더러운 녀석!"

김삼보의 주먹은 안협집의 등줄기를 후렸다.

"이년, 그래도 잔소리야. 주둥이 좀 닫치지 못하겠니."

이렇게 서로 툭닥거리며 싸우는 판에 뒷집에서 삼돌이란 놈이 이 소리를 듣고서 가장 긴한 척하고 따라왔다.

"삼보 김서방, 언제 오셨소?"

하고 마당에 들어섰다. 김삼보는 그놈의 상판을 보니까 참았던 분이 꼭두까지 올라온다. 삼돌이는 제법 웃음을 띄우고,

"허허, 오래간만에 만나세서 내외분 싸움이 웬일이시우?"

어디서 한잔을 하였는지 얼굴이 불콰하다.

김삼보는 눈을 흘겨 뚫어지도록 삼돌이를 쳐다보았다.

"이놈아! 남이 내외 싸움을 하든 말든 참견이 무어야?"

삼돌이란 놈은 주춤하였다. 그는 비지 같은 눈꼽이 낀 눈을 꿈벅꿈벅하더니,

"그렇게 역정 내실 것 무엇 있수. 말 좀 했기로……."

"이놈아, 네가 아랑곳할 게 무어야?"

"아랑곳은 할 것 없어도 흥정은 붙이고 싸움은 말리랬으니까 말이오. 나는 싸움 좀 못 말린단 말

이오?"

하고 술 냄새를 풍기며 다가앉는다.

"이놈아, 술을 먹었거든 곱게 삭여!"

이번에는 삼돌이란 놈이 빌붙는다.

"나, 술 먹고 어찌하든 김서방이 관계할 게 무어요."

"이놈아! 남의 내외 싸움에 참견을 하니까 그렇지."

주고받다가 삼돌이의 멱살을 김삼보가 쥐었다.

"이 녀석, 네가 무슨 뻔뻔으로 이 따위 수작이냐? 내 계집 이놈 왜 건드렸니?"

삼돌이는 조금 발이 저렸으나 속으로 흥 하고 웃었다.

"요까짓 게 누구 멱살을 쥐어? 앙징하게."

하더니 김삼보의 팔을 잡아 마당에다가 내려갈기니 개구리 떨어지듯 캑 한다.

"요놈의 자식아! 내 말을 좀 들어 보고 말을 해! 네 계집 험절을 모르고 댐비기만 하면 강산이냐? 이 동리 반반한 사내양반 쳐놓고 네 계집 건드리지 않은 놈이 없다. 이놈! 꼭 집어 말을 하라면 위에서 아래로 내리섬기마. 이놈, 너도 계집 덕분에 노자낭 노름밑천 푼 좋이 얻어 썼지. 그래 집이라고 오면서 볼받은 것이나마 옥양목 버선 벌이나 얻어 가지고 가는 것은 모두 어디서 나온 것으로 아니? 요 땅딸보 오리궁둥아! 아무리 속이 뱃댕이 같기로. 그리고 또 들어 봐라. 나중에는 주워먹다 못해서 뽕지기까지 주워먹었다."

안협집이 파래서 달려든다.

"이놈! 네가 보았니!"

"보나 안 보나 일반이지."

"이 녀석, 네 말을 듣지 않으니까 된 말 안된 말 주둥이질을 하는구나."

동리사람들이 모여들었다. 안협집은 삼돌이에게 발악을 하고 김삼보는 듣고만 있다.

한참 있더니 듣다듣다 못하는 듯이 삼돌이란 놈이 안협집에게로 달려들며,

"이년이 뒈지려고 기를 쓰나?"

하고 주먹을 들었다. 동리 사람들이 호령을 하고 말렸다.

"이놈! 저리 얼른 가거라!"

이놈은 변명을 하며 뻗딩겼다. 그러나 여러 사람에게 끌려 저리로 가버렸다.

사람이 헤어지자 노름꾼은 계집의 머리채를 잡았다.

그는 삼돌이에게 태질을 당한 것이 분하였다. 그뿐 아니라 그렇게까지 계집년의 행실을 온 동리에서 아는 것이 분명하였다.

"이년! 더러운 년! 뽕밭에는 몇 번이나 갔니?"

발길로 지르고 주먹으로 패고 머리채를 잡아당기고 땅에다 질질 끌었다. 그는 이를 갈고 어쩔 줄을 몰랐다. 계집은 울고 발버둥질을 쳤다.

"죽여라! 죽여!"

"그럼 살려 줄 줄 아니? 이년! 들어앉아서 하는 게 그런 짓밖에는 없어."

김삼보는 자기의 무딘 팔다리가 계집의 따뜻하고 연한 몸에 닿을 때에 적지 않은 쾌감을 느끼었다. 그는 그럴수록 더욱 힘을 주어 때리도록 속에 숨겨 있던 잔인성이 북받쳐 올라왔다.

맞은 안협집은 당장에 죽을 것 같았다. 그는 생각하기를 이왕 이리된 바에야 모두 말해 버리고 저하

고 갈라서면 고만이지 언제는 귀밑머리 풀고, 사주
단자 보내고, 사당에 예배드린 내외냐. 저는 저고
나는 난데, 왜 이렇게 때리노? 하는 맘이 나며,

"이것 놔라! 내 말하마!"

하고 머리를 붙잡았다.

"뽕밭에는 한 번밖에 안 갔다. 어쩔 테냐?"

삼보는 더욱 머리채를 잡아챘다.

"이년! 한 번?"

이번에는 더 때렸다. 안협집은 말한 것이 후회가
났다. 삼보는 그래도 거짓말을 한다고 그대로 엎어
놓고 짓밟았다. 안협집은 기절을 하였다. 삼보는 귀
로 안협집의 숨소리를 들어 보았다. 그러나 숨소리
가 없다. 그는 기겁을 하여 약국으로 갔다. 그의 팔
다리는 떨렸다. 그가 의사에게서 약을 지어 가지고
왔을 때 안협집은 일어나 앉아 있었다. 삼보는 반가
웁기도 하고 분하기도 하여 약을 마당에 팽개쳤다.
그리고 밤새도록 서로 말이 없었다. 이튿날은 벙어
리들 모양으로 말이 없이 서로 앉아 밥을 먹고, 서
로 앉아 쳐다보고, 서로 말만 없이 옷도 주고받아

갈아입고 하루를 더 묵어 삼보는 또 가버렸다. 안협 집은 여전히 동리집 공청 사랑에서 잠을 잤다. 누에 는 따서 삼십 원씩 나눠 먹었다.

지형근

1

지형근은 자기 집 앞에서 괴나리봇짐 질빵을 다시 졸라매고 어머니와 자기 아내를 보았다.

어머니는 마치 풀 접시에 말라붙은 풀껍질같이 쭈글쭈글한 얼굴 위에 뜨거운 눈물방울을 떨어뜨리며 아들 형근을 보고 목 메이는 소리로,

"몸이 성했으면 좋겠다마는 섬섬약질이 객지에 나서면 오죽 고생을 하겠니. 잘 적에 더웁게 자고 음식도 가려 먹고 병날까 조심하여라! 그리고 편지해라!"

하며 느껴 운다.

형근의 젊은 아내는 돌아서서 부대로 만든 행주치마로 눈물을 씻으며 코를 마셔 가며 울면서도 자기 남편을 마지막 다시 한번 보겠다는 듯이 훌쩍 고개를 돌리어 볼 적에 그의 눈알은 익을 둥 말 둥한 꽈리같이 붉게 피가 올라왔다.

　　"네, 네!"

　　형근은 대답만 하면서 얼굴빛에 섭섭한 정이 가득하고 가슴에서 북받치는 눈물을 참느라고 코와 입과 눈썹이 벌룩벌룩한다.

　　동리 사람들이 그 집 문간에 모두 모여 섰다. 어렸을 적 친구들은 평생 인사를 못 해본 사람들처럼 어색한 어조로 인사들을 한다.

　　어떤 사람은 체면치레로 말 한마디 던져 버리고 그대로 돌아서 저쪽에 가 서는 사람들도 있지마는, 어떤 늙은이는 머리서부터 쓰다듬어 내려 마치 어린애같이 볼기짝을 두드리면서,

　　"응, 잘 다녀오게, 돈 많이 벌어 가지고 오게. 허어, 기막힌 일일세. 자네 같은 귀골이 노동을 하려고 집을 떠나간다니 자네 어른이 이 꼴을 보시면 가

숨이 막히실 일이지."

하는 두 눈에서는 진주 같은 눈물이 괴어오르다가 흰 눈썹이 섬세하고 쌍꺼풀이 진 눈을 감았다 뜰 때 희끗희끗한 눈썹 위에는 눈물이 구을러 맺힌다. 노인이 우는 바람에 어머니와 아내의 울음소리는 더 잦아지며 동리집 노파들도 눈물을 씻고 젊은 장정들은 초상집에 가서 상제 우는 바람에 부질없이 나오는 울음을 참으려는 것같이 코들만 들이마시기도 하고 눈만 슴벅슴벅하고 있다.

형근도 눈물를 씻으며 어머니께 인사를 하고 다시 동리 사람을 향하여 작별을 하였다.

자기 아내는 도리어 보는 것이 마음을 약하게 하여 주는 것이며 장부의 할 만한 짓이 아니라는 듯이 보지도 않고 돌아서서 동구로 향하였다. 동리 늙은이와 자별한 친구들은 뒤를 따라와 주며, 어린아이들은 마치 출전하는 장군 앞에 선 군대들같이 앞에도 서고 뒤에도 서서 따라온다.

형근은 가다가 돌아다보고 또 가다가 돌아다보았다. 얼마큼 오니까 아이들도 다 가고 따라오던 사람들도 다 흩어지고 자기 혼자 몸이 고개 마루턱에 올라섰다.

뒤를 돌아다보니 자기가 살던 이십여 호밖에 보이지 않는 촌락이 밤나무 느티나무 사이에 섞여 있다. 자기 집 앞에는 사람들이 흩어지고 어머니와 자기 아내만 여전히 자기 뒤를 바라보고 섰다.

그는 여태까지 나지 않던 눈물이 어디서 나오는지 폭포같이 쏟아진다. 아침해가 기쁜 듯이 잔디 위 이슬에서 오색 빛을 반사하고 송장메뚜기가 서 있는 감발[1] 위에 반갑게 튀어 오르나 그것도 보이지 않는다.

분홍 저고리에 남 조각으로 소매에 볼을 받아 입고 왜반물 치마에 부대쪽 행주치마를 입고 백랍 비녀에 가짜 산호반지를 낀 자기 아내 생각을 할 제 스물두 살 먹은 이 젊은 사람의 가슴은 터질 것 같았다.

그는 한 발자국에 돌아서고 두 발자국에 돌아섰다.

---

1) 발감개를 한 차림새.

멀리 보이는 자기 집은 아침해의 그늘이 비추인 산모퉁이에 가리어 보이지 않는다.

2.

그는 오 리쯤 가서 단념하였다.

"내가 계집에게 마음이 끄을려서 이렇게 약한 마음을 먹다니!"

그는 마치 번개같이 주먹을 내흔들었다. 그리고 벌건 진흙이 묻은 발을 땅이 꺼져라 하고 더벅더벅 내놓았다.

그는 고개를 쳐들었다. 가슴을 내놓았다. 하늘은 한없이 높이 개었는데 넓은 벌판 한가운데 신작로로 나서니까 그 가슴속에는 끝없는 희망이 차는 듯하였다.

가면 된다. 이대로 가기만 하면 내 주먹에 지전 뭉텅이를 들고 온다. 그는 열흘 갈 길을 하루에 가고 싶었다.

그때 강원도 철원군에는 팔도 사람이 다 모여들었었다. 그 모여드는 종류의 사람인즉 어떠냐 하면 대개는 시골서 소작농들을 하다가 동양척식회사에서 소작권을 잃어버린 사람이 아니면 일확천금의 꿈을 꾸고 허욕에 덤빈 사람들이었다.

　　그것은 철원에 수리조합이 생기며 그 개간공사로 노동자를 사용하는 까닭도 있지만 금강산 전기철도가 놓이며 철원은 무서운 속력으로 발전을 하는 데 따라서 다소간의 금융이 윤택하여지며 멀리서 듣는 불쌍한 사람들의 마음들을 충동이어 '나도 철원, 나도 평강' 하고 덤비게 된 것이다.

　　노동자가 모이어 주막이 늘고 창기가 늘었다.

　　자본 있는 자들은 노동자가 많이 모여들수록 임금을 낮춰서 얼마든지 그들의 기름을 짜내었다. 그러나 그렇게 기름을 짜낸 돈은 또 주막과 창기가 짜내었다. 남은 것은 언제든지 빈주먹이었다.

　　평화스런 철원읍에는 전기철도라는 괴물이 생기더니 풍기와 질서는 문란할 대로 문란하여졌다.

　　그래도 경상도, 경기도 여기저기 할 것 없이 모든

것을 잃어버린 불쌍한 농민들은 요행을 바라고 철원, 평강으로 모여들었다.

지형근도 지금 그러한 괴물의 도가니, 피와 피를 빨고 짓밟고 물어뜯고 볶는 도가니를 향하여 가며 가슴에는 이상의 꽃을 피게 하고 있는 것이나 마치 절벽 위에서 신기루에 홀려서 한걸음 두걸음 끝을 향하여 나가는 것이다.

그는 오십 리를 못 가서 발이 부르텄다. 그는 한 시간에 십 리를 걸었다 하면 지금은 그것의 절반 오 리도 못 걸었다.

그는 발 부르튼 것을 길가에 서서 지끗지끗 눌러보며 혼자 속으로,

'흥, 올 적에는 기차 타고 온다. 정거장에서 집까지가 오 리밖에 안 되니 그때는 잠깐 걷지……'

그러나 그는 주머니 속을 생각하여 보았다. 발병이 나지 않고 그대로 줄창 잘 걸어간다 해도 닷새나 돼야 들어갈 것이다. 그러면 주머니에 있는 행자는 얼마냐? 빠듯하게 쓰고도 남을지 말지 하다.

해는 져간다. 가슴에서는 공연히 무서운 생각이

났다. 만일 발병이 더하여 길을 못 가게 되면 어찌하나.

그는 용기가 줄어들고 희망에 구름이 끼는 것 같았다.

그는 비척비척 맥이 없이 걸어가며 궁리해 보았다. 그는 자기가 가는 길가에 아는 사람의 집을 모조리 생각해 보았다.

말할 만한 집이 하나도 없었으나 거기서 한 십 리쯤 샛길로 휘어 들어가면 거기 큰 촌이 하나 있었다. 그 촌 이름을 여기에 쓸 필요가 없으매 그만두지마는 그 촌에는 자기 아버지가 한참 호기 있게 돈을 쓰고 그 근처 읍에 이름 있는 부자로 있을 때 소작인으로 있던 사람이 생각난다.

그는 그를 자기 집 사랑에서 자기 아버지 앞에 황송한 태도로 앉아 있는 것을 보기는 보았을지라도 그의 집을 찾아간 일은 물론 없었다.

'옳지……'

형근은 무릎을 쳤다.

'김서방을 찾아가면 얼마간이라도 돌릴 수가 있을

터이지, 거저 달래는 것인가? 돌아올 때 갚을걸!'

그는 김서방의 상전이란 관념이 있다. 옛날에 자기 아버지의 은덕으로 살아간 사람이니까 은덕을 베푼 자의 아들의 편의를 보아 주는 것도 떳떳한 일이라 하였다.

즉 자기 마음이 그러니까 남의 마음도 그러하리라 하였다.

그는 허위단심²⁾ 김서방 집을 찾았다. 그 집 앞에는 훤한 논과 밭이 있고 집은 대문이 컸다.

주인을 찾으매 정말 김서방이 나왔다. 김서방은 반가워하면서도 놀랐다.

"이게 웬일야?"

김서방은 존대도 아니요 하대도 아니요 어리벙벙하게 말을 해버린다. 형근은 이것이 의외였다. 아무리 세상이 망해서 내가 제 집을 찾아왔기로 어디를 보든지 말버릇이 그렇게 나오지는 못할 것이었다.

"어서 들어가세."

---

2) 허우적거리며 무척 애를 씀.

이번에는 하게가 나왔다. 형근의 얼굴은 노래졌다가 다시 붉어졌다.

그는 대답이 없었다. 마당에 서서 해만 바라보았다. 해는 벌써 저쪽 서산 위에 반쯤 걸리었다.

그러나 그는 단념하였다. 자기가 노동을 하러 괴나리봇짐을 지고 나가는 이 시대에서는 무엇보다도 돈이 있어야 한다. 돈만 있으면 무엇이든지 된다. 양반도 되고 남을 부릴 수도 있으니까 자기도 돈을 벌어서 다시 옛날의 문벌을 회복하고 남도 부려 보리라 하였다. 그러니까 지금은 참아야 한다. 숙명적으로 그는 자기가 이렇게 된 것이니까 단념하지 않을 수가 없었다.

옛날에는 문벌만 있으면 무슨 짓—사람을 죽이고도 무사하였던 것이나 마찬가지로 지금은 돈만 있으면 무슨 짓이든지 괜찮다는 관념이 한층 깊어지며 그는 얼핏 목적지에 가서 돈을 벌어 가지고 오고 싶었다.

그는 분을 참고 그 집에서 잤다. 김서방은 옛날의 어린 주인을 잘 대접하였다. 그는 밥상을 내놓으면서도 웃고, 정한 자리를 펴주면서도 웃었다. 또는 떠날 때도 종종 들르라고 하면서 웃었다.

김서방은 지금처럼 만족하고 좋은 때가 없었다. 그것은 다른 것이 아니라 여태까지 자기가 깨닫지 못하였던 자랑을 깨달은 까닭이다. 즉 옛날에 자기가 고개를 숙이던 사람의 자식이 자기 집에 와서 숙식을 빌게 될 만큼 자기가 잘된 것에 만족한 것이었다.

형근은 또 주저주저하였다. 어젯밤부터 궁리도 하여 보고 분한 생각에 단념도 하여 보고 다시 용기도 내어 보던 돈 취할 일, 가장 중대한 일이 그대로 남은 까닭이었다.

그는 눈 딱 감고,

"여봅쇼!"

하였다. 그는 목소리가 떨리며 자기가 얼마나 비열하여졌는지 스스로 더러운 생각이 났다.

말을 하였다. 김서방은 벌써 알아챘다는 듯이 또 웃으며 생색내고 소청한[3] 돈의 삼분지 이를 주었다.

---

3) 하소연하여 청함.

형근은 그 돈을 들고 나오며 분개도 하고 욕도 하고 또는 홀연한 생각이 나서 정신없이 앞만 보고 갈 수록 그는 돈이 얼마나 필요한가를 새삼스러이 느끼는 것 같았다.

3.

　형근은 다리로 자기가 걸어온 것이 아니라 팔과 머리로 다리를 끌어 온 것 같았다.

　그는 예정보다 사흘이 늦어서 철원에 도착하였다. 그는 한 다리를 건너면서 두 팔을 벌릴 듯이 반가워하였다. 그는 자기더러 오라고 편지를 한 동향 친구를 찾아가서 지금까지 지고 온 봇짐을 벗어 놓을 때 그는 모든 괴로움과 압박에서 벗어나는 듯하였다.

　그러나 그의 짐을 벗어 놓은 것은 어깨를 가볍게 함이 아니라 그 위에 더 무거운 짐을 지우기 위함이었다.

　그는 자기 친구를 찾았을 때 여간한 환멸을 느끼

지 않았다.

우선 그가 있는 집이라는 것은 마치 짐승의 우릿간[4]과 같은데 거기서 여러 십 명 사람들이 도야지들 모양으로 옹기종기 모여 있었다.

땅을 파고 서까래를 버틴 후 그 위에 흙을 덮고 약간의 지푸라기로 덮어 놓은 것이 그들의 집이다. 방 안에는 발에는 감발이며 다 떨어진 진흙 묻은 양말조각이 흐트러 있고 그 속은 마치 목욕탕에 들어간 것같이 숨이 막힐 듯한 냄새가 하나 가득 찼었다.

물론 광선이 잘 통할 리가 없었다. 캄캄하여 눈앞을 잘 분별할 수 없는 그 속에는 사람의 눈들만 이리 굴고 저리 굴고 하였다. 그는 손으로 더듬어서 그 속을 들어갔다.

발길에는 사람의 엉덩이도 채어지고 허구리도 건드려졌다. 그럴 적마다 그들은 굶주린 맹수 모양으로 악에 바친 듯이 소리를 질렀다.

그는 친구의 권하는 대로 자리에 앉았다. 그리고

---

4) 우리로 쓰는 칸.

여러 사람들에게 인사를 시켰다.

새로이 온 사람이라고 여러 사람들은 절을 하다시피 반가워하였다. 저 구석에서 다섯 직째나 학질을 앓던 사람까지 일어나 인사를 하고 눕는다. 그들에게는 이 새로이 온 친구가 반가운 동무라고 함보다도 다시없는 미끼였다.

그들은 새로 온 사람의 노자냥 남은 것을 노리어서 그것으로 다만 한때라도 탁주 몇 잔, 육회 몇 접시를 토색하기 위하여 자기네의 갖은 아첨과 갖은 친절을 다하는 것이다.

어떠한 사람은 동향 사람이라고 가까이하려 하였다. 또 어떤 사람은 동성동본이라고 친절히 하였다. 또 어떠한 사람은 어려서 자기 아버지와 형근의 아버지와 친하였다고 세교5)라고 늦게 만난 것을 탄식하였다.

이래서 형근은 처음 이 움 속에 들어올 적에 느끼던 환멸이 어느덧 신뢰하는 마음과 이상과 기쁨으

---

5) 대대로 맺어 온 친분.

로 가득 차버렸다. 그날 저녁에 노자푼 남은 것으로 그 근처 선술집에서 두서너 사람과 탁주를 먹으려 편지하던 친구에게 물었다.

"자네는 그 동안에 돈 좀 모았나?"

"아직 모으지는 못하였네. 그러나 인제 수 생길 일이 있지."

친구는 당장에 수만금 재산을 한손에 움켜쥘 듯이 말을 하였다. 그것도 그럴 것이 그는 아직까지도 황금덩어리가 멀지 않은 장래에 자기 손 속에 아니 들어올 리가 없으리라고 생각하는 까닭이다.

"설마 천 리 타향까지 나왔다가 맨손 들고 들어가겠나? 지금은 좀 고생이 되지마는 그래도 잘 부비대기를 치면 돈 몇백 원쯤이야 조반 전에 해장하기지."

형근은 또 가슴속이 든든하여지며 이번에는 걸쭉한 막걸리는 그만두고 입 가볍고 상긋한 약주를 청하였다.

"그러나저러나 여러 형님네가 저를 위해서 어떻게 힘을 좀 써주셔야겠습니다. 형님들은 저보다야 경험도 많으시고 또 그런 데 길도 좋으실 테니까요."

형근은 눈이 거슴츠레해서 안주를 들며 말을 하였다.

"아따, 염려 마시우. 내나 그 형이나 이런 데 와서 고생하기는 마찬가진데 서로 형제나 친척같이 생각할 것이 아니오."

그 중에 머리 깎고 지카다비 신고 행전[6] 친 노동자가 대답을 하였다.

"그럼 저는 형장만 꼭 믿습니다."

"글쎄 염려 말아요."

그날 저녁 그는 여러 가지 진기한 것을 보았다. 번화한 시가도 보고 또 술파는 어여쁜 계집도 보았다. 그리고 여기서 쓰는 말이며 습속[7]을 배웠다.

그는 어리둥절한 가운데에도 속이 느긋하고 만족하여 그대로 하루 저녁을 그 움 속에서 자고 났다. 그는 고린내 나는 발이 자기 코 위에 올려 놓이고 허구리를 장작개비 같은 발이 들이 질러도 그것이 화가 나지 않고 그 여러 사람을 오히려 동정하고 불

---

6) 바지나 고의를 입을 때 정강이에 감아 무릎 아래 매는 물건. 반듯한 헝겊으로 소맷부리처럼 만들고 위쪽에 끈을 두 개 달아서 돌라매게 되어 있다.
7) 습관이 된 풍속.

쌍타 하는 생각을 가졌었다. 이들도 지금에는 이렇게 고생을 하지마는 나중에는 모두 돈들을 벌어 가지고 고향으로 돌아가면 호강할 친구들이라고 생각하였다.

그 이튿날 새벽 다섯시가 되더니 그 같이 자던 사람 중에서 서너 사람은 눈을 비비고 어디로인지 가는 것을 보았다. 그는 어제 자기가 올 적에도 보지 못한 사람이요, 또는 어느 틈에 들어왔는지도 알지 못하는 사람들이었다. 그가 나갈 적에 누구 한 사람 인사하는 일도 없고 눈 한 번 거들떠보는 사람도 없었다.

그들이 나갈 적에 부산한 바람에 옆엣사람들이 잠을 깨었다가 그들이 다 나가는 것을 보고,

"간나웨자식들, 나가면 곱상스리 나갈 것이지."
하고 투덜대는데 그의 눈은 무서웠다. 마치 뒀다 만나자는 원수를 벼르는 것 같았다. 형근은 그것을 보고 그와 눈이 마주칠까 보아서 눈을 얼핏 감고서 아무리 생각하여 보아도 그러할 리가 없었다. 자기에게는 그렇게 친절히 하던 사람들로는 결단코 하지

않을 일이었다. 그는 그 노동자의 질투를 몰랐으므로 이런 의심을 품었었으나 누구든지 이러한 사회에 있으면 그렇게 험상스럽게 될 수 있을 것을 몰랐던 것이다.

그가 다시 실눈을 뜨고 방 안을 슬그머니 둘러볼 적에는 젖뜨려 놓은 싸리 거적문으로 아침 햇발이 붉은빛을 띠고 들이비치는데, 그 해가 비치는 싸리 거적 위에서는 아까 그 불량한 노동자가 코를 땅에다 대고 코를 고는 바람에 땅바닥의 먼지가 펄썩펄썩 일어났다.

아침에 일어나자 어저께 그 지카다비 신고 각반을 쳤던 노동자가 형근을 깨웠다.

"세수하시우."

그는 세수 옹배기에 물을 떠서 움 밖에 놓았었다. 형근은 황송하고 고맙다는 말을 하고 세수를 하였다. 그리고 아침 먹는 곳을 물었다.

"나만 따라오시우."

형근은 자기 친구(편지한 친구)를 찾으려 하였으나 그자의 수선 바람에 그대로 끌려갔다.

술집에 가서 해장술에 술국밥을 먹었다. 시골서는 먹어 보지도 못하던 것인데 값도 꽤 싸다 하였다. 물론 돈은 형근이가 치렀다. 인제는 주머니 밑천이라고 은화 이십 전 하나하고 동전 몇 푼이 남았을 뿐이다. 그러나 그는 내일은 일구멍이 생기겠지 하였다.

돌아오는 길에 그자는 형근의 행장에 무엇이 있는가 물었다. 그는 조선무명 홑옷 두 벌과 모시 두루마기 두 벌과 삼승버선이 한 벌 있다 하였다.

그것은 자기 집안이 풍족할 때 자기 아버지가 장만하여 두고 입지 않고 넣어 두었던 것을 이번에 자기 아내가 행장에 넣어 주었던 것이라 그것이 그에게는 다시없는 치장이요 또는 문벌 자랑거리였다. 그자는 그 말을 듣더니 코웃음을 웃으면서 형근을 비웃었다.

"그까짓 것은 무엇에 쓴단 말이오, 여보!"

형근이 자기 속으로는 무척 자랑삼아 말한 것이 당장에 핀잔을 받으니까 무안하기도 한 중에 또 이상스러웁고 놀라웠다. 이런 곳에서는 그런 것쯤은 반푼 어치의 값이 없나 보다 하는 생각을 하니까 자기의 말한 것이 창피하기도 하고, 이제는 자기가 무슨 사치하고 영화스러운 생활을 할 수 있게 되었나 보다 할 때 즐거웠다.

그날 저녁에 형근은 지카다비 신은 사람에게 끌려 나왔다.

그가 저녁을 같이 먹으러 가자 하면서 끝엣말에다가,

"내가 한턱 씀세."

하였다.

형근은 막걸리 서너 잔에 얼근하였다. 두 사람이 술집에서 나와서 서너 집 지나오다가 그자는 형근을 툭 치며,

"여보, 일구녕 뚫어 났쇠다."

하였다. 형근은 눈이 번쩍 띄었다.

"어디요?"

"허허, 그렇게 쉽게 알으켜 주겠소? 한턱 쓰소."

형근은 좋기는 좋지마는 한턱 쓰라는 데는 아무 말도 하지 못하고 다만,

"허허."

하고 반벙어리처럼 한탄 비슷한 대답을 하였을 뿐이다. 그런즉 이런 어리보기[8]쯤야 하는 듯이 두서너 번 까불러 보다가 그자가 미리 묘책 하나를 알려 주었다.

그들은 공연히 빙빙 장거리로 돌면서,

"그렇게 합시다. 그까짓 것 무슨 소용 있소. 땀 한 번 배면 고만일 걸. 돈푼이나 수중에 들어오거든 양복 한 벌을 허름한 것 사 입어요. 그러면 더럼 안 타고 오래 입고 어디 나서든지 대우받고 좀 좋소? 여기서 조선옷 입는 사람들야 헐 수 없는 사람들이나 입지 노형 같은 젊은이가 뭘 못 해본단 말요. 그렇게 합시다."

형근은 그자의 말대로 곧 귀를 기울일 수는 없었다. 일이 너무 크고 자기의 이성으로는 판단하여 결단하기가 대단히 어려운 까닭이다.

그는 이럴까 저럴까 난처한 생각으로 다만,

"글쎄요, 글쎄요."

---

8) 말이나 행동이 다부지지 못하고 어리석은 사람을 낮잡아 이르는 말.

하기만 하며 둥싯둥싯 그자의 뒤만 따라다녔다. 그러니까 그자는 화를 덜컥 내며,

"여보, 이런 데 와서는 매사에 그렇게 머뭇거리다가는 안 돼요. 여기가 어떤 덴데 그렇소, 엥? 난 모르오. 엑, 맘대로 하소."

하고 휙 가버리려 하니까 형근은 약한 마음이라 하는 수 없이 그자를 다시 불러,

"그렇게 역정야 낼 것 무엇 있소. 좋을 대로 하십시다그려."

"글쎄, 좋을 대로 누가 하지 않는댔소. 노형이 자꾸 느리배기를 부리니까 그렇지."

옷을 팔았다.

4.

형근은 친구에게 끌려서 어떤 앉은술집으로 들어갔다. 그 친구가 두루마기 판 것을 자기 손에 쥐어 줄 줄 알았더니 그것도 그렇게 하지 않고 첫걸음에

가는 곳은 이화라는 여자가 술을 파는 내외 술집이었다.

"나만 따라오시우. 내 어여쁜 색시 구경을 시켜 줄 터이니!"

어깨가 으쓱하여지며 두 눈을 찡긋찡긋하는 그자의 뒤를 따라가며 어여쁜 색시라는 말을 들으니까 속으로는 당길심도 없지 않았으나 첫째 노는 계집 옆에를 가보지 못한 것은 말할 것 없고 그런 종류의 여자라면 겁부터 집어먹을 줄밖에 모르는 그는 가슴이 두근두근하여질 뿐이다.

"이런 데를 오면은 계집 다루는 것도 배워야 합니다."

형근이 쭈볏쭈볏하는 것을 보고 그자는 속으로 '네가 아직 철이 안 났구나!' 하는 듯이 코웃음 섞어 말을 하였다.

형근은 그래도 속에는 **빳빳**한 맛이 있어서 그자에게 멸시를 당하는 것이 창피도 하고 분하기도 하나 사실 뻗딩길 자신도 없었다. 그는 그저 우물쭈물하며 그 뒤를 따라갈 뿐이다. 그렇지만 따라가기는 하면서도 몹시 조심이 되고 조마조마한 생각이 나며 자기 몸에 창피한 곳이나 없나 하는 생각이 나서 걱정이었다.

마루 앞까지 서슴지 않고 들어선 그자는,

"여보, 술 파우!"

하고 소리를 높여 제법 의젓하게 주인을 부르더니 서투른 기침을 하였다.

안방에서는 여러 사람들이 술이 취하여 장거리의 장꾼들처럼 제각기 떠들다가 그 소리에 떠들던 것까지 뚝 그쳤다.

그 왁자지껄하던 무딘 남자들의 거친 목소리를 좌우로 물결 헤치듯이 좍 헤치고 복판을 타고 나오는 연한 목소리는 주인의 목소리였다.

"네, 나갑니다."

이 소리를 듣더니 그자의 눈은 끔뻑하여졌다. 그러더니 형근을 한 번 본 후에,

"이건 손님이 왔는데도…… 아무두 없소?"

하고 짐짓 못 들은 체하고 이번에는 더 높은 소리를 질렀다.

"나갑니다."

하고 그 여자는 소리를 질렀다. 그러더니 문이 열리며 그 여자의 치맛자락이 문에 스치며 나오는 것이 보였다.

"어서 오십시오, 저 건넌방으로 들어가시지요."

형근의 눈에는 머리를 치거슬러 빗어 왜밀칠을 하여 지르르 흐르게 하고 횟박 쓰듯 분을 바르고 값 낮은 연지를 입에다 칠하고 금니한 이 사이에서 껌을 딱딱 씹으며 나온 그 이화라는 여자가 몹시 아름다웁게 보일 뿐 아니라 지르신은 버선까지 유탕한[9] 마음을 일으키게까지 하였다.

그자는 이화라는 여자를 보더니,

"오래간만일세 그려!"

하며 그 손을 잡았다. 그것은 나는 이렇게 이런 이화 같은 미인과 능히 수작을 하며 손목을 잡을 만한 자격과 수단이 있다는 것을 지형근에게 자랑하고 싶었던 것이었다.

"글쎄요."

---

9) 음탕하게 놀다.

이화라는 여자는 아무렇지도 않은 머리를 다시 만지면서 '마뜩지 않게 네가 웬 허게냐' 하는 듯이 시덥지 않은 어조로 대답을 하여 버렸다.

"그런 게 아니라 이 친구허구 술이나 한잔 나눌까 하고 해서 왔지."

연해 생색을 내려고 하면서 이화에게 아첨을 하려는 듯이 쳐다본다.

"어서 건넌방으로 들어가세요."

두 사람은 건넌방으로 들어갔다. 그자는 슬그머니 형근을 보더니,

"어떻소? 괜찮지. 소리 한번 시킬 터이니 들어 보시우."

상을 들고 이화가 들어왔다. 형근의 눈에는 내외 술집에서 한 순배[10]에 사오십 전 하는 술상이 얼마나 풍부하고 진미인지 몰랐다.

그는 어려서 자기 집이 상당한 재산을 가지고 지낼 적에도 이러한 음식을 자기 앞에 차려 주는 것을

---

10) 술자리에서 술잔을 차례로 돌림. 또는 그 술잔.

먹어 본 일이 없었다.

그는 구미가 동하기보다는 덜컥 가슴이 내려앉았다. 이 비싼 술값을 어떻게 치를까? 그는 속이 초조해지면서 겁이 났으나 나중으로 그자를 믿었다. 믿었다는 것보다는 내가 아니, 너 알아 하겠지 하는 마음이 나기는 났으나 그래도 속이 편치는 못했다.

우선 술잔이 자기에게 돌았다. 형근은 마치 남의 집 부인을 보는 것 모양으로 그 여자를 바라보지 못하다가 술잔을 들면서 바로 보았다.

형근은 그 술 붓는 여자를 이제야 비로소 똑바로 보았다 하여도 거짓말이 아니었다.

형근은 그 여자를 보고 마치 뜻하지 아니한 곳에서 뜻한 사람을 만난 것같이 놀라지 아니치 못하였다. 반가웁다 하면 반가운 일이요, 괴변이라 하면 이런 괴변이 또 어디 있으랴.

그 여자는 형근의 고향에서 한 동리에 자라난 여자다. 그래도 행세깨나 한다고 하여 어려서부터 규중11)에 들어앉아 배울 것이란 남겨 놓지 않고 배우고 읽힐 것이란 모조리 읽히더니 불행히 그가 열세 살 되던 해 아버지가 돌아가고 홀어미 혼자 그 딸을 길러 오는데 본시 청빈한 집안이라 일가 친척이 있기는 있지마는 인심이 점점 강박하여짐을 따라 돌아보는 이 없으므로 그 여자가 열네 살 되던 해 그 어머니는 딸을 데리고 자기 친정 오라버니를 따라갔다.

어려서 이웃집에 살았으므로 서로 보고 알아서 말은 서로 하지 않았으나 낯은 서로 익었었던 것이라 지금 보니 노성은 하였으나 어렸을 때 모습이 조금도 변하지 않고 남았었다.

형근은 뚫어지게 자세히 보고 싶으나 피차 면구한 일이라 슬금슬금 틈을 타서 이리저리 뜯어보면 뜯어볼수록 옛날의 모습이 더욱더욱 분명히 나타난다.

그러나 만일 참으로 이서방 댁 규수라 하면 나를 몰라볼 리가 없는데 나를 보고 그래도 기척이라도 있었을 것이 아닌가.

그는 썩 감개가 무량하여지면서 또는 기가 막힌다

11) 부녀자가 거처하는 곳.

는 듯이 술상 귀퉁이에 고개만 숙이고 무슨 생각인지 정신없이 앉아 있었다.

같이 간 그자는,

"여보, 노형은 무슨 생각을 그리 하슈?"

하며 형근을 본즉, 형근은 고개를 들다가 다시 이화를 한번 보더니 그자를 보고,

"뭐 별로이 생각이라고는 하지 않소이다."

"허허, 그럼 왜 고개를 숙이고 계시단 말이오? 대관절 주인하고 인사나 하시우."

형근은 이런 인사를 해본 일이 없으므로 속으로 몹시 조심을 하고 창피한 꼴을 당하지 아니하리라 하였다. 그래서 우선 속을 가다듬느라고 서투른 기침 한 번을 하였다.

솜씨 있는 이화의 통성명하는 것을 받아 어색한 형근의 인사가 있은 후 형근은 이화에게 고향을 물었다.

"고향이 어디슈?"

"○○예요."

"그럼 ○○동리 살지 않으셨소?"

"네."

"그럼 지○○ 댁을 아시겠소?"

"아다뿐예요. 바로 이웃해 살았는데요. 떠나온 지가 하도 오래니까, 지금도 여태 거기 사시는지요?"

"살지요. 그런데 당신 아버지가 당신 어려서 작고 하셨지요?"

"네, 그런 것까지 어떻게 아세요?"

"알죠. 그럼 나를 혹시 못 알아보시겠소?"

이화는 한참이나 다시 자세히 들여다보더니 그래도 알아보지 못한 듯이 고개만 갸웃하고 있다.

"글쎄요, 퍽 많이 뵌 듯하지마는 생각이 잘 나지 않는데요. ○○동리 사셨에요?"

"허허, 너무 오래되어서 그렇게 잊은 것도 용혹무괴[12]한 일이지마는 이웃해 살던 사람을 몰라본단 말이오? 내가 지○○의 아들이오."

이화의 눈은 동그래질 대로 동그래지며,

"네!?"

---

12) 혹시 그런 일이 있더라도 괴이할 것이 없음.

하고 말이 안 나오는 모양이다.

형근도 자기 신세가 이렇게 된 것을 알리기가 부끄럽다는 듯이 말이 없이 앉았고, 그자는 둘이 안다는 것이 신기하다는 듯이 손뼉을 치며,

"아, 그래 서로 알았던가? 그것 참 신소설 같군."
하는 두 눈에는 질투가 숨은 웃음이 어리었다.

"그런데 여기는 어째 오셨어요? 그렇지 않아도 처음부터 낯은 익어 보이었으나 지주사실 줄야 꿈엔들 알았을 리가 있어요."

"나 역시 그럴싸하기는 하지마는 어디 분명치가 못하니까 속으로는 반가우나 말을 못 한 거 아니오."

형근은 세상을 몰랐다. 그가 고향에서 옛날에 알던 규수(지금의 창녀)를 만나 반가웁기가 한량이 없었지마는 다시 생각하니 아니꼽고 고개를 내두를 만큼 더러웠다.

그는 옛날 일로부터 오늘 이 자리까지 이 이화라는 창녀의 신변을 두르고 싼 환경의 물결이 어떻게 어떠한 자극과 영향을 주고 또는 질질 끌어다가 여기까지 왔는지를 해부하고 관찰하고 판단할 능력이

없었다. 그는 다만 단순한 직관과 박약한 추측으로 경솔한 독단을 내리어 인간을 평정[13]하여 버릴 뿐이었다.

이화가 오늘 이 자리에 앉았는 것도 그것이 다른 사회적으로 더 큰 원인이 있는 것은 생각할 여지도 없이 이화 자신이 말할 수 없는 잘못 죄악을 범행한 까닭으로 오늘 이렇게 된 것이라고밖에 생각지 못하였던 것이다.

그러한 관념으로 이화를 볼 때 형근의 눈에는 이화라는 창기가 옛날이야기에 나오는 음부 독부로밖에 보이지 않았던 것이다.

그것을 생각하면 반가웁던 생각도 어디로 가고 다만 추악한 생각뿐이 나서 그 자리에서 피해 가고 싶을 뿐만 아니라 여태까지 주저하던 맘, 차리려는 생각, 쭈뼛쭈뼛하던 생각은 어디로 가고 마치 죄인을 꿇어앉힌 것같이 우월감과 호기가 두 어깨와 가슴 속에 가득할 뿐이었다. 그리고 창기인 이화를 꾸짖

---

13) 평가하여 결정함.

어 마음을 고쳐 주고 싶은 부질없는 친절한 마음까지 났다.

자기의 영락, 얼핏 말하면 타락은 어느 정도까지 당연한 일일는지 알지 못하나 첫째 돈 많고 땅 많고 입을 것 먹을 것이 많던 지○○의 외아들이 철원바닥에까지 굴러와서 노동자 중에도 그중 엉터리하고 얼리어 한 순배에 사오십 전짜리 술을 사먹으러 왔다는 것은 이화라는 여자가 얼핏 생각하기에는 그렇게 의외의 일이 없을 것이다.

자기가 이렇게 된 것을 그 사람에게 보이는 것도 부끄러운 일이 아닌 게 아니지마는 그 부끄러움까지 지나쳐서 지○○의 아들의 일이 알고 싶지 않은 것도 아니었다.

술잔을 들고 의기 있게 자기가 계집을 기롱하는 솜씨를 보이어 상대자를 위압하려던 그자는 두 사람이 서로 동향 친구라는 이유로 자기 같은 것과는 서로 말할 여지가 없이 이상한 감격과 비극적 분위기에 싸여 있는 것을 보고 자기도 그 분위기 속에 참가를 하든지 그렇지 않으면 그 분위기를 헤쳐 버리고 다른 기분을 만들어야 할 것을 깨닫고 말을 꺼내었다.

"아니, 고향 친구를 만났으면 고향 친구 끼리나 반가웠지 딴사람은 술도 못 먹는담?"

재담 섞어 솜씨 있게 말을 한다는 것이다.

이화는 손님의 마음을 거슬리지 않으려고 억지로 웃음을 웃어 마음을 가라앉혀 놓은 후,

"천리 타향에 봉고인이라는 말이 있지 않아요? 조주사 나리는 공연히 그러셔. 그만한 것은 아실 만하시면서. 약주를 처음 잡숫는 것도 아니요 세상 물정도 짐작하실 듯한데 이런 때는 왜 그리 벽창호야."

이화는 생긋 웃었다. 그 웃음 하나가 조화 부른 웃음이던지 소위 조주사의 마음도 흰죽 풀어지듯 하였다.

"히히, 내가 벽창혼가, 이화하고 말이 하고 싶어 그랬지."

"말은 넌지시 하는 말이 비싼 말이라나? 손님도 계시고 한데 무슨 말을 한단 말이오."

"그럼 언제?"

"글쎄 물어 봐서는 무엇을 하우, 뻔히 알면서……."

하고 웃음 섞인 눈으로 쨍그리고 본다.

"옳지, 옳지."

"글쎄 좀 가만히 있에요. 옳지는 무슨 옳지야. 부중 난 데 먹는 가물치는 아니고. 이 손님하고 이야기 좀 하게 가만 있어."

하고 고개를 형근에게 돌리려다가 잔이 빈 것을 보더니 조주사란 자에게 술을 권하였다.

"자, 약주나 드시우."

하고, 잔이 나니까 다시 형근을 주면서,

"그런데 여기는 어째 오셨에요. 참 반갑습니다. 벌써 우리가 거기서 떠나서 외가로 간 지가 칠팔 년 됩니다."

"그렇게 되나 보."

형근은 자기도 모를 한숨을 쉬더니,

"나 여기 온 거야 말할 것까지 있겠소. 그런데 당신은 어째 이렇게 되었소?"

하며 동정한다는 듯이 눈을 아래로 깔았다. 이 소리를 듣던 조주사라는 자가,

"왜 어때서 그러쇼. 인제 얼마만 있으면 내 마마가 된다우."

하더니 혼자 신에 겨워서 허리를 안고 웃어 댄다.

두 사람은 그 소리는 들었는지 말았는지,

"그 동안에 제가 지내 온 이야기는 다 해 무엇 하겠습니까? 안 들으시는 것이 상책이지요."

그의 얼굴에는 수심이 가득하여지면서 목소리가 비통하여진다.

"차차 두고 들으시면 아시지요."

하고 다시 고개를 숙일 뿐이다.

"그래도 어디 이런 기회가 자주 있겠소? 만난 김이니 이야기 겸 말해 보구려. 대관절 언제 이곳으로 왔소?"

하니까 조주사라는 자가 가로맡아 나오면서,

"온 지 벌써 반년이 되나? 그렇지, 아마?"

하고 말고기 설익은 것 같은 얼굴을 이화에게 가까이 갖다 대며 들여다본다.

"네, 한 반년 돼요."

이화는 고개를 그자 얼굴에서 비키면서 말을 하였

다. 대여섯 잔이 넘어 들어간 술이 얼근하게 돈 조주사라는 자는 자기 얼굴을 피하는 이화를 뚫어지게 보더니 다시 제 손으로 자기 뺨을 한 번 탁 치며,

"왜 그래, 어때 그래? 사내 같지 않아? 얼굴에 뭐 묻었어? 왜 피해."

하고 왜가리같이 소리를 지르더니 다시 슬쩍 농을 쳐서,

"하하, 그럴 것 뭐 있나? 이런 놈도 있고 저런 놈도 있지. 잘못했네, 응, 그만두세."

"무얼 잘못했어요. 글쎄 아까 말한 것 있지, 우리는 너무 말을 하면 안 된다니까 그래요, 가만히 있어요."

"어떻게?"

"색시처럼."

형근은 우습기도 하고 또 심심치도 않아서 싱긋 웃다가 다시 이화를 보고,

"그 후에 외삼촌 댁에서 언제까지 지냈단 말이오?"

"한 이태 지냈죠."

"그 후에는?"

할 때, 조주사라는 자가 잔을 들더니 소리를 지른다.

"술 좀 따라! 술 먹으러 왔지 이야기하러 왔나, 튀튀."

하고 침을 타구에 뱉더니 지형근을 보고,

"노형, 실례가 많소. 그렇지만 대관절 말씀요, 술이나 자셔 가면서 이야기를 해야 할 것이 아니오. 이야기 안 하는 나는 어떻게 하란 말씀요, 경계가 그렇지 않소."

"그럴듯한 말씀요. 그럼 우리 약주를 자십시다. 오히려 내가 실례가 많습니다."

"아따, 천만에 그럴 리가 있나요? 두 분 이야기에 내가 방해가 된다면 먼첨 가죠."

이번에는 이화가 두 눈이 상큼하여지며,

"온 조주사도 미치셨소? 그게 무슨 말씀이오, 사내답지 못하게. 두 분이 오셨다가 혼자 가신다니 어디 가보시우, 가봐요. 가지 못해도 바보."

하고 입을 삐죽하였다. 조주사라는 자는 바로 일어서더니 모자도 들지 않고 문 밖으로 나가려 하니까 이화가 본체만체하더니 슬쩍 뒷손으로 그자의 옷자락을 잡으며,

"정말요? 이거 너무 과하구려. 내가 미안하구려. 어서 들어오시우."

하며 일어서서 잡으니까 형근은 숫보기[14] 마음에 가슴이 덜렁하여,

"이거 정말 노하셨소? 가시려거든 같이 갑시다."

하고 따라 나서려고까지 할 때,

"아니 놔요, 놔, 갈 터야. 그런 법이 어디 있담?"

"잠깐만 참으시우. 자, 들어와요."

조주사라는 자는 못 이기는 체하고 들어오더니 자리에 앉아 깔깔 웃으며,

"가기는 어디를 가, 모자도 안 쓰고……."

하며 술잔을 든다. 형근은 속은 것이 분하고 속인 것이 밉살스러우나 어떻든 흘연해졌다. 이화는,

"정말 붙잡은 줄 아남? 한번 해본 것이지."

이러는 서슬에 술이 얼마간 더 돌아갔다. 조주사는 이화에게 술을 서너 잔 권하였다. 이화는 별로 사양도 하지 아니하고 그 술을 받아먹었다.

---

14) 순진하고 어리숙한 사람.

형근의 머릿속에서는 이화라는 창녀가 마치 하늘에서 죄짓고 땅에서 먹구렁이 노릇을 하는, 옛날의 삼 신선 중의 하나이나 마찬가지로 자기의 지은 허물로 말미암아 이렇게 하게 되었다고 해석할 수밖에 없었다.

　옛날에 귀한 것, 깨끗한 것, 아름다운 것은 이화 자신의 잘못으로 다 썩어지고 오늘에 남은 것은 간악한 것, 음탕한 것밖에는 없으리라는 생각밖에 없었다. 즉 이화는 옛날의 ○○의 딸의 죄악의 탈을 쓴 화신이다.

　착한 자는 언제든지 착하고, 악한 자는 언제든지 악하다. 그것은 날 적에 타고난 숙명 즉 팔자다. 이것이 그의 인생관이다.

　그러므로 이화는 팔자를 창기로 타고났으므로 그는 언제든지 창기밖에 못 된다. 그의 가슴속에나 핏속에는 다른 것은 조금이라도 섞이었을 리가 없었던 것이다.

　형근도 술기운이 돌면서 얼기설기하게 척척 쌓였던 감정이 흥분됨을 따라서 마치 초가집 장마 버섯 모양으로 떠올라오기를 시작하였다. 그는 자기가 아버지에게 듣던 것이나 마찬가지 교훈을 이화에게 하여 주고 어른이 아이에게, 친구가 친구에게, 형이 아우에게 하여 주는 것 같은 책망과 충고를 하여 주고 싶었다. 말하자면 이웃집 부정한 처녀를 종아리 치는 듯한 심리로 이화를 보고 앉았다.

"왜 당신이 이런 짓을 한단 말이오?"

형근은 젓가락짝으로 상머리를 두들기며 엄연하고 간절한 말로 말을 하였다.

"당신도 당신 아버지와 당신 집안을 생각해야죠."

형근의 말은 틀은 잡히지 않았으나 꾸밈이 없고 진실하고 힘이 있었다.

"나는 이런 데서 당신을 보는 것이 우리 누이를 보는 것보다 부끄러워요."

이화의 가슴속에는 대답할 말이 많았을 것이다. 그러나 그는 말이 없었다. 그는 다만 그 말을 듣고 있었다. 방 안은 갑자기 엄숙하여졌다. 조주사라는 자는 처음에는 눈이 둥그래지더니 나중에는,

"힝."

하고 코웃음을 웃었다.

"언제든지 이 모양으로 있을 터이오? 그래도 어째서 마음을 고칠 수 없겠소?"

이화는 그 '마음을 고칠 수 없겠소?' 하는 소리를 듣고 형근을 기가 막히는 듯이 쳐다보았다. 그러더니 안타까움에서 나오는 눈물이 그의 두 눈에 진주같이 괴었다.

조주사는 이화가 우는 것을 보더니 제법 점잖은 듯이,

"손님이 무슨 말씀을 하시면 잘 명심해 들을 것이지 울기는 무엇을 울어."
하고 덩달아 책망이다.

"돌아가신 아버님의 이름을 더럽히는 것도 더럽히는 것이거니와."
하다가 형근은 이화의 눈에서 눈물이 흐르는 것을 보고는 말을 그쳤다. 그는 너무 큰 감격으로 인하여 자기의 감정이 찬지 더운지 알 수 없게 된 것 같았다. 그러나 그는 하던 말을 다시 이어,

"살아 계신 어머니 생각은 하지 않소?"

할 때, 이화는,

"어머니는 돌아가셨에요."

하고 그대로 땅에 거꾸러져 운다.

형근은 이화가 우는 것을 볼 때 그는 놀랐다는 것보다도 기적을 보는 것 같았다. 그에게 눈물이 있었을 리가 있으랴. 자기도 자기 아버지가 돌아갔을 때 자기가 억제할 수 없는 눈물이 난 일을 당하여 본 일밖에 참으로 가슴에서 펑펑 넘쳐흐르는 눈물을 흘려 본 일이 없었다. 자기 아버지가 돌아간 것이 자기로 보아서 이 세상에서는 가장 엄숙하고 비통하고 또는 위대한 사실인 동시에, 자기가 그렇게 울어 보기도 아마 전에 없던 일이요 또다시 없을 일일 것이다. 그것은 지금이나 언제든지 그의 가슴에 속 깊이 깊은 인상으로 남아 있는 것이다. 그 인상은 때때로 자기에게 힘있는 정열과 감격을 주어서 이상한 감정의 세례를 받는 때가 있다.

이화가 운다. 샘물을 손으로 막는 것처럼 막을수록 북받쳐 올라오는 울음은 형근의 가슴속으로 푹푹 사무쳐 드는 것 같았다.

울음은 모든 비극을 알리는 음악이니 형근은 이 비극적 장면을 볼 때 말할 수 없이 위대한 사실을 목전에 당한 것 같았다.

꼭 자기 아버지가 돌아갔을 적에 자기가 받은 인상이나 별다름 없이 비통하고 엄숙하였다.

그는 까딱하면 따라 울 뻔하였다. 코도 벌룽거리는 것을 참고 눈에 눈물이 핑그르르 도는 것을 슴벅슴벅하여 참았다.

그러나 형근은 이화가 어째 우는지를 알지 못하였다. 옆에 있는 조주사라는 자는 이화의 어깨를 흔들면서 혀 꼬부라진 소리로,

"글쎄, 울지 말어, 내가 다 알어, 이화의 맘을 나는 다 안단 말야. 자, 고만두고 일어나요. 공연히 그러면 무얼 해."

형근은 속으로 알기는 무엇을 안다누. 무슨 깊은 의미가 있나 하는 궁금한 생각이 나나 속으로 참고 여태까지 아무 말도 못 하고 앉아 있다가 이화의 어깨를 조주사란 자 모양으로 흔들어 보며,

"글쎄, 울지 마쇼. 그만 그치쇼. 울지 말아요."

하였으나 들은 체 만 체하고 엎드려 느껴 울 뿐이다.

형근은 나중에는 민망한 생각이 나서 말없이 앉았으려니까 조주사라는 자는 일껏 흥취 있게 놀 것이 깨어져서 분한 생각이 나서 혼잣말처럼,

"울기는 왜 쪽쪽 울어 재수없게, 응! 쯧쯧."

혼잣말같이 중얼거리며 화중을 내고 앉아 있다.

얼마 있다가 이화는 일어서서 아무 말도 없이 얼굴을 외면하고 바깥으로 나갔다.

조주사란 자는 형근을 보더니 눈짓을 하며,

"고만 갑시다."

하고 입맛을 다셨다. 생각하니 더 앉았어야 재미도 없을 것이요, 또 재미있게 하자면 주머니 속 관계도 있음이다.

형근은 이마를 기둥에 받은 듯이 웬일인지 알 수가 없어서 멀거니 앉았다가 그대로 고개만 끄덕끄덕하고,

"네."

하였을 뿐이다. 그렇지만 형근은 알 수가 없다. 어째서 창기인 이화의 눈에서 눈물이 났으랴?

얼마 있다가 이화는 손을 씻고 들어오며 머리단장을 다시 하였다. 조주사라는 자는 일어서며 셈을 하였다.

"왜 그렇게 가세요. 제가 너무 실례를 해서 그러세요."

하며 미안해한다. 조주사라는 자는 입에 달린 치사로,

"아니 그럴 리가 있나. 다음에 또 오지."

하며 마루에서 내려섰다. 형근은 여전히 큰 수수께끼를 품고 조주사의 뒤를 따라 내려갔다.

조주사는 문 밖에 나섰다. 형근이 마당에서 중문으로 나갈 때 이화는 넌지시,

"쉬 한번 조용히 놀러 오세요."

하였다. 형근은 대답을 한 둥 만 둥 바깥으로 나왔다. 조주사는 형근을 보더니,

"아주 재미없었소."

하며 입을 찡그린다. 형근은 재미가 있고 없는 것은 그만두고라도 이화의 눈물이 해석할 수가 없어서,

"대관절 이화가 왜 그렇게 울우?"

하고 물으니까, 조주사라는 자는 손가락질을 하며

혀끝을 채고,

"허는 수 없어. 으레 그런 계집들이란 그런 것이
아뇨? 아마 노형이 전에 잘살았다니까 지금도 전
같은 줄 알고 그러는 게지."

"돈 먹으랴고?"

"암, 어떻게 그런 데서 구해나 줄까 하구 그러는
게 아뇨."

"구허다니요?"

"지금은 팔려 와 있지 않소."

5.

형근은 조주사라는 자가,

"어디 잠깐 다녀가리다."

하고 샛길로 슬쩍 빠져 버리는 것을,

"꼭 다녀오시우. 기다릴 터이니."

하고 어슬렁어슬렁 술에 풀린 다리를 좌우로 내놓
으며 큰길거리를 지나갔다.

길가에는 전기등으로 휘황히 차린 드팀전,[15] 잡화상, 더구나 자기의 평생 한번 가져 보고 싶은 자전거가 수십 대 느런히 놓인 것이 눈에 어른어른하여 불 같은 호기심이 일어나서 그 앞에 서서 그것을 구경도 하다가 다시 돌아서며,

"내 돈만 모으면 꼭 한 개 사서 두고 탈 터이야."
하며 그는 주먹을 쥐며 결심을 하고 머릿속으로는 자기 시골에서 때때 자전거 타고 다니는 면서기를 보고 부러워하던 생각을 하였다.

그는 혼자 자전거 공상을 하다가 그것이 어느덧 변하였는지 양복 입은 면서기가 되었다가, 다시 돈을 많이 가진 촌부자가 되었다가, 그러다가 발부리가 돌을 차는 바람에 다시 지금 철원 와서 노동하려는 지형근이가 되었다.

그는 훗훗한 남풍이 빙그르 자기를 싸고도는 큰길을 지내 놓고 골목길로 들어서다가 어떤 촌색시가 지나가는 것을 보고, 깜박 잊어버렸던 이화가 다시

---

15) 예전에 온갖 피륙을 팔던 가게.

눈앞에 보였다.

그는 술기운이 젊은 피를 태우는 번뇌스러운 감정 속에 그 이화를 다시 생각하였다.

'조주사 말이 참말이라 하면 이화에게도 어딘지 사람다운 곳이 남아 있었던 것이지. 그러나 만리타향에서 옛 사람을 만났지만 시운이 글렀으니 낸들 어찌하나.'

하며 개탄하는 맘으로 얼마를 걸어가다가,

'그러나 누가 창기 여자의 울음을 곧이 생각을 한담. 모두 못 믿을 것이지.'

바로 세상 경험이 풍부한 사람처럼 점잖게 결정을 하고 앞에 누가 있는 사람처럼 고개와 손을 내흔들었다.

그는 움에 왔다. 옆에 무성한 풀 냄새가 움을 덮은 진흙 냄새와 함께 답답하게 가슴을 누른다.

노동자들은 웃통 아랫도리를 벗은 채 거적대기들을 깔고 즐비하게 드러누워서들 혹은 코를 골기도 하고 혹은 돈 타령도 하고 혹은 일어나 두 다리를 모으고 앉아 단소도 분다. 한 모퉁이에는 고춧가루를 태우는 것같이 눈을 뜰 수 없는 풀로 모깃불을 놓았다.

그는 여러 사람 있는 틈을 지나갔으나 자기를 보고 아는 체하는 사람이 드물었다.

그 중에 키 크고 수염 많이 나고 얼굴 검고 눈이 부리부리한 사람이,

"허허, 대단히 좋으시구려. 연일 약주만 잡수시니. 조주사만 친구고 우리 같은 사람은 친구가 못 된단 말요. 그런 데는 따돌리고 다니니. 허, 젊은 친구가 그런 데 맛을 붙여서는……."

빈정대는 어조로 말을 하니 형근은 갑자기 할 말이 없어서 주저주저 어색하다가,

"잘못됐소이다."

하였으나 맨 나중에 '젊은 친구가' 하고 누구를 타이르는 것 같은 것이 주제넘은 것 같아서 혼자 속으로 알아 두었다.

그는 바깥에 좀 앉아서 여러 사람들과 이야기나 할까 하는 생각이났었으나 그자의 말이 비위를 거슬리므로 그대로 움 속으로 들어가기로 하였다.

움 속은 흙내에 사람의 땀내, 감발에서 나는 악취가 더운 기운에 섞여서 일종의 말할 수 없는 냄새를 낸다. 즉 여우의 굴에서 노린내가 나는 것같이 사람 중에서도 노동자 굴에서 노동자내가 나는 것이다.

그는 불과 몇 마장 떨어져 있지 않은 이화 집과 지금 자기가 들어온 이 움 속과의 차이가 너무 현격한 데 아니 놀랄 수가 없었다.

이화는 일개 창부다. 자기는 그래도 그렇지 않은 집 자손으로 힘들여 돈을 벌려는 사람이다. 그 차이가 너무 과한 데 그는 의혹이 없지 않았다.

그가 더듬거려 움 안으로 들어갈 때,

"어디 갔다 오나, 여태 찾았지."

하고 나서는 사람은 자기 동향 친구였다.

"난 길이나 잊어버리지 않았나 하고 한참 걱정을 하였네그려. 그래서 각처로 찾아다녔지. 대관절 저녁이나 먹었나?"

형근은 웬일인지 이화의 집에 갔었단 말하기가 부끄러웠다. 그는 그 말을 하면 그 동향 친구가 반드시 자기를 꾸짖을 것 같고 또 이화의 집 갔던 것이 더구나 옷을 팔아서까지 갔었다는 것은 말할 수 없이 분수에 넘치는 경솔한 짓 같았다.

그래서 그는,

"나는 또 자네를 찾았다네."

처음으로 속에 없는 거짓말을 하였다.

"조주사가 한잔 낸다고 해서……."

잠깐 말을 입 속에다 넣고 우물우물하다가,

"그래서 또 한잔 먹지 않았나. 자네하고 같이 가지 못한 것이 대단히 미안하데마는 어디 있어야지……."

동향 친구는 형근의 말에 거짓이야 있을 리 없으리라 믿는 듯이,

"인제는 고만 다니게. 여기가 어떤 덴 줄 아나? 조주산지 그자하고 다니지 말게. 사람 사귀기도 몹시 어려우이."

형근은 실쭉하여지며 대답이 없었다. 속으로 생각에 대체로는 그 친구의 말이 옳은 말이지마는 조주사 같은 친구와 사귀지 말라는 데는 도리어 동향 친구에게 질투가 있는가 하여 적지않이 불목이 있었으나 말로는 나타내지 않았다.

그는 말이 없이 한 귀퉁이를 비비고 드러누웠다.

일부러 눈을 감아 오지 않는 잠을 청하나 찌는 듯이 무더운 기운이 코 속에 꽉차서 잠은 오지 아니하고 답답한 생각에 마음이 바깥으로 나간다.

그는 지금 돈 아는 동물들이 늘비하게 드러누워 있는 곳에서 생각은 이화에게서 멀리하여지지 아니한다. 그는 어두움 속에서 끊이는 듯 이으는 듯 애소하는 듯 우는 듯한 단소 소리가 움 밖에서부터 청아하게 이 움 속으로 흘러들어와 자기의 몸과 혼을 스치고 지나갈 때 그의 피는 공연히 타는 것 같아서 마음을 어찌할 수 없었다. 그는 고요한 꿈에서 소요하는 것같이 흐르는 듯하고 녹은 듯한 정조에 잠길 때도 있다가, 또는 미쳐 날뛰는 파도 위에 한 조각 배를 띄운 듯이 무서웁게 흔들리는 정열에 마음을 어떻게 진정해야 좋을지 알지 못하기도 하였다.

그는 하는 수 없이 일어섰다. 몸을 털고 나왔다. 그는 움을 뒤 두고 들로 나왔다가 뒷산으로 올라갔다가 다시 내려왔다가 앉았다가 섰다가 하였다. 하늘에는 별이 총총하고 풀에는 이슬이 다락다락하였다.

6.

이튿날 아침에 해가 동산에 솟았다. 생명 있는 태양이다. 언제든지 절대의 뜨거움과 광명으로 싼 생명을 가진 태양이다. 태양이 없는 곳에 생명이 없다.

구릿빛 햇발이 온돌방을 비추고 그것이 또한 거짓이 없고 편협함이 없이 이 말하는 구더기 같은 노동자들이 모인 곳에 그의 생명의 빛을 비추어 주었다.

형근이 일어나던 맡에 세수를 하였다. 그는 세수를 하고 아침 안개가 낀 넓은 벌판을 내다보고 호호탕탕한 기운을 모조리 들이마실 듯이 가슴을 벌리고 숨을 들이마셨다. 그는 또 한번 넓은 들에서 이삭이 패어 가는 벼 위에 가득히 내리쪼인 햇볕이 눈부시게 반사하는 것을 보고 알 수 없는 기운이 자기 몸에 가득 차는 것 같아서 두 팔을 들었다 놓았다 하였다.

형근은 여러 사람들과 모여 앉아서 밥 되기만 기다리고 있었다. 노란 조밥을 사기 사발에 눌러 담고 그 위에 외지 한 쪽씩 놓거나 그렇지 않으면 무쪽

두 개씩 놓는 것이 그들의 양식이니 그나마 잘못하면 차례가 못 가거나 양에 차지 않아서 투덜대게 되는 것이니, 형근의 신조는 어떻든 이런 곳이나 이런 밥을 달게 여기고 부지런히 일만 하고 얼마만 신고[16]하면 그만이라고 스스로 위로하였다.

형근도 남과 같이 밥을 기다렸다. 어저께와 그저께 같이 술을 먹고 지내던 두서너 사람도 옆에 있었다.

그러나 그들은 수상스러웁게 자기를 두서너 번 쳐다보더니,

"여보슈!"

하고 말이 공손하여졌다. 형근은 따라서,

"왜 그러시우."

하였다. 세상 사람도 모두 자기같이 은근하고 친절하였다.

"미안한 말씀이지마는 돈 가지신 것 있거든 이십 전만 취하실 수 없겠소."

형근은 그 말하는 사람보다 자기가 더욱 미안하고

---

16) 어려운 일을 당하여 몹시 애씀. 또는 그런 고생.

얼굴이 붉어지는 것 같았다. 자기가 남더러 돈 취해 달랠 적 모양으로 그도 무안하리라 하였다.

그래서 그는 주머니를 뒤졌다. 형근은 어저께 술집에서 남은 돈 이십 전이 있는 것을 생각하고 서슴지 않고 내주었다.

"예, 여기 마침 이십 전이 남았구려. 자, 옜소이다."
하고 신기하고 즐거운 마음으로 꾸어 주었다. 속으로는 이따가 주겠지 하였다.

그 사람은 그것을 받더니,

"고맙소이다. 이따 저녁에 갚으리다."
하고는 옆엣사람과 수군거리며 저리로 가버린다.

형근은 한참이나 앉아서 밥을 기다리려니까 배가 고파 왔다. 그리고 여러 사람들을 보니까 그들도 일하러 가는 사람 같지는 않게 배포 유하게 앉아서 이야기들을 한다. 한옆에서는 어떤 자가 다른 어떤 사람더러 오 전짜리 단풍표 담배 한 개를 달라거니 안 주겠거니 하고 싸움이 일어나서 부산하다.

조금 있더니 동향 친구가 왔다.

"여보게, 밥이 다 되었네. 밥 먹으러 가세."

하며,

"밥값이나 있나?"

하였다.

"밥값이라니."

형근은 눈이 둥그래졌다.

"밥값이라니가 무어야? 누가 거저 밥 준다던가? 십오 전씩야."

형근은 기가 막혔다. 오던 날부터 술 먹느라고 그저 모든 것을 다른 사람들에게 밀어 맡기면 될 줄 알았고, 또 그자들도 염려 말아, 염려 말아 하는 바람에 정신없이 지내다가 이십 전까지 아침에 뺏긴 것을 생각하니 허무하다.

"밥은 일일이 사서 먹나?"

"그럼, 누가 밥값까지 낸다던가? 어림없네."

동향 친구는 그래도 주머니에 돈이 얼마 남았을 줄 알고서,

"이거 왜 이러나, 어서 내게."

형근은 덜렁 가슴이 내려앉아서 동향 친구를 붙잡고 돈이 한푼도 없는 이야기를 하였다.

동향 친구라는 사람은 친구라고 하느니보다 형근 집에 은혜를 입은 사람이니, 같은 양반으로 형근네는 돈푼이나 있고 할 때 그 친구의 아버지가 빚진 것이 있었으나 그것을 갚지 못하여 심뇌17)하는 것을 형근의 아버지가 알고 호협한 생각에 그대로 탕감을 해준 일이 있다.

지금은 그 아들들이 서로 만났지만 선대의 일들을 서로 가슴속에는 넣어 둔 터이라 그 친구는 형근을 그리 괄시를 하지 않는다.

"그럼 가세."

그 친구와 밥을 먹었다. 그나마 형근은 신셋밥 같아서 먹고 나서도 몹시 미안하였다.

아침을 먹더니 그 친구가 형근을 보고 이르는 말이,

"누가 어디를 가자거나, 일구녕이 있다거나 도무지 듣지 말게."

하고 점심값을 주고 가버렸다.

그는 공연히 왔다갔다하며 혼자 심심히 지낼 뿐이

---

17) 마음속으로 괴로워함. 또는 그렇게 겪는 괴로움.

다. 조주사가 오늘은 꼭 올 터인데 어제 어디서 자고 아니 오노 하며 오정이 넘어 해가 두시나 되도록 기다렸으나 오지 않았다.

그는 한옆으로 밥 먹을 구멍이 얼핏 생겼으면 좋을 텐데 하는 걱정과 또 조주사나 왔으면 모든 것을 의논하여 보겠다 하고 기다리는 마음도 마음이려니와, 또 한 가지는 이화의 울던 꼴이 생각나고 또는 은근히 한번 오라고 하던 말이 어떻게 박여 들렸는지 잊을 수가 없다. 그나마 하룻밤 하루낮이 지나고 나니까 부쩍 마음이 그리로 키어서 못 견디겠다.

그는 앞산에 올라가서 이화의 집이라도 가리켜 보려는 듯이 부리나케 올라갔다. 그러나 서투른 눈에 복잡해 보이는 시가가 방위도 잘 알 수 없고 어디쯤인지도 몰라서 동에서 떴다가 서에서 지는 해만 공연히 쳐다보며, '동서남북'만 외울 뿐, 나중에는 고향이나 바라본다고 남쪽만 내다보다가 그대로 풀밭에서 멀거니 있다가 잠이 들어 버렸다.

잠을 깨고 나니 벌써 해가 서쪽에 기울려 하였다. 그는 무엇에 놀란 사람처럼 벌떡 일어나서 허둥지둥 움을 향하여 왔다.

그는 밥 먹을 시간이 늦은 것도 늦은 것이려니와 조주사가 일할 자리를 얻어 가지고 와서 자기를 찾다가 그대로 가지 아니하였나 하는 걱정이 있음이었다.

그는 때늦은 찬밥을 사먹고 옆엣사람들에게 물어보았으나 조주사는 다녀가지 않았다 하였다.

그렇게 지내기를 닷새를 넘고 열흘이 넘었다.

조주사라는 자를 장거리에서 한두 번 만났으나 코웃음을 치고 우물쭈물 얼렁얼렁하고 획 피해 버릴 뿐이요 전과는 딴판이요, 동향 친구는 사람이 입이 무거워서 말은 아니 하지마는 그래도 기색이 좋은 기색은 아니었다. 그뿐 아니라 그 더운 염천에 그 지저분한 곳에서 여벌 옷 한 벌을 입고 지내려니까 온몸에서 땀내가 터지게 나고 옷이 척척 달라붙어서 거북하고 끈적끈적하기 짝이 없다.

그는 비로소 사람 많이 사는 데 인심 강박한 것을 알았다. 아무도 자기를 위하여 힘써 주는 이 없고 더구나 서로 으르렁대고 뺏어먹으려고 하는 것뿐인 것을 알았다.

그뿐 아니라 그는 지금까지 시골서는 양반이었고 행세하는 사람이요, 먹을 것은 없으나 그래도 일 군에서 누구라면 알아주기는 하였으나 지금 여기 와서는 지형근의 존재가 없다. 그뿐이면 오히려 예사이지마는 입을 것도 없고 먹을 것도 없어 남의 것을 빌어먹다시피 하는 사람이 된 것을 생각할 때 그는 자기가 불쌍하니보다도 웬일인지 가슴에서 무서운 생각이 날 뿐이다.

자기가 이화를 보고 그 계집이 창기가 된 것을 비웃었으나 그는 오늘에 거의 비렁뱅이가 된 것을 생각하고 눈이 아플 만큼 부끄럽지 않을 수가 없었다.

그러나 이곳에 온 지 열흘이 넘도록 그는 일이라고는 붙들어 보지를 못하였다. 자기뿐만 아니라 자기와 같이 잠을 자는 축에도 십여 명이나 그런 사람들이 있다. 그는 이상해서 하루는 물었다.

"당신들도 일자리가 없어서 노시우."

그들은 서로 얼굴들을 보더니 그 중 한 사람이,

"그렇소, 요새는 여름이 되어서 전황한 까닭에 일

본 사람들이 일을 하지 않는다우. 그래 일자리가 퍽 드물죠. 그렇지만 가을만 되면 좀 괜찮죠."

"가을에는 일본 사람들이 돈을 풀어 놓나요?"

"풀다뿐요? 작년 가을에도 여기 수만금 떨어졌소. 오죽해야 돈 소내기가 온다 했소."

형근은 다만,

"네에, 그래요?"

하고 말을 못 했다.

"가을까지만 기다리시우. 그때는 괜찮으시리다. 저것 좀."

하고 전찻길 깔아 놓은 걸 가리키며,

"저것 놓는 데도 돈이 산더미같이 들었소. 지긋지긋합디다."

형근은 말에 배가 불러서 공연히 좋았다. 속으로 가을만 되면 태산만큼은 그만두고라도 그 한 모퉁이쯤은 생기려니 하고 혼자 좋았다.

돈 생기는 생각만 하면 이화 생각이 난다. 이화 생각이 나면 이화 집에 가고 싶다. 젊은 가슴은 그림자를 붙잡으려는 듯한 부질없는 정열로 해서 애를 쓴다.

그는 밤중만 되면 이화 집 앞을 돌아온다. 갈 적에는 혹시 이화의 그림자라도 보았으면 하고 가기는 가지마는 어찌 그런 일에 그러한 공교로움이 있을 리가 있으랴.

갔다가는 헛되이 돌아오고 돌아올 때에는 스스로 다시 안 가기를 맹세한다. 맹세만 할 뿐이 아니라 이화를 멸시하고 욕하고 침뱉었다.

그러나 그 이튿날이 되면은 아니 가려 하다가도 자연히 발길이 그쪽으로 향하여져서 으레 허행일 것을 알면서도 다녀오지 않을 수가 없었다.

하루는 전처럼 그 집 앞을 지나다가 그 집을 기웃이 들여다보았다. 여간한 대담한 짓이 아니었다. 그는 발길을 돌이켜 누가 쫓아서 나오는 것처럼 머리 끝이 으쓱하여 나와서 집 모퉁이를 돌아서며 다시 한번 훌쩍 돌아볼 제 마침 그 집에서 나오는 사람이 있는 것을 보았다.

그 사람은 다시 말할 것 없는 조주사였다. 형근의 얼굴에는 갑자기 질투의 뜨거운 피가 올라오더니 두 눈에서 번개 같은 불이 솟는 것 같았다.

만일 자기 손에 날카로운 칼이 있다 하면 당장에 조주사를 죽여 버리거나 그렇지 않으면 자기가 죽어 버릴 것 같았다.

그는 그날 종일 잠을 자지 못하였다. 그는 부질없이 몸에 힘이 오르고 엉터리없는 결심과 용기가 생기기 시작하였다.

그는 내일은 내 모가지가 달아나더라도 이화를 만나 보리라 하였다.

그러나 만나 볼 도리는 없었다. 자기의 주제를 둘러보면 부끄러운 생각이 날 뿐이요, 주머니에는 가을에나 들어올 돈이 아직 한푼도 없다.

그는 눈을 감고 생각하였다.

'내 맘이 떴다.'

그러나 비행기를 탄 사람이 바깥을 보지 않고는 떴는지 안 떴는지를 모르는 것처럼 형근은 뜬 것 같기는 하나 또 그렇지 않은 것 같기도 하다.

혹간 냉정히 자기가 자기를 보려다가도 조주사가 생각날 적에는 그는 조주사와 이화는 볼지라도 자기는 볼 수가 없었다.

그는 돈을 얻을 도리를 생각하였다. 그러나 바위 위에서 물을 구하는 것이나 마찬가지였다.

빈궁은 죄악을 만든다는 말이 진리가 아니라고 할 사람은 없을 것이다. 형근은 무슨 분수 이외의 도리가 있다 하면 해보지 않고는 못 배길 만큼 되었다.

그는 동향 친구를 또 생각하였다. 동향 친구는 그동안 근근이 저축한 돈이 얼마인지는 모르나 쇠사슬로 얽어 놓은 가죽지갑 속에 있는 것을 일전에 무엇을 찾느라고 꺼내는 것을 보았다.

그는 처음에는,

'그렇지만 염치가 어떻게 돈까지 꾸어 달라노?' 하다가는,

'돈은 또 무엇에 쓰느냐고 하면 대답할 말도 없지.' 하고 눈을 꿈벅꿈벅하다가,

'그렇지만 내 말이면 제가 돈 몇 환쯤 안 취해 주지는 못하렷다.'

이렇게 혼자 궁리는 하나 맘뿐이요 몸으로는 할 것 같지는 않다.

그는 또 당장에 단념을 하여 버리는 것이 옳은 듯이,

'에 고만두어라, 내 마음이 비뚤어 가기 시작을 하는 것이야.'

하고 툭툭 털고 일어나서 빙빙 돌아다녔다. 그날 저녁 동향 친구는 형근을 찾았다.

"여보게, 일자리 생겼네."

하고 형근에게 달려들 듯하였다. 형근은 너무 의외의 일이라 가슴이 공연히 설렁 내려앉더니 두근두근하며 손끝이 떨린다.

"어디?"

"글쎄 이리 오게. 떠들면 여러 사람 와 덤비네."

"모레는 김화로 가세. 내가 오늘 거기 십장에게 자네 일까지 부탁을 하여 놓았으니까 염려 없네. 금전도 퍽 후하고 일도 그리 되지 않은 것이야."

형근은 좋은 소식은 좋은 소식이나 또는 마음 한 귀퉁이가 서운하다.

"김화?"

하고 형근은 눈을 크게 뜨며,

"여기서 꽤 멀지?"

하고 초연한 생각이 나타난다.

"무얼, 얼마 된다고. 한나절이면 갈걸."

두 사람은 모레 같이 떠나기로 약조를 하였다. 형근은 감사스러운 중에도 무정스러운 감정으로 공연히 마음이 가라앉지 않아서 허둥지둥 엉덩이를 땅에 대지 아니하고 저녁을 먹었다.

저녁을 먹은 뒤에 그는 움 앞에 다시 앉았었다. 이화는 다시 한번 보지도 못하는구나 하며 한숨을 쉬었다. 그러나 꼭 한 번 오라고 하였으니 의리상으로라도 한 번은 가보아야 할 터인데—하다가 그대로 생각나는 것은 동향 친구 주머니 속에 있는 지전조각이었다.

'내가 입으로 말을 할 수야 있나? 죽어도 그것은 할 수가 없지.'

말을 하는 입내만 내어 보아도 쭈뼛쭈뼛하여지는 것 같다.

'인제야 일할 구녕이 생겼으니까 나중에 갚는 것도 걱정이 없어졌으니까.'

으쓱한 생각에 마음이 느긋하여졌다. 이화를 찾아

가는 것도 그다지 부끄러울 것 없을 것 같았다.

'세상에 사람이 살아가려면 권도라는 것도 있는 법이지마는 나 같아서야 어디 살아갈 수가 있어야지……'

해가 넘어가고 날이 어둑어둑하여지니까 공연히 마음이 처량하여지면서 쓸쓸하다. 오늘 저녁이 아니면 내일 저녁밖에 없는데 하며 담배를 붙여 물고 한바퀴 휘돌아왔다.

와서 보니까 본시 술을 많이 먹지 못하는 동향 친구가 어디선지 술이 잔뜩 취하여 저쪽에다가 거적을 깔고 외따로이 누워 있다.

'이것이 웬일인가?'
하고 곁으로 가보니까 그는 세상을 모르고 잔다.

그의 가슴은 웬일인지 무슨 예감을 받은 사람처럼 떨리더니 그의 머릿속에 번개같이 일어나는 충동이 있다. 마치 어여쁜 여자가 외로이 누운 그 곁에 선 젊은 남자가 받는 충동이나 마찬가지로 주머니에 돈을 지닌 사람이 아무도 보지 않는 곳에 의식을 잃어버리고 누운 것을 본 형근은, 더구나 돈에 대하여 목전에 절실한 필요를 느끼는 그는 무서운 죄악의 충동을 느끼었다.

그러나 그는 그 찰나에 자기가 의식지 못하던 죄악의 충동을 일으킨 것을 깨달았을 때 그는 이를 깨물며 주먹을 쥐고 울 듯이 고개를 내젓고 마음속 깊이깊이 뜨거운 후회로 자기를 깨달았다.

그는 그러한 마음을 한때라도 다정한 친구에게 일으킨 것이 그에게 대하여 무엇이라고 말할 수 없이 미안하였다.

그는 그를 잡아 흔들었다.

"여보게, 이슬 맞으면 해로우이, 들어가세."

목소리는 다정함으로 떨렸다.

"응, 응, 가만 있어."

하며 다시 얼굴을 하늘로 두고 뒤쳐 드러누우며 그는 풀무같이 숨을 쉬면서 드르렁드르렁 코청이 떨어지듯이 숨을 쉬었다.

"이거 큰일났군."

형근은 그래도 다시 가까이 가서 몸을 추스르려 할 때 그 동향 친구의 지갑이 어디 들어 있는지 그것부터 먼저 보지 아니치 못하였다.

그는 동향 친구를 일으켜 겨드랑이를 부축하였다. 동향 친구는 세상을 몰랐었다. 그러나 눈을 한 번 떠서 형근을 보더니 안심하는 듯이 다시 까부라졌다.

형근의 손은 그 동향 친구의 지갑에 닿았다. 그는 맥이 풀려서 지갑을 꺼내기는 고사하고 친구까지 땅에 떨어뜨릴 뻔하였다.

그는 다시 팔에 힘을 주어 움 속까지 그를 끌고 들어갔다. 바깥에서는 여러 사람들이 이 꼴을 보며 저희들끼리 떠들었으나 거들어 주는 자는 없었다. 그러나 움 속에 들어오더니 아무도 없으므로 별로이 보는 이가 없었다.

형근은 그 컴컴한 움 속에서 그 친구를 든 채 얼마간 섰었다. 내려놓지도 않고 눕히지도 않고 그는 무서운 시련의 기로에서 방황하였다.

그는 눈을 한 번 감았다 뜨며 친구를 눕히는 서슬에 지갑을 뺐다. 그의 손은 이상한 쾌감과 함께 손아귀가 뿌듯한 것을 깨달았다.

그는 친구를 뉘고 달음박질해 나왔다. 그는 사람

적은 곳에 가서 그것을 열지도 못하고 한숨을 길게 내쉬었다. 그는 다시 시원한 가운데에서도 무서움을 품고 그것을 펴지도 못하고 열지도 못하다가 다시 저쪽으로 갔다.

그는 그대로 그것을 손에 움켜쥔 채 공연히 망설이다가 이화 집을 향하여 갔다.

그는 가는 길 으슥한 곳에서 그것을 펴보았다. 그는 그것을 펴보다가 마치 무슨 기운에 눌리는 사람 같이 가슴이 설렁하여지며 눈이 등잔만하여지더니 뒤로 물러서,

"에구."

하였다. 그의 손에는 시퍼런 십 원짜리 석 장이 묻어 나왔다.

"이건 잘못했구나."

그는 그대로 서서 오도가도 못 하였다.

자기가 요구하던 것은 그것의 몇분의 일에 지나지 않는다. 이것은 보기만 해도 무서울 만큼 많은 돈이다. 그러나 이것을 지금에 도로 갖다 줄 수도 없고 또 그대로 있을 수도 없다. 그는 한참이나 떨리는

손을 진정치 못하다가 그대로 눌러 생각해 버렸다. 술 깨기 전에 갖다가 주지, 그리고 쓴 것은 말을 하면 되겠지.

그는 마음을 억지로 가라앉히고 이화 집 문간에 왔다.

그는 전번에 왔을 적이나 별로이 틀림없는 수줍음과 두근거리는 마음으로 발을 들여놓았다.

그는 술을 청했다. 술을 청하는 것보다도 이화를 부르는 것이었다. 그러나 아래채 조용한 방에서 분명히 이화의 목소리로 소리를 하는 모양인데 나오지를 않고 다른 여자가 나와 맞았다.

방은 전에 그 방이다. 발을 늘여서 안에 있는 것이 바깥에서 보인다.

그는 기대가 틀어진 것에 낙심을 하고 어떻든 술을 청하였다.

그새 여자가 들고 들어오며 형근을 아래위로 훑어보더니,

"혼자 오셨에요?"
하였다.

"그럼 여러 사람이 다닙디까."

그 계집은 손으로 입을 막고 웃었다.

"자, 드시죠."

"술도 급하지만 나는 이화를 좀 보러 왔소."

그 계집은,

"네?"

하더니 또 웃는다.

"저는 인물이 못생겼죠? 언젯적부터 이화와 가까 우시던가요?"

형근은 자기는 좀 점잖이 말을 하는데 그 계집이 실없이 하니까 속으로 화는 나지만 위엄을 보일 수가 없다.

"이화가 어디 갔소? 잠깐 보자는 이가 있다고 하구려."

그 계집은 문을 열고 나가더니 온 집안이 다 들리게,

"이화 언니! 이화 언니! 당신 나지미(단골 손님) 왔소. 어서 나오."

하며 떽대굴거리며 웃는다.

이화는 무슨 영문을 모르는 듯이 어떤 손님과 자별

하게 이야기를 하다가 문을 열고 고개를 내밀면서,

"무어야? 얘가 왜 이래, 실성을 했나?"

하고 형근의 앉아 있는 방을 올려다보고는,

"응, 저이가 왔군."

싱겁게 혼잣말을 하고 다시 돌아앉으니까 함께 한 방에 있던 젊은 사람(면서기 같은)이 마주 기웃하고 내다보더니,

"저것이 나지미야."

하고 비웃는다.

"온 이주사도, 아무렇기로 내가……."

할때,

"글쎄, 꼭 봐야 하겠다니 좀 가봐요."

하며 그 계집이 지근거린다.

"나를 그렇게 봐서 무엇을 한다더냐?"

하고 이주사라는 자의 눈치를 보는 것이 그의 눈앞을 졸이는 모양이다.

"가봐 주지. 그것도 적선인데. 내 앞이 되어서 몹시 어려워하는 모양이로군. 그럴 것 무엇 있나?"

"온 말씀을 해두 왜 그렇게 하시우. 누구는 끈에

맨 돌멩입디까? 나 하고 싶은 대로 하고 지내지, 몇 십 년 사는 인생이라구."

"그러나 대관절 어떤 자야."

"고향서 이웃집 사는 사람야."

이러는 동안에 형근은 아무도 없는 빈방에 혼자 앉아 술상만 대하고 있으려니까 싱거웁고 갑갑하고 역심이 나서 올 수도 없고 갈 수도 없다. 그뿐이면 고만이게 이화라는 년은 다른 놈하고 앉아서 자기 방을 넘성 쳐다보는 것이 마치 창살 속에 넣어 놓은 청국 사람의 원숭이같이 대접을 하는 것 같아서 속으로 분하고 아니꼬운 중이 나며,

'천생 타고난 기질을 어떻게 하니? 창기는 판에 박은 창기년이다.'

속으로 이렇게 중얼거리는데, 자기 방 계집이 쭈르르 다녀오더니,

"심심하셨죠? 이화는 인제 옵니다."
하고 술을 따라 놓더니,

"과일 잡숫고 싶지 않으세요. 과일 좀 들여 오죠. 이화도 오거든 같이 먹게요."

하더니 제멋대로 이것저것 들여다 놓고 먹어 댄다.

아무리 기다려도 이화는 오지 아니한다. 여전히 아랫방에서 그자와 이야기를 하는 모양이다. 형근은 혼자서 술을 먹을 수가 없어서 그 계집과 서로 대작을 하였다. 그 계집은 어수룩하고 아직 경험 없는 것을 알아채고 어떻게 해서든지 형근의 주머니를 알겨 낼 생각이다. 주제를 보아서 아직 극단의 수단을 내어놓지 않는다.

한 시간이 지나갔다. 형근은 다시 그 계집에게 이화를 불러 달라고 청을 하였다. 그 계집은 술잔이나 들어가더니 형근의 말을 안 듣고 요리 핑계 조리 핑계 한다. 형근도 술잔이나 들어가니까 객기가 나지 않는 것도 아니다.

"가 불러 와."

그는 소리를 질렀다.

"싫소."

"왜 싫어."

윗방에서 왁자하는 것이 자기 때문인 것을 알아챈 이화는 문을 열고 나왔다.

"어딜 가?"

면서기는 어느덧 술이 곤죽이 되어 드러누웠다가 이화의 치마를 잡았다.

"잠깐만 다녀올 테니 노세요."

"안 돼."

이화는 팩한 성미에 흉허물 없는 것만 믿고 치마를 뿌리쳤다.

"안 되기는 왜 안 돼요, 잠깐 다녀온다는데. 누가 삼십육계를 하나?"

면서기는 노했다. 그대로 일어섰다. 이화는 형근의 방으로 안 들어가고 안으로 들어가 버렸다.

술 취한 면서기는 다짜고짜로 형근의 방 발을 집어던졌다.

"이놈아! 이런 건방진 자식이 술잔이나 먹으려거든 국으로 먹으러 다녀. 너 이화는 봐서 무엇 할 모양이냐? 상판 생긴 것하고 그래도 무엇을 달았다고 계집 맛은 알아서. 놈 계집 궁둥이 따라다닐 만하다."

형근은 기가 막혀 쳐다볼 뿐이다.

"이놈아, 왜 눈깔을 오랑케 뜨고 보니? 내 얼굴에

무엇이 묻었니, 에 튀튀."

면서기는 침을 방에다 막 뱉는다.

"대관절 이화 어디 갔니? 응, 이화 어디 갔어?"
하고 호통이다. 온 집안사람이며 술 먹으러 온 사람
이 모여들었다.

이화는 이 소리를 듣더니 뛰어나오며 면서기를 달
래고 형근에게 연해 눈짓을 하였다.

"글쎄, 이주사 나리, 이게 무슨 짓요. 약주 취했소.
어서 저 방으로 가시우."
하고 이주사에게 매달리다가,

"대단 미안합니다. 점잖으신 이가 약주가 취해서
그러신 것을 서로 참으시지. 그렇죠? 어서 약주나
자시지요."

면서기는 그래도 여전히 형근을 보고 놀려 댄다.

"이놈아, 네가 이놈 노동자가 감히 누구 앞에서
그 따위 짓을 해? 흥."

형근의 인습 관념에 젖어 있는 젊은 피는 끓었다.
그는 결코 자기가 노동자는 아니다. 양반의 자식이
요 행세하는 사람이다. 몸은 비록 흙 속에 파묻혔으

나 마음과 기운은 살았다.

"무엇, 노동자!"

형근에게는 그 외에 더 큰 모욕이 없었다. 그는 면서기를 향하여 기운에 타는 두 눈을 부릅떴다.

"그래 이놈아, 네가 노동자가 아니고 무엇야?"

"글쎄, 그만들 두세요. 제발 저 방으로 가시우."
하며 이화는 가운데 들어섰다. 형근은 이화를 뿌리쳤다.

그는 이화를 뿌리칠 때,

'더러운 년! 갈보년!'
하는 소리가 입으로 나오지는 아니하였으나 그의 온전신을 귀퉁이 귀퉁이 속속들이 울리는 것 같았다.

형근은 이화를 뿌리치던 손으로 이주사라는 자의 따귀를 보기 좋게 붙이니까 그대로 땅에 나가 뒹굴었다.

"이놈 봐라, 사람 친다."
하더니 면서기는 윗옷을 벗고 덤비었다.

"어디 또 한번 때려 봐라."
하고 주먹을 들고 덤비려고 사릴 제 옆엣방에서도

툭 튀어 나오고 대문에서도 쑥 들어서는 사람들의 눈은 횃불같이 타면서 형근을 훑어보더니 다시 이 주사를 보고,

"다치지나 않았소? 대관절 어찌 된 일요? 말을 좀 하시구려."

옆에 섰던 이화도 말을 아니 하고 그 계집도 말이 없다.

"대관절 손을 먼저 댄 게 누구야?"

하며 형근을 보더니 그 중에 구척같이 키가 크고 수염이 더부룩한 자가 들어서더니,

"여보 이 친구, 젊은 친구가 술잔이나 먹었으면 곱게 삭일 일이지 누구에게다 손찌검하고…… 흥, 맛 좀 보련."

하더니 넉가래 같은 손이 보기 좋게 따귀를 붙이는데 눈에서 불이 나며 입에서는 에구구 소리가 저절로 난다. 그는 아무 말 없이 볼따구니만 쥐고 있다.

그러려니까 연신 번갈아 가며 주먹과 발길이 들어오는데 정신이 아뜩아뜩하고 앞이 보이지를 않는다. 그는 에구구 소리만 지르면서,

"글쎄, 나는 잘못한 게 없습니다."

하고 빌어 대면,

"이놈아, 잔말 말어. 너도 세상맛을 좀 알아야 하겠다."

하고 한 개 더 붙인다. 옷은 갈가리 찢어지고 얼굴에서는 피가 흐른다.

이화는 후닥닥거리는 서슬에 마루 끝에 서서,

"여보, 박서방, 가서 순사를 불러 오. 야단났소. 그저 그만두시라니까 그러는구려."

할 때 형근은 순사라는 소리가 귀에 들릴 제 그는 꿈에서 깬 것같이 정신이 났다.

'이화가 나를 순사에게!'

하고 얻어맞는 중에서도 온 기운을 다 내었다. 초자연의 기운은 그를 거기서 뛰어 여러 사람을 헤치고 문 밖으로 뛰어나갈 수 있게 하였다.

그는 눈 딱 감고 뛰었다. 그러나 때는 늦었다. 문간에 나가자 그 집으로 들어오는 사람이 있었다. 그러나 형근은 그것도 못 보았다. 들어오던 사람은 형근을 보더니 재빠르게 뒤를 따랐다.

형근의 다리는 마치 언덕비탈을 몰려 내려가다 다리의 풀이 빠진 사람처럼 곤두박질을 할 듯하였다. 그의 눈에는 아무것도 보이지 않고 집이나 사람이나 전깃불이 별똥 떨어지듯이 획획 지나갈 뿐이다.

　　뒤에서는 여전히 따라왔다.

　　"도적야?"

　　달아나며 이 소리를 귓결에 들은 그는,

　　'응, 도적?'

　　'그러면 나를 쫓아오는 것이 아닌 게지.'

　　그의 머릿속에서는 자기가 지금 어째 도망을 하는지 그 본능은 있었을지언정 의식은 없었던 모양이다.

　　그러나 그는 다만,

　　'나는 도적이 아니다.'

하면서도 달음질은 여전히 하였다.

　　그는 어느덧 움 앞에 왔다.

　　그는 친구의 이름을 부르고 그 자리에 기진해 자빠져서 기운을 잃었다.

　　경관과 형사는 그놈을 뒤져 동향 친구에게 지갑을 보이고,

"당신이 찾던 것이 이것이오? 꼭 틀림없소?"

동향 친구는 눈이 뚱그래서,

"형근이가 그랬을 리가 없는데요."

하니까,

"듣기 싫어. 물건을 찾으면 그만이지. 맞느냐 말야."

하며 경관은 흩뿌린다.

"네."

친구는 가까스로 대답을 하더니,

"그런 줄 알았더면 경찰서에도 알리지 않는걸."

하며,

"여보게 형근이, 정신 차려. 일어나서 말이나 좀 하게. 속시원하게. 도무지 이게 웬일이란 말인가."

하며 비쭉비쭉 운다.

형근은 아직까지도 깨지 못하고 그대로 누워 있다.

7.

형근은 그날로 경찰서 구류간에서 잤다. 어려운

취조가 끝난 뒤에 형근은 검사국으로 넘어갔다. 그 이튿날 신문에는 아래와 같은 신문 기사가 났다.

○○○출생으로 철원군 ○○○리에서 노동을 하는 지형근(池亨根) (○○) 지난 ○월 ○일 자기 동향 친구의 주머니에 있는 삼십 원을 그 친구가 술이 취하여 자는 틈을 타서 절취하여다가 ○○리 이화라는 술집에서 호유[18]하다가 철원 경찰서 형사에게 체포되어 취조를 마치고 검사국으로 압송하였다더라.

---

18) 호화롭게 놂. 또는 그런 놀이.

수필 〈

그믐달

　나는 그믐달을 몹시 사랑한다.

　그믐달은 요염하여 감히 손을 댈 수도 없고 말을 붙일 수도 없이 깜찍하게 예쁜 계집같은 달인 동시에 가슴이 저리고 쓰리도록 가련한 달이다.

　서산 위에 잠깐 나타났다 숨어버리는 초승달은 세상을 후려 삼키려는 독부(毒婦)가 아니면 철모르는 처녀 같은 달이지마는 그믐달은 세상의 온갖 풍상을 다 겪고 나중에는 그 무슨 원한을 품고서 애처롭게 쓰러지는 원부(怨婦)와 같이 애절하고 애절한 맛이 있다.

　보름에 둥근 달은 모든 영화와 끝없는 숭배를 받는 여왕과 같은 달이지마는 그믐달은 애인을 잃고 쫓겨남을 당한 공주와 같은 달이다.

초승달이나 보름달은 보는 이가 많지마는 그믐달은 보는 이가 적어 그만큼 외로운 달이다.

객창 한등(寒燈)1)에 정든 임 그리워 잠 못 들어 하는 분이나, 못 견디게 쓰린 가슴을 움켜잡은 무슨 한 있는 사람이 아니면 그 달을 보아주는 이가 별로이 없을 것이다.

그는 고요한 꿈나라에서 평화롭게 잠들은 세상을 저주하며 홀로이 머리를 풀어뜨리고 우는 청상과 같은 달이다. 내 눈에는 초승달빛은 따뜻한 황금빛에 날카로운 쇳소리가 나는 듯하고, 보름달은 치어다보면 하얀 얼굴이 언제든지 웃는 듯하지마는, 그믐달은 공중에서 번득하는 날카로운 비수와 같이 푸른빛이 있어 보인다. 내가 한 있는 사람이 되어서 그러한지는 모르지마는, 내가 그 달을 많이 보고 또 보기를 원하지만, 그 달은 한 있는 사람만 보아주는 것이 아니라 늦게 돌아가는 술주정꾼과 노름하다

---

1) 추운 밤에 비치는 등불.

오줌 누러 나온 사람도 보고, 어떤 때는 도둑놈도 보는 것이다. 어떻든지 그믐달은 가장 정 있는 사람이 보는 중에, 또는 가장 한 있는 사람이 보아주고, 또 가장 무정한 사람이 보는 동시에 가장 무서운 사람들이 많이 보아준다.

내가 만일 여자로 태어날 수 있다 하면 그믐달 같은 여자로 태어나고 싶다.

별호

　글을 쓰는 사람이나 글씨를 쓰는 사람이나 그림을 그리는 사람은 대개 별호를 쓴다. 또는 소위 행세한 다는 사람 쳐놓고 별호 없는 사람이 없는 모양이다. 서양에도 별호를 쓰는 풍습이 있지만 동양에서는 아주 심하다. 이것에 대하여 역사적으로 생각해보고 싶은 생각이 없지 않은 게 아니지만 그러려면 상당한 전문지식이 있어야 할 텐데 그것이 없으므로 다른 이에게 밀어 버리고 우선 내가 쓰는 나락 '稻'자와 향기 '香'자를 어찌 쓰느냐 하는 것을 말하려 한다.

　누구든지 나를 만나면 "당신의 별호는 어째 '도향'이라고 지었소?" 하고 물으며, 혹은 계집애 이름

같다기도 하고, 괴상하다 하기도 하고, 향이 좋다든가 의미가 있어 보인다든가 옛날 글에도 도화향이 있었다든가, 또 혹 농담깨나 하는 친구는 "나락에도 향내가 있나" 하기도 하고, 혹 실없는 친구는 밥 안 먹어도 배부르겠다는 말까지 한다. 이와 같은 말을 하도 많이 듣는 나는 언제든지 내 별호의 뜻을 아주 공개하여버린 후에 누가 물으면 이것을 공개한 잡지나 신문을 보라고 방패막이를 할 마음이 생겼으나 이럭저럭 하지를 못하다가 이번에 문채를 갚는 기회를 이용하여 아주 공개하여 버리고 이 다음에 누가 또 다시 묻는 사람이 있으면 덮어놓고 『조선문단』 제 4호를 보시오, 하고 내밀어버릴 작정이다.

내가 별호를 쓰기는 내 나이 열여섯 살 때 은하(隱荷)라고 쓴 일이 있었다. 그것은 그 글자나 글의 의미가 있어서 그러한 것도 아니요, 또는 누가 지어주며 쓰라고 한 것이 아니라 나의 누님의 별호가 만하(晩荷)인 까닭에 '荷'자 돌림으로 하자는 우애에서 나온 데 불과한 것이었다. 그러자, 그것이 너무 속되고 또는 묵은 냄새가 난다고 해서 내버릴 마음이 생기자 아무리 생각을 해도 신통한 별호가 얼른 생각이 되지 않으므로 나의 친구 박월탄 군을 하루는 찾아가서 이 이야기 저 이야기 하다가 나의 별호 고쳐지을 생각이 있다 하니까 굳이 그러면 자기가 생각하여 보겠다고 하므로 그렇게 해달라고 의탁한 후 그 이튿날 간즉, 별호를 한 10여 개 지어놓았다. 그것을 내 놓으며 이 중에서 어느 것이든지 마음에 드는 대로 골라잡으라고 하는데 어떻게 많은지 그놈이 그놈 같고 이것이 마음에 들면 저것이 솔깃하여 갈피를 잡지 못하다가 고른 것이 지금 내가 쓰는 '도향'이라는 거시다. 그런데 나락 '도'자보다 향기 '향'자가 그때에는 꽤 친구 간에 문제가 되어 찧고 까불고, 좋다 흉하다 하는 말이 많았으나 그저 아무 말 없이 이래 4,5년 동안을 써오니까 도리어 향기 '향'자를 좋다고 하는 사람이 많아진 모양이다.

가을에 나락이 누렇게 익어서 바람이 붊을 따라 이리 물결치고 저리 물결치는 것을 볼 때 거기에서 구수한 향기가 나는 것도 같고, 가리를 지어서 척척 쌓아놓은 노적에서는 배 부른 냄새가 나는 것 같기도 하다, 이것이 보통 얼른 생각하는 이가 나의 별호를 듣고 연상하는 것이겠지만 나의 해석은 그와 다르다. 나락이라는 것은 우리가 얼른 보기에나 생각하기에 그리 신기할 것이 없다. 한길에 금싸라기 한 개가 떨어졌다 하면 그것을 집을망정 나락 한 알이 떨어졌다 하면 그것을 누가 집을 터이냐. 그러나 위가 배가 고플 때 나락은 우리를 살릴지라도 금은 우리를 살리지 못할 것이다. 나락이란 그렇게 평범하고 우스꽝스럽지만 또는 우리에게 가장 귀하고 고마운 것이다. 그와 마찬가지로 세상에는 항상 우스꽝스럽고 대수롭지 않은 것이 가장 귀하고 고마운 것이 되는 것이다. 또는 단순하고 평범한 것에 항구불변의 진리가 있다. 나는 이 점에 들어서 평범하고 대수롭지 않은 데서 향내를 맡는다는 의미로 '도향'이라고 한다. 내가 만일 나락을 먹지 않고 서양인 모양으로 밀가루로 만든 것을 많이 먹는 나라에 났더라면 "밀 향기"로 별호를 지었을는지도 모르지만 조선에 난 까닭에 "도향"이요, 평범 단순한 것 중에 가장 인생의 절실히 필요하고 또는 우리가 먹어야 산다는 우스꽝스러워 보이는 진리가 가장 영원성이 있는 까닭에 내 별호가 "도향"이다. 이만하면 대게 의미가 통할 것 같다.

나도향(羅稻香, 1902.03.30~1926.08.26)

소설가.

본명은 경손(慶孫)이며 필명은 빈(彬), 도향은 호이다. 의사 나성연의 맏아들로 서울에서 태어났다.

1917년 공옥학교(攻玉學校)

1919년 배재고등보통학교(培材高等普通學校) 졸업

1919년 경성의학전문학교(京城醫學專門學校)에 입학했다가 일본으로 밀항했다가 학비가 없어 돌아옴

1920년 경상북도 안동에서 1년간 보통학교 교사로 근무. 안동을 무대로 중편소설 「청춘」을 탈고

1921년 4월 『배재학보』 제2호에 처녀작 「출학」 발표

1921년 추억

1925년 벙어리 삼룡이(『여명』 창간호)

1925년 꿈

1925년 한경변의 일엽편주

1926년 지형근

1926년 화염에 싸인 원한

1926년 청춘

1926년 (26세) 일본으로 갔다가 귀국한 후 얼마 되지 않아 급성폐렴
으로 요절

**나도향의 작품 경향:

초기 작품의 경향은 「추억」을 비롯, 사랑에 배반당하고 술에 취한 젊은이의 비련(悲戀)을 그린 「젊은이의 시절」, 마을의 부자이며 세력가의 집에서 막실(幕室)살이를 하는 젊은 내외의 삼각관계의 비극을 그린 「물레방아」, 장편소설 「환희」 등은 남녀 애정 중심의 낭만적 경향의 작품이었다. 그러나 나도향은 후기 작품에서 사실주의적 경향의 작품인 단편소설 「십칠원 오십전」을 비롯, 제분소 여공(女工)의 생활고와 불행을 그린 「자기를 찾기 전」, 노름으로 딴 아내의 남성 편력과 헤픈 정조 등을 그린 「뽕」, 일제의 질곡하에 신

음하던 당시 한국인의 비애를 그린 「벙어리 삼룡이」 등 초기의 낭만주의적 경향을 극복하고 사실주의로의 변모를 보여준다.

**1925년 『여명』 창간호에 발표된 「벙어리 삼룡이」는 한국 근대문학사상 가장 우수한 단편소설 중 하나로 평가받고 있다.

큰글한국문학선집: 나도향 작품선집

물레방아·벙어리 삼룡이

© 글로벌콘텐츠, 2015

1판 1쇄 인쇄_2015년 08월 05일
1판 1쇄 발행_2015년 08월 15일

지은이_나도향
엮은이_글로벌콘텐츠 편집부
펴낸이_홍정표

펴낸곳_글로벌콘텐츠
　　　등　록_제25100-2008-24호

공급처_(주)글로벌콘텐츠출판그룹
　　　기획·마케팅_노경민　　**편집**_김현열 송은주　　**디자인**_김미미　　**경영지원**_안선영
　　　주소_서울특별시 강동구 천중로 196 정일빌딩 401호
　　　전화_02-488-3280　　**팩스**_02-488-3281
　　　홈페이지_www.gcbook.co.kr

값 31,000원
ISBN 979-11-5852-026-7 03810